महाश्वेता देवी

महाश्वेता देवी का जन्म 14 जनवरी, 1926 को ढाका, बांग्लादेश में हुआ। उनकी प्रारंभिक पढ़ाई शांतिनिकेतन में हुई। कलकत्ता विश्वविद्यालय से अंग्रेजी साहित्य में एम.ए. किया। अरसे तक अंग्रेजी का अध्यापन।

हिन्दी में अनूदित उनकी प्रमुख कृतियाँ हैं—'चोट्टि मुण्डा और उसका तीर', 'जंगल के दावेदार', 'अग्निगर्भ', 'अक्लांत कौरव', '1084वें की माँ', 'श्री श्रीगणेश महिमा', 'टेरोडैक्टिल', 'दौलति', 'अमृत संचय', 'ग्राम बांग्ला', 'शाल-गिरह की पुकार पर', 'भूख', 'झाँसी की रानी', 'आंधारमानिक', 'उन्तीसवीं धारा का आरोपी', 'मातृछवि', 'सच-झूठ', 'जली थी अग्निशिखा', 'नील छवि', 'कवि वन्द्यघटी गाईं का जीवन और मृत्यु', 'बनिया-बहू', 'नटी' (उपन्यास); 'कृष्णद्वादशी', 'घहराती घटाएँ', 'ईंट के ऊपर ईंट', 'मूर्ति', 'पचास कहानियाँ', (कहानी-संग्रह); 'भारत में बँधुआ मजदूर' (विमर्श)।

'जंगल के दावेदार' पुस्तक के लिए उन्हें 'साहित्य अकादेमी पुरस्कार' से पुरस्कृत किया गया। 'मैगसेसे अवार्ड' तथा 'ज्ञानपीठ पुरस्कार' से सम्मानित और 'पद्म श्री' और 'पद्म विभूषण' से अलंकृत हुईं।

28 जुलाई, 2016 को कोलकाता में उनका निधन हुआ।

नील छवि

महाश्वेता देवी

अनुवाद

डॉ. माहेश्वर

राधाकृष्ण पेपरबैक्स

बांग्ला उपन्यास 'नील छवि' का हिन्दी रूपांतर

पहला पुस्तकालय संस्करण
राधाकृष्ण प्रकाशन प्राइवेट लिमिटेड द्वारा
1993 में प्रकाशित

राधाकृष्ण पेपरबैक्स में
पहला संस्करण : 1998
चौथा संस्करण : 2024

राधाकृष्ण पेपरबैक्स : उत्कृष्ट साहित्य के जनसुलभ संस्करण

राधाकृष्ण प्रकाशन प्रा. लि.
जी-17, जगतपुरी
दिल्ली-110 051
द्वारा प्रकाशित

शाखाएँ : अशोक राजपथ, साइंस कॉलेज के सामने, पटना-800 006
पहली मंजिल, दरबारी बिल्डिंग, महात्मा गांधी मार्ग, प्रयागराज-211 001
1, अनमोल सोराबजी संतुक लेन, धोबी तलाव, मरीन लाइंस, मुम्बई-400 002
वेबसाइट : www.radhakrishnaprakashan.com
ई-मेल : info@radhakrishnaprakashan.com

विकास कंप्यूटर एंड प्रिंटर्स
ट्रॉनिका सिटी-201 102
द्वारा मुद्रित

मूल्य : ₹299

NEEL CHHAVI
Novel by Mahashweta Devi
Translated by Dr. Maheshwar

ISBN : 978-81-8361-186-2

नील छवि

रात में कमाल के यहाँ पार्टी थी। बड़ी शानदार पार्टी। कलकत्ते में एक साल में ऐसी करीब सौ पार्टियाँ होती हैं। हर पार्टी में वही जाने-पहचाने लोग होते हैं। बहुत दिनों के परिचय के कारण उन लोगों के बीच एक विरक्तिकर ऊबाऊ सम्बन्ध होता है। वे एक ही प्रकार का आचरण करते हैं; पुराना घिसा-पिटा आचरण। दरअसल कलकत्ता जैसे एक गाँव है। सभी के साथ सभी की मुलाकात घूम-फिर कर हो ही जाती है। कई बार अभ्र को लगता है कि यह कलकत्ता शहर बहुत से विलुप्त ग्रामों का एक समूह है, जो भीतर-ही-भीतर अभी भी अपने ग्रामीण संस्कार बनाए हुए है। जाने-पहचाने लोगों के बीच घूमते-फिरते हुए लोगों के साहचर्य में कलकत्ता को सुख मिलता है।

कमाल के यहाँ पार्टी थी। बड़ी शानदार पार्टी। घर लौटते-लौटते अभ्र को रात हो गई। उसे नींद बहुत कम आती है। वह जन्म से ही अनिद्रा का रोगी है। बचपन में भी वह देर रात तक जागता रहता था। सोने की गोलियाँ खाकर नींद को बुलाया जा सकता है, यह बात तब अभ्र को मालूम न थी।

अब वह नियमित सोने की गोलियाँ लेता है। रात में खाना खाने के थोड़ी देर पहले वह सोने की गोली ले लेता है, तभी उसे नींद आती है, कभी नहीं भी आती है। खाने के बाद गोली लेने से कोई फायदा नहीं होता।

बहुत दिन पहले बीच में कुछ वर्ष ऐसे भी बीते जब अभ्र को बहुत अच्छी नींद आती थी; किसी प्रकार का कोई कष्ट नहीं था। यह उन दिनों की बात है जब जलि, अभ्र और नन्ही सेंउती का एक छोटा-सा सुनहला संसार बस गया था।

यह कब की बात है, कहाँ की बात है, किस कलकत्ते की बात है?

डॉक्टर ने कहा था, "लीजिए, यह एक्स-रे फोटो देखिए। यह आपके ब्रेन का फोटो है। ब्रेन को स्वस्थ और काम करने लायक बनाए रखने के लिए नींद एकदम जरूरी है।"

"सोना तो चाहता हूँ।"

"अगर स्वाभाविक रूप से नींद नहीं आती तो स्लीपिंग पिल लीजिए। सोना तो होगा ही। इसके बिना काम नहीं चलेगा।"

"अगर दवा खाते-खाते आदत पड़ जाए तो?"

"डर लगता है क्या?"

"हाँ, कोई ऐसी चीज है जिसके बिना मेरा काम नहीं चलेगा—यह सोचते ही मुझे डर लगने लगता है। मैं किसी भी चीज को अपने जीवन में अनिवार्य नहीं बनाना चाहता।"

"नींद की गोलियों से भी डर लगता है?"

"हाँ, डॉक्टर।"

"आपसे ज्यादा कौन जानता है कि आजकल चारों ओर आदमी ड्रग्स ले रहे हैं। ड्रग्स के नशे के बारे में आपका लेख पढ़कर मैं चकित रह गया था। बताइए न, सचमुच उस लड़की का खून हुआ था या उसने आत्महत्या की थी?"

"कौन लड़की?"

"वही, पता नहीं क्या नाम था! शायद प्रेमा नाम था।"

"पता नहीं। पर उसकी मौत स्वाभाविक न थी।"

"बताइए न, कैसे हुई थी उसकी मौत?"

"क्या बताऊँ? पुलिस का बयान है कि उसे मृत अवस्था में पाया गया था। मैं क्या कह सकता हूँ?"

प्रेमा की कहानी क्या अभ्र किसी को बता सकता है? माँ बंगाली, पिता नेपाली, दार्जिलिंग के कान्वेंट में पढ़-लिखकर बड़ी हुई। सोलह साल की उम्र में ही प्रेमा दार्जिलिंग छोड़कर भाग गई। एक होटल मालिक का भाँजा उसे बाम्बे ले गया, सिनेमा में काम दिलाने के लिए।

वह सब तो हुआ नहीं, बाईस वर्ष की उम्र होते-होते प्रेमा बैंकों में डाका

डालने वाले डाकू की प्रेमिका हो गई, और फिर नशीले पदार्थों की तस्करी करने वाले एक बहुत बड़े यंत्र का एक छोटा-सा स्क्रू।

अभ्र से जब उसकी मुलाकात हुई तो वह गुप्त रूप से पुलिस के साथ सम्बन्ध बनाने की कोशिश कर रही थी। अपराध-जगत को छोड़कर वह सामान्य जीवन जीना चाहती थी, मगर उसके रास्ते में अनेक 'किन्तु' थे। जो खुद हेरोइन की शिकार हो गई थी, जिसे हेरोइन के बिना एक दिन भी काटना मुश्किल लगता था—ऐसी स्त्री कैसे सब कुछ छोड़कर सामान्य जीवन जी सकती थी?

प्रेमा ने उसकी बहुत मदद की थी। पीले शरीर वाली, अत्यन्त दुबली-पतली, अस्थिर, चंचल और हताश प्रेमा ने। उसने कहा था—"जर्नलिस्ट, मुझे बचा लो। मुझे मेरे अपने चंगुल से बचा लो। मेरे पास बहुत पैसा है। बस, एक बार मैं काठमांडू से निकल जाऊँ..."

मगर प्रेमा काठमांडू से नहीं निकल पाई। एक बार जाल में फँस जाने के बाद उसे काटना बहुत मुश्किल है। आज भी प्रेमा की याद आने पर अभ्र को तकलीफ होती है।

डॉक्टर ने कहा था, "क्या सोच रहे हैं?"

"कुछ नहीं, दवा लिख दीजिए, खाऊँगा।"

"खाइए-खाइए...कोई नुकसान नहीं होगा। अनिद्रा का ज्यादा बढ़ना ठीक नहीं है। वैसे आप पत्रकार लोग तो यों भी कम सोते हैं। आजकल तो आपका नाम बहुत विख्यात हो गया है। वाकई, इतनी अच्छी अंग्रेजी कैसे लिख लेते हैं?"

अभ्र सिर्फ मुस्कराया था।

वह कैसे इस झकाझक, चमचमाते हुए पॉलीथिन के थैले में बन्द डॉक्टर को समझाए कि जब एक संवाददाता के रूप में वह पहली बार सफल हुआ था, जब उसके सिर पर से पहली दफा चिन्ता का भारी पत्थर सरका था, ठीक उसी समय उसका व्यक्तिगत जीवन नष्ट-भ्रष्ट हो गया था। और इसीलिए उसे आज नींद नहीं आती।

डॉक्टर ने मुग्ध भाव से हँसते हुए कहा था, "मैं सभी से कहूँगा कि मेरी क्लिनिक में अभ्र रॉय आए थे।"

"बांग्ला के संवाददाता कमलांशु की चीजें पढ़ी हैं?"

"अरे हटाइए। बांग्ला! आप जिस अखबार में लिखते हैं..."

अंग्रेजी भाषा की अपार महिमा को इसके पहले अभ्र ने आत्मसात नहीं किया था। मणि दा बीच-बीच में जरूर कहते थे, "बांग्ला में लिख रहे हो, लिखो, पर तुम्हारी भाषा जरा...अंग्रेजी में लिखते तो अच्छा था। ट्राई करके देखो न।"

मणि दा उसे उपदेश देते रहते थे।

"देखो, नौकरी नहीं करोगे, सिर्फ अपने मन से जो चाहोगे लिखोगे, अखबारों को बेचोगे, अभी ऐसी स्थिति बांग्ला पत्रकारिता में नहीं आई है। अंग्रेजी में है।"

उन दिनों अभ्र जलि का पति था, सेंउती का पिता था। उनके पास एक छोटा-सा फ्लैट था। जलि एक प्रसिद्ध विज्ञापन संस्था में कॉपीराइटर थी। उनका जीवन सुन्दर और सजीला था। घर का काम करने के लिए और सेंउती की देखभाल करने के लिए नलिनी थी। अभ्र नहीं जानता कि उन दिनों वह सुखी था या नहीं, पर जीवन में शान्ति जरूर थी।

जलि का बॉस वरुण पाल कभी-कभी उसके घर आता तो कहता, "क्यों भाई जर्नलिस्ट! क्या हो रहा है? अभी भी लगता है कुछ सोच रहे हो? एक काम करो, तुम जातिंगा चले जाओ।"

"जातिंगा क्यों जाऊँ?"

"जातिंगा में हर साल एक विशेष समय पर हजार-हजार चिड़ियाँ आत्महत्या करने आती हैं, यह बात जानते हो?"

अभ्र को नहीं मालूम था। जलि कहती, "ये जाएँगे भला? जैसे आलसी हैं, भगवान ही मालिक है।"

वरुण कहता, "अरे भाई! आजकल तो संवाददाताओं की पौबारह है। खोजी पत्रकारिता, जिसे कहते हैं इनवेस्टिगेटिव जर्नलिज्म, के दिन हैं आजकल।" जलि कहती, "कुछ आया समझ में?"

बीच-बीच में दूसरे मित्र आते। कोई शराब लाता, कोई मछली, कोई रूमाली रोटी। वरुण भी आता, पर खाली हाथ नहीं। उसके हाथ में बोतल होती। बड़ी बोतल ले आता तो ऐसा भाव दिखाता, जैसे 'मैं ला सकता हूँ, इसीलिए लाया हूँ।'

वरुण ऐसा ही सोचता था!

वह कहता, "मैं भी तुम जैसा ही हूँ। पॉल्स एडवर्ट को भूल जाओ। जो तुम हो, वही मैं हूँ। ओह, यह गप्प-शप्प, ये मस्ती कितनी मिस की है हमने!"

प्रसिद्ध 'पाल टि ब्रोकर्स' और कई चाय बागानों के मालिक का लड़का वरुण यहाँ अपनी जीविका के लिए संघर्ष करते हुए तरुणों के साथ गप्प-शप्प करने आता था।

वरुण 'मुँह' से उनकी तरह होना चाहता था।

वे हृदय से वरुण की तरह होना चाहते थे।

अभ्र कुछ भी नहीं चाहता था। पत्नी, बेटी, छोटा-सा प्लैट, छोटी-सी आमदनी, यही उसका स्वर्ग था, इसी में उसे शान्ति थी।

अभ्र को पता नहीं था कि इतना कम चाहना एक अपराध है, भयानक अपराध। कलकत्ता बड़ा निर्मम न्यायाधीश है। जो लोग थोड़े-से में खुश रहते हैं, जो मन-ही-मन निम्नमध्यवित्त बने रहकर सन्तुष्ट रहते हैं, उन्हें कलकत्ता भयंकर दंड देता है। कलकत्ता उन्हें डसता है और उनके भीतर 'जो तुम नहीं हो वही तुम्हें बनना होगा' की महत्त्वाकांक्षा का जहर भर देता है।

कलकत्ता वह जहर कहाँ घुसाता है? खून में नहीं, जी हाँ, खून में नहीं, मन जैसी कोई चीज ही नहीं होती, वह उस जहर को ब्रेन में घुसाता है, ब्रेन में।

ब्रेन ही सब कुछ है। यही हृदय है, यही मन।

कलकत्ता ने अभ्र को भी डसा था। कलकत्ता खुद तो कुछ करता नहीं, दूसरों से करवाता है। और अभ्र के मामले में कलकत्ता ने जलि को हथियार बनाया था।

रात को अभ्र के घर जमी गोष्ठी समाप्त होती तो लोग अपने-अपने घर चले जाते। जब तक वे लोग वहाँ होते, जलि झिलमिलाती रहती, चमकती रहती। उनके चले जाने के बाद वह अचानक जैसे मुरझाकर पड़ जाती।

तब तक नलिनी सो गई होती। सेंउती उससे भी पहले। अभ्र धीरे-धीरे एशट्रे साफ करता, जूठे बर्तन हटाता, बचा हुआ खाना ढककर रखता।

जलि उठकर कपड़े बदलती। हाथ-मुँह धो आती और नाइटी पहन लेती। फिर बालों में कंघी करती। बालों में जोर-जोर से कंघी चलाने से जड़ें सख्त होती हैं। फिर वह चेहरे पर मलती 'वीको टर्मरिक आयुर्वेदिक क्रीम, त्वचा को निखारे आयुर्वेदिक क्रीम'।

चेहरे पर क्रीम मलते-मलते जलि अभ्र से कहती, "अरे कुछ करो, कुछ करो।"

लगता है, जलि को खुश करने के लिए ही अचानक एक दिन बेरीवाला के साथ अभ्र की मुलाकात हुई। जैसे इसी कारण अभ्र को एक रोमांचकारी खोजी रिपोर्ट लिखने का प्रस्ताव मिला, बदले में ढेर सारे पैसे। उस समय अभ्र राय कल्पना भी नहीं कर सकता था कि उसे तीन बड़े लेखों के लिए 1500 रुपये मिलेंगे।

"जलि, पन्द्रह सौ रुपये!"

"वाकई?"

"हाँ, सचमुच, तुम खुश हो न?"

"ओह! श्योर!"

"नशीले पदार्थों का व्यापार समाज में कितना फैल गया है...और फिर उसे चोरी-चोरी अन्य देशों में भेजने का मामला भी है। इन सबकी तहकीकात करने में मुझे बहुत घूमना होगा, बाहर रहना होगा।"

"ठीक है।"

"कलकत्ते के बाहर भी जाना होगा।"

"ठीक है, जाना।"

"सेंउती को स्कूल पहुँचाता हूँ और घरेलू चीजें खरीदता हूँ, तुम्हें असुविधा नहीं होगी?"

"नहीं-नहीं, मुझे कोई असुविधा नहीं होगी। मेरा चपरासी विष्णु सेंउती को स्कूल छोड़ देगा और ले आएगा। बाजार का काम नलिनी कर लेगी। मैं तो सोच रही हूँ, सेंउती को क्रेश में डाल दूँ।"

"क्रेश में? किस क्रेश में?"

"किसी भी क्रेश में। दिन-भर घर में रहती है, नलिनी के मुँह से देवी-देवताओं की फालतू कहानियाँ सुनती है, गुड़िया-गुड्डा का खेल खेलती है—यह सब ठीक नहीं है।"

"क्यों जलि?"

"तुम नहीं समझोगे।"

"वह नलिनी को बहुत चाहती है।"

"यह भी कोई अच्छी बात नहीं है। नौकर-चाकर को इतना प्यार करना..."

"देखो, नलिनी बहुत भरोसे की..."

"तुम्हें यह सब सोचने की जरूरत नहीं है। अपने कैरियर के बारे में सोचो। घर में रहते-रहते तुम भी घरेलू औरतों जैसे होते जा रहे हो। बाजार...बेटी... नलिनी...बस, यही तुम्हारी दुनिया बन गई है।"

अभ्र कह सकता था, "मैं इस दुनिया को चला रहा हूँ इसीलिए तुम अपना कैरियर बना पा रही हो।"

पर अभ्र ने कुछ भी नहीं कहा। कहता तो शायद जलि झगड़ा करने लगती। अभ्र झगड़े से बहुत डरता है।

बेरीवाला ने कहा था, "अभ्र, मेरी इज्जत रखना, मुझे डुबो मत देना।"

अभ्र ने बेरीवाला को डुबाया नहीं था, उसकी इज्जत रख ली थी।

उस लेख के लिए अभ्र को कई महीने दौड़-भाग करनी पड़ी थी। किस्मत से उसे फोटो खींचने का अभ्यास था। उसकी किस्मत ही थी कि मित्रों से तरह-तरह की सहायता मिली थी। किस्मत ही थी कि बीच-बीच में वह अपने घर भी हो आता था। सेंउती को गले से लगाता था। और कभी-कभी जलि का भी स्नेह-स्पर्श पाता था।

कभी-कभी घर आता तो देखता, जलि कहीं गई हुई है। नलिनी कहती कि वह ऑफिस के काम से बाहर गई हैं। यह कहते समय नलिनी अपनी आँखें नीची रखती। अचानक जब अभ्र की नजरें नलिनी से मिलतीं तो अभ्र को लगता, उसकी आँखों में ढेर सारे सवाल छटपटा रहे हैं; पर वह कुछ समझ नहीं पाता था।

सेंउती का जन्मदिन हर बार अपनी सामर्थ्य के अनुसार अच्छे ढंग से मनाते थे वे लोग। उसके जन्मदिन पर अभ्र काठमांडू से घर आया था। एक बड़ी-सी गुड़िया खरीदकर लाया था, जो चलती थी और बोलती थी। यह गुड़िया उसने काठमांडू के चोर बाजार से खरीदी थी। प्रेमा ने कहा था, "खरीद लो, तुम्हारी लड़की को बहुत पसन्द आएगी।"

अभ्र ने गुड़िया खरीदी थी तो प्रेमा बहुत खुश हुई थी। उसने अभ्र के गाल चूम लिये थे। बोली थी, "तुम कितने अच्छे हो, कितने अच्छे! अगर मेरा बाप मुझे इतना प्यार करता तो मैं अच्छी लड़की बन सकती थी।"

ये सब बातें भावुकता की हैं, ये सब बातें झूठी हैं।

गुड़िया, केक आदि चीजें लेकर जब वह घर लौटा था तो घर में केवल नलिनी को देखकर उसके मन को धक्का लगा था।

"वे लोग कहाँ हैं?"

"सब लोग वरुण बाबू के साथ..."

"मगर आज तो सेंउती का जन्मदिन है।"

"कहा है शाम को आएँगे।"

"मैंने चिट्ठी लिखी थी, मिली थी?"

"पता नहीं।"

अभ्र ने देखा कि नलिनी की आँखों में आँसू थे और उसकी आवाज काँप रही थी।

"हमेशा उसके जन्मदिन पर मैं ही सब कुछ करती थी...चलिए, नहा-धो लीजिए। खाना बनाती हूँ।"

"मुझे बहुत भूख लगी है।"

"अभी बनाती हूँ।"

"तुमने अपने लिए क्या बनाया है?"

"कुछ नहीं, कुछ चना-चबेना खा लेती हूँ।"

"घर में कुछ सब्जी है?"

"हाँ, हैं सेम, आलू, बैगन..."

"ठीक है, तुम हम दोनों के लिए सब्जी और भात पका लो।"

स्नानघर में जाकर उसने देखा—किसी अपरिचित का पायजामा और चिकन का कुर्ता टँगा हुआ था। किसका हो सकता है?

"ये सब पाजामा-वाजामा किसका है?" उसने नलिनी से पूछा था।

"वरुण बाबू का। अच्छा, सुनिए। पकौड़ी बना दूँ? खाएँगे?"

"जो मर्जी बना लो, खा लूँगा।"

नहाकर और खाना खाकर बिस्तर पर पड़ते ही अभ्र को गहरी नींद आई थी। [पाजामा और चिकन के कुर्ते की तस्वीर नींद में भी उसकी आँखों में टँगी हुई थी।] अभ्र के जीवन में बिना माँगे यह अन्तिम नींद थी। बचपन से ही जिसे नींद नहीं आती थी, उस अभ्र के जीवन में पिछले कुछ वर्षों की नींद का अन्त आ गया था। बाहर के कमरे में सेंउती के जन्मदिन के उपलक्ष्य में लाया गया केक और गुड़िया यूँ ही पड़े रहे।

शाम को नहीं, रात को नहीं, काफी रात गए जलि और वरुण वापस आए थे। वरुण के कन्धे पर सेंउती सो रही थी। जलि के हाथों में एक बहुत बड़ा गुड़ियाघर था। दोतल्ला घर। बरामदा, कई कमरे। हर कमरे में रोशनी, और छोटी-छोटी सजी हुई गुड़िया।

"तुम!"

"मैंने पत्र लिखकर तुम्हें सूचित तो किया था कि आ रहा हूँ।"

"पता नहीं! सेंउती का जन्मदिन हर साल हम घर में ही मनाते थे। इस बार उसके मित्रों के साथ पार्क स्ट्रीट के क्वालिटी में मनाया गया—यह आइडिया निश्चय ही वरुण का था।"

"बहुत अच्छी बात है..."

वरुण ने सेंउती को बिस्तर में लिटा दिया था, फिर कहा था, "ऐसे दिन पति-पत्नी के अपने दिन होते हैं। मैं चलता हूँ। दाल-भात में मूसलचंद क्यों बनूँ?"

अभ्र उठकर गया था। उसने वरुण का पाजामा और चिकन का कुर्ता कागज में लपेटकर बिना कुछ कहे उसके हाथ में थमा दिया था।

"अरे, हाँ...लगता है, तुम्हारा काम हो गया?"

"एक बार काठमांडू और बनगाँव जाना होगा। बस, उसके बाद लिखने में जो भी वक्त लग जाए।"

एक पल बाद जलि ने कहा था, "हम तो खा आए हैं। तुम क्या करोगे?"

"नलिनी कुछ-न-कुछ व्यवस्था कर देंगी।"

अभ्र चकित, मर्माहत सोच रहा था कि वह नलिनी से क्या कहेगा। उसने तो कहा था—"उन लोगों को लौट आने दो, सभी बैठकर साथ खाएँगे।"

लज्जा लज्जा हाय यह कैसी लज्जा,
मिथ्या आयोजन, यह गृहसज्जा!

कमरे में जो फूल और बैलून अभ्र ने नलिनी के साथ मिलकर सजाए थे, उन्हें अभ्र कहाँ हटाए? और बड़े उत्साह से नलिनी ने जो गोश्त, खीर और देहरादून चावल का भात पका रखा है, उसका क्या करें? उस रात अभ्र और नलिनी ने क्या और कितना खाया था, उसे याद नहीं। वह जलि से यह भी नहीं पूछ पाया था कि वरुण का पाजामा-कुर्ता हमारे बाथरूम में क्यों झूल रहा है।

उधर जलि पूर्णतया स्वाभाविक थी। उसके लिए बाथरूम में झूलता वरुण का कुर्ता-पाजामा भी स्वाभाविक था और यह भी स्वाभाविक था कि अभ्र उन्हें अखबारी कागज में मोड़कर वरुण को थमा दे। यह सब कोई खास बात नहीं है। रोज की तरह जलि ने साड़ी बदलकर नाइटी पहनी, प्रायः सौ बार बालों में कंघी फिराई, हाथ-पाँव और चेहरे पर क्रीम मला। जलि की त्वचा वैसे भी अत्यन्त सुन्दर है। त्वचा को निखारे आयुर्वेदिक क्रीम!

"टेबल पर वह क्या है?"

"चिरायता का पानी। सवेरे उठकर पीती हूँ। देशी चीजों की तरह बढ़िया और कुछ नहीं होता...ले आए हो?"

"क्या?"

"वाह! भूल गए, ऊन?"

"इस बार जरूर लाऊँगा।"

"ठीक है, अब सो जाओ।"

"अच्छा!"

"फिर कब जाओगे?"

"कल सुबह।"

"सिर्फ एक दिन के लिए!"

"हाँ! एक ही दिन के लिए।"

"सवेरे गुड़िया देखकर सेंउती बहुत खुश होगी।"

"हाँ, होना तो चाहिए।"

"सुनो, मैंने उसे क्रेश में डाल दिया है। पढ़ेगी भी और दिनभर वहीं रहेगी। खाना-पीना भी क्रेश में ही होगा। सिर्फ लाना और ले जाना होगा। बुलबुल देसाई ने हम जैसी कामकाजी महिलाओं की व्यस्तता को ध्यान में रखकर यह जो क्रेश खोला, वह हमारे लिए बहुत उपयोगी रहा।"

"तुमने मुझे एक बार बताया तो होता।"

"बताया तो था। मेरी चिट्ठी नहीं मिली?"

"जलि, तुम्हारी चिट्ठी पाए बहुत दिन हुए। इधर तो कोई चिट्ठी मिली नहीं।"

"क्या जाने चिट्ठी क्यों नहीं मिली!"

अभ्र समझ गया था कि पता-ठिकाना ठीक होते हुए भी चिट्ठी इसलिए नहीं पहुँची थी, क्योंकि जलि ने चिट्ठी लिखी ही न थी।

अभ्र को मन-ही-मन आने वाले तूफान का संकेत मिल रहा था। कोई अदृश्य आकाशवाणी भीतर-ही-भीतर जैसे उससे कह रही थी—यह साइक्लोन है। जो मछुवारे समुद्र में मछली पकड़ने गए हैं, उन्हें सूचना देने का कोई उपाय नहीं है। जो पति अपने महत्त्वाकांक्षी पत्नियों को घर में छोड़कर बाहर घूम रहे हैं, उनके जीवन में तूफान आएगा ही—अर्थात कलकत्ते का वायरस उस दम्पती पर आक्रमण करेगा ही।

सवेरे उठकर उसने बेटी को प्यार किया था, फिर उसने जलि से कहा था, "बस, एक महीने और, उसके बाद हम तीनों नेपाल घूमने जाएँगे। काठमांडू के आसपास भी घूमने लायक कितनी ही सुन्दर जगहें हैं। सेंउती घुड़सवारी करेगी।"

"ओह, लवली! लवली!"

इस बार घर छोड़ने से पहले जलि ने उसका सूटकेस ठीक कर दिया था और उसको प्यार किया था। खूब स्नेहिल स्वर में नलिनी से कहा था, "आज मछली बनाना।"

अभ्र के लेख का शीर्षक था—'दि मार्च फॉर डेथ' (मृत्यु की ओर प्रयाण)। तीन अंकों के धारावाहिक इस लेख के छपते ही अभ्र का नाम चारों ओर गूँज

उठा। 'नवल चाँद सहाय युवा संवाददाता पुरस्कार' अभ्र को ही मिला। तीन हजार रुपये, साथ में गाना-बजाना और धूम-धाम।

अभ्र पुरस्कार लेने बम्बई गया, तो वहाँ के एक प्रसिद्ध अखबार ने काफी अच्छे पैसे देकर उसे दो या तीन किस्तों में एक रिपोर्ट लिखने के लिए अनुबन्धित किया जिसका शीर्षक था : 'बालिकाओं की वेश्यालयों के लिए खरीद-बिक्री'।

कलकत्ता लौटने के लिए बहुत व्याकुल था अभ्र। उसके मित्र उसे पार्टी देने वाले थे। जलि ने उसे बताया था कि यहाँ एक शानदार पार्टी होगी। खाने-पीने की व्यवस्था कमाल करेगा और वरुण के भाई मोहित पाल ने सूचना दी थी कि वह मानपत्र तैयार करेगा।

सभी ऐसे भाव दिखा रहे थे जैसे किसी ने कभी ऐसा कोई काम किया ही न हो। बाद में जो और सब लोग समझ रहे थे, वह अभ्र भी समझ गया कि श्रीमती जलि श्रीमान् अभ्र को जल्दी ही काटकर अलग कर देंगी। उन्होंने सोचा था शानदार पार्टी देकर, अभ्र की प्रशंसा करके वे यह दिखा देंगे कि अभ्र कोई मामूली चीज नहीं है। उठाकर फेंक देने की चीज नहीं है। उसके पीछे भी कुछ लोग हैं। उसका वर्तमान इतना बुरा नहीं है। भविष्य तो उज्ज्वल है ही।

अभ्र को कभी भी किसी नशे की आदत न थी। पर दूसरे लोग उसके जैसे न थे। वरुण पाल स्कॉच की एक पूरी क्रेट पार्टी में लाया था और उसने अभ्र से कहा था, "भाई, आज भर के लिए माफी चाहता हूँ। आज हमें जी भरकर पी लेने दो।"

कमाल ने तन्दूरी मुर्गा, रूमाली रोटी, बिरयानी और गाजर के पेशावरी हलवे की व्यवस्था की थी। मोहित पाल ने जो मानपत्र तैयार किया था, वह रेशम के कपड़े पर ब्रुश से लिखा हुआ था। उसे मोहित ने खुद ही पढ़कर सुनाया था।

ढाके की रेशमी साड़ी और सोने के गहनों से लदी जलि बिजलियाँ गिरा रही थी। सेंउती उन्मुक्त होकर किलकारियाँ मार रही थी और नलिनी भी अभ्र द्वारा खरीदी गई सफेद साड़ी में प्रसन्नता की प्रतिमूर्ति लग रही थी। नलिनी को देखते ही मोहित बोल उठा था, "यह तो आपकी नौकरानी है! उसके लिए नई साड़ी खरीदकर आपने बहुत अच्छा किया है।"

मोहित दया का सागर है—दूसरों के मामले में बिना बुलाए पड़ने वाला और परेशानियाँ उठाने वाला दया का सागर। पति-पत्नी का झगड़ा हो तो मोहित वहाँ हाजिर, कोई निरीह व्यक्ति शराब पीकर फर्श पर चित पड़ा हो तो उसे घर पहुँचाने के लिए प्रस्तुत होने वाला मोहित, अगर किसी विदेशी मित्र को डॉलर की कमी पड़ जाए तो उसकी मदद में दौड़ने वाला मोहित।

उसके इन्हीं गुणों के कारण लोग उसे 'मदर' कहते हैं।

कलकत्ते में ऐसी अनेक माँएँ हैं। मदर टेरेसा उनकी सूची में नहीं है। उस सूची में जिनका नाम है उनमें हैं मदर मोहित, मदर कालीघाट की माँ, आवारा कुत्तों की माँ, एलोरा जुगराल और मांस के उद्‌देश्य से भगाकर लाई गई लड़कियों की माँ, अवकाशप्राप्त कर्नल दत्त।

इन सभी ने मिलकर जबरदस्त पार्टी जमायी थी। और इनके अलावा पुलिस के आला अफसर, प्राचीन बांग्ला गानों के चतुर शिल्पी मिस्टर चौधरी भी बिना निमंत्रण के आ पहुँचे थे, माफी माँगते हुए।

'बाबू के साथ फूलबाग में झूला झूलने गई थी क्यों री!'

शीर्षक गाने से श्रीमान् चौधरी ने उपस्थित श्रोताओं को विभोर कर दिया था। ऐसे आनन्द के दिन कभी-कभी ही आते हैं।

ऐसे दुख के दिन भगवान करें, कभी न आएँ, कभी न आएँ, अभ्र के जीवन में ही नहीं, किसी के भी जीवन में न आएँ।

पार्टी के बाद उसी रात जलि ने अभ्र से कहा था, "तुमसे कुछ बातें करनी हैं।"

"क्या? सोओगी नहीं?"

"नहीं, बैठो।"

सोती हुई सेंउती की दोनों ओर वे बैठ गए थे। नाइटी पहने बालों में सौ बार कंघी किये और पूरे शरीर में क्रीम पोते जलि एक ओर और अभ्र दूसरी ओर।

"क्या बात है जलि?"

"इस समय तुम एक संवाददाता के रूप में..."

"प्रतिष्ठित हो गए हो—कहना चाहती हो?"

"हाँ, अगर अब भी तुम अपने पाँव पर खड़े न हो सको..."

"यह सब छोड़ो जलि, बताओ! बात क्या है?"

"मुझे लगता है कि मैं विवाहित जीवन की यह गाड़ी अब खींच नहीं पाऊँगी।"

"विवाहित जीवन की?"

"तुम्हारे साथ विवाहित जीवन की।"

"ऐसा क्यों जलि?"

"हमारे जीवन में एक नीरसता, एक दूरी घर कर गई है। तुम्हारे साथ अब मैं नहीं रह सकती। और मुझे लगता है कि मेरे बिना तुम्हारा भी चल जाएगा।"

"ऐसा तो मैंने पहले सोचा भी नहीं।"

"तुम्हारी बात मैं नहीं जानती, मैं अपनी बात कह रही हूँ। बहुत दिनों से सोच रही थी कि कहूँगी।"

"यह तुम क्या कह रही हो जलि? किस दूरी की बात कर रही हो? मैंने तो...मैंने तो जो कुछ किया, तुम्हारे लिए ही...जिससे तुम गर्व से सिर ऊँचा कर सको।"

"नहीं अभ्र, तुम्हें कुछ तो कुछ करना ही होता। अपने कैरियर में सफल पत्नी के 'नो गुड' पति बनकर तुम कितने दिन रह सकते थे?"

"मैंने तो...मैंने तो कभी इस तरह सोचा ही नहीं।"

"दूसरे लोग भी ऐसा ही सोचते हैं, वरना अचानक इस तरह इतनी बड़ी पार्टी देने का तुक क्या था?"

"वह हमें प्यार..."

"नहीं, नहीं। मुझे सीख देने के लिए, मुझे जताने के लिए कि जलि सिर्फ तुम्हीं अपना कैरियर नहीं बना रही हो, अभ्र भी बना रहा है।"

"जलि, मैं क्या तुम्हारे कैरियर के रास्ते में बाधा हूँ? सच बताना।"

"सच बताऊँ?"

"बोलो, बोलो।"

अभ्र का मन कह रहा था, कुछ मत बोलो; जलि, कुछ मत बोलना। कम-से-कम वरुण का नाम मत लेना। हमारी एक लड़की है, हमने एक साथ

कितने अच्छे दिन काटे हैं। घाटशिला, पुरी, राजगीर कितनी जगहों पर एक साथ घूमने गए हैं, सेंउती जब पैदा होने वाली थी तो उसे लेकर हमने कितने सपने देखे हैं। लड़का होने पर हम उसका नाम अजेय रखेंगे। और लड़की होगी तो सेंउती।

अभ्र का मन कह रहा था—जलि को अपनी बाँहों में जकड़ लो, उसका मुँह अपने सीने में दबा लो, जो बात उसके मुँह में है उसे निकलने न दो। पर...

जलि ने कहा था, "तुम मेरे कैरियर के रास्ते में बाधा नहीं हो, पर वरुण उसमें बहुत अधिक मददगार है।"

"वरुण!"

"हाँ, वरना पाँच साल में ही मैं एक मामूली कॉपीराइटर से बड़े एक्जीक्यूटिव के पद पर कैसे पहुँचती?"

पहुँचतीं जलि, जरूर पहुँचतीं। कलकत्ता ने ऊपर उठने की ढेर सारी शर्तें रख दी हैं। उनमें सबसे जरूरी शर्त है—तुम्हें निर्मम होना होगा, तुम्हें हिंसक होना होगा, जलि, तुम्हारे अन्दर वह निर्ममता, वह हिंसता है, वह जिद है, तुम्हें ऊपर उठने से कौन रोक सकता है।

"तुम्हारा हृदय बड़ा निष्ठुर है जलि!" अभ्र ने एक पल बाद कहा था।

जलि जैसे अवाक हो गई थी और बोली थी, "तुम्हारे जैसा सेंटीमेंट लेकर चला जाए तो आज के समय में मिट्टी में मिल जाना होगा, अभ्र।"

"जलि, तुम मेरी पत्नी भी तो हो, मेरी सेंउती की माँ भी तो हो।"

"उससे क्या?"

"विवाहित जीवन का तो अर्थ ही है कुछ चीजों को मानकर चलना। हम सुखी थे, यह घर हम दोनों ने मिलकर सजाया है, थोड़े से पैसों में हम लोगों ने अपनी गृहस्थी अच्छी तरह से चलाई है।"

मधुबनी छाप का पर्दा, जार्ज कीट की पेंटिंग, आसाम के बेंत की बनी मेज-कुर्सी, लोहे के ग्रिल के पार्टीशन पर लिपटा हुआ मनीप्लांट—सब जैसे जलि से प्रार्थना कर रहे थे कि जलि, तुम मत जाओ, इस छोटे-से संसार को तहस-नहस मत करो।

पर जलि का संकल्प अमोघ था।

"नहीं अभ्र, अब और नहीं।"

"तुम क्या वरुण से शादी करोगी?"

"कर सकती हूँ।"

"और सेंउती, हमारी सेंउती का क्या होगा?"

"मेरे पास ही रहेगी, अच्छे स्कूल में पढ़ेगी, पियानो सीखेगी, पेंटिंग सीखेगी, अच्छा कैरियर बनाएगी।"

"तो तुमने अन्तिम निर्णय कर लिया है?"

"हाँ, पक्का।"

"तो फिर आज की पार्टी का यह प्रहसन तुमने क्यों होने दिया? किसलिए जलि?"

"अभ्र! तुम्हारा कैरियर और भी ऊँचा उठे तो इससे भी ग्रैंड पार्टी मैं दूँगी। जहाँ बीच में एक बच्चा हो, वहाँ डिवोर्स के बाद भी माँ-बाप का सम्बन्ध मित्रतापूर्ण होना बहुत जरूरी है।"

"सेंउती क्या सोचेगी?"

"तुम तो अपने कैरियर के पीछे घूमते फिरोगे, पिछले दिनों जब तुम रिपोर्ट तैयार कर रहे थे तब महीने में कितनी बार तुम अपनी लड़की से मिल पाए हो?"

"उसे बिना देखे..."

"तुम्हारी जब इच्छा हो, उससे आकर मिल लेना। मैं तुम्हें रोकूँगी नहीं। पर अगर तुमने इसके लिए कोर्ट-कचहरी किया तो समझ लेना, मैं तुम्हें छोड़ूँगी नहीं।"

"जलि, अभी-अभी तो मुझे एक रास्ता मिला है और ऐसे समय में..."

"इसीलिए तो। अभी तुम्हें छोड़कर जाने में मुझे कोई परेशानी न होगी।"

"इसके पहले तुम मुझे छोड़कर क्यों नहीं जा पाईं?"

"मुझे संकोच हो रहा था।"

"अगर पहले जैसे दिन होते, मेरा कोई कैरियर नहीं होता...तुम कहो तो मैं सब कुछ छोड़कर पहले की तरह..."

"नहीं...नहीं...नहीं...असम्भव।"

"सब कुछ असम्भव हो गया है।"

"हाँ।"

"तुम्हें जरा भी तकलीफ नहीं हो रही है?"

"बहुत मामूली।"

इसके बाद से अभ्र को नींद नहीं आई। दूसरे दिन सेंउती के प्रेस चले जाने के बाद अभ्र अपने कपड़े, अपनी किताबें और अपना टाइपराइटर लेकर मणि दा के घर चला गया। इस दुनिया में एकमात्र वही आदमी था जिसके पास जाकर अभ्र बच्चों की तरह रो सकता था। वही एक आदमी था जो अभ्र को धमका सकता था, नींद की गोलियाँ खिलाकर सो जाने को बाध्य कर सकता था।

नलिनी कितना रोयी थी! लग रहा था, जैसे उसका ही संसार उजड़ रहा हो, जबकि उसका सिर्फ आश्रय खत्म हो रहा था।

"मैं तो सब समझ रही थी। जब से यह सर्वनाश का रास्ता शुरू हुआ, तभी से सब कुछ जानती थी। यह क्या हुआ भइया जी, तुम तो दीदी जैसे नहीं हो कि मुझे भगा दोगे।"

अभ्र ने मणि दा का पता लिखकर उसे दिया था और साथ में कुछ रुपये उसकी मुट्ठी में ठूँस दिये थे। सिर्फ इतना कहा था, "मुझे बताए बिना तुम कहीं मत जाना।"

"तुम्हीं बताओ भैया, कहाँ जाऊँ? मायके में कोई है नहीं। ससुराल वालों ने भगा दिया तो तुम्हारे घर शरण मिला..."

अभ्र की आँखों में आँसू थे। उसने अपनी आँखें पोंछकर कहा था, "मुझे बिना बताए तुम कहीं मत जाना, समझीं?"

हाय! मनुष्य जो चाहता है, भला वह होता है कहीं! नलिनी को दूसरे ही दिन जलि ने घर से बाहर कर दिया। उसने अभ्र को भी सूचना दी कि वह मकान खाली कर रही है। अभ्र की जो भी चीजें वहाँ हैं वह उन्हें ले जा सकता है।

आश्चर्य! नलिनी अभ्र के पास नहीं आई। उसी मोहल्ले में एक मदरासी परिवार रहता था। उन्होंने काफी अच्छा वेतन देकर नलिनी को रख लिया। उनके एक छोटा बच्चा है, उसी के लिए। कलकत्ता में नलिनी जैसी स्त्रियों का जीवन ही ऐसा है। दूसरों को अपना मानकर मन-प्राण से सेवा करो, पर एक बात हमेशा याद रखो कि उस घर में तुम्हारा आश्रय अस्थायी है।

जलि को वरुण ने एक नया फ्लैट खरीद दिया। जितने दिनों तक डिवोर्स नहीं हुआ, वरुण अपने पैतृक मकान में रहता था। वह मकान पाल टी ब्रोकर्स के नाम था। बाद में शायद वह मकान बेचकर भाई-बहनों ने पैसे बाँट लिये थे।

संवाददाता अभ्र सफल। पति अभ्र, पिता अभ्र असफल।

सेंउती भी ऐसी बदल गई कि बाप के साथ एक तरह से उसका भी सम्बन्ध धीरे-धीरे कम होता गया। अभ्र चिट्ठी लिखता, किताबें और पैसे भेजता, कभी जवाब पाता, कभी नहीं पाता।

कलकत्ता अद्भुत शहर है।

कलकत्ता दरअसल एक गाँव है।

अभ्र के साथ जलि के विवाह विच्छेद को ग्यारह वर्ष हो गए। इन ग्यारह वर्षों में कलकत्ता जनता के अबाध मूत्रत्याग में ऊब-डूब हो रहा है। मेट्रो रेल और सी.एम.डी. के कल्याणकारी कार्यों से लाखों लोगों के अँगूठे मोटे होकर मानूमेंट जैसे हो गए हैं। कलकत्ता के मानचित्र पर ऊँची-ऊँची बहुतल इमारतों ने हमला कर दिया है। मैदान संकुचित होते-होते विवेकानन्द पार्क जैसा होता जा रहा है। इसी प्रकार के कितने परिवर्तन हो रहे हैं, और हुए हैं।

जलि भी क्या बैठी रहती? पिछले ग्यारह वर्षों में उसने वरुण के साथ विवाह किया है। उसे डिवोर्स दिया है। वरुण का फ्लैट उसने छोड़ दिया है। वरुण ने दोबारा विवाह किया है।

इस समय जलि पुरुष-विरोधी है। उसकी मॉडलिंग एजेंसी की बहुत शोहरत है। बहुत बड़ा कार्यालय है। ढेरों पैसे हैं। एक बहुत बड़ी फर्टिलाइजर कम्पनी के सौजन्य से जलि कथक-कथकलि-भारतनाट्यम थियेटर-गायन आदि के उपहार कलकत्ता को देती रहती है। चूँकि कलकत्ता एक बड़ा-सा गाँव है इसीलिए पार्टियों में जाने पर ढेर सारे परिचित चेहरे दिखाई पड़ते हैं। अभ्र के साथ भी जलि की कभी-कभी मुलाकात हो जाती है। मुलाकात होने पर?

"हाय अभ्र!"

"हाय जलि!"

बस, इतना ही संवाद-विनिमय उन दोनों के बीच होता।

कल एक पार्टी में फिर बहुत-से लोगों के साथ उन दोनों की मुलाकात हुई।

कमाल की पार्टी भी। वरुण आजकल 'पॉल' की जगह 'पल' लिखने लगा है। उसका भाई मोहित हमेशा से 'पल' लिखता था।

वरुण के साथ उसकी मद्रासी पत्नी नीला है। अभ्र को मालूम है कि उन दोनों का एक बेटा है। नीला अपने लेक गार्डेस वाले मकान में 'ब्लॉसम' नाम से एक 'नर्सरी स्कूल' चलाती है। स्कूल बहुत अच्छी तरह चल रहा है, बल्कि कहिए, दौड़ रहा है।

वरुण बहुत बदल गया है। अब वह शराब को हाथ नहीं लगाता। जीरा पानी पीकर ही बहुत सन्तुष्ट रहता है। खाने की चीजें भी बहुत चुन-चुनकर खाता है। अभ्र को देखकर वह आगे आ गया।

"भाई, तुम्हारे साथ बातें करनी हैं।"

"बोलो-बोलो।"

अभ्र चकित था। इतने दिनों बाद अचानक वरुण को उससे बातें करने की क्या जरूरत आ पड़ी? अभ्र को अपनी जवानी में पढ़ी हुई जीवनानन्द दास की कुछ पंक्तियाँ याद आ रही थीं—

हाय! यह कौन है जिसे अच्छा लगता है,
हृदय कुरेदकर सोई हुई वेदना जगाना
हाय! यह कौन है...

यह कविता उस समय पढ़ी थी अभ्र ने, जिस समय उत्तप्त यौवन के आवेग में प्यार के लिए प्यार किया जाता है, जिस समय जीवन एक तरंग की तरह होता है। उन दिनों जीवनानन्द दास अभ्र के प्रिय कवि थे।

अभ्र की जवानी के दिन बड़े उथल-पुथल वाले थे। कलकत्ता शहर हिलोरें ले रहा था और गरज रहा था। ज्वार की तरह। फिर एक विस्फोट हुआ था। और विस्फोट के साथ-साथ मारे गए तरुणों के शवों से यह शहर, इसके आसपास के इलाके और कितनी ही जगहों को ढक दिया गया था, शान्त कर दिया गया था।

एकाएक कितने ही युवकों ने अभ्र की तरह जीवनानन्द दास को पढ़ना बन्द कर दिया था। प्रेम अब उनका प्रिय विषय नहीं रह गया था। साहित्य में भी फैशन बदलते हैं, रुचियाँ बदलती हैं। अभ्र जानता है कि जिन किताबों को उम्र की उठान के समय पढ़कर आदमी बह जाता है, आनन्द की लहरों में, वेदना और रोमांच में डूब जाता है, उन्हीं किताबों को दुबारा उम्र बढ़ने पर फिर नहीं पढ़ता, पढ़ नहीं पाता।

पता नहीं क्यों वे किताबें तब उतनी अच्छी नहीं लगतीं! लगता है, वे बच्चों की किताबें हैं।

पर आज पता नहीं क्यों जवानी में पढ़ी गई जीवनानन्द दास की वह कविता याद आ रही है। यद्यपि कितने ही वर्ष बीत गए, अभ्र ने कोई कविता नहीं पढ़ी, साहित्य के साथ कोई सम्पर्क नहीं रखा।

वरुण, वरुण जलि को लेकर चला गया। मेरा घर टूट गया, कितने वर्ष बीत गए। कलकत्ता कितना बदल गया! दिनोदिन कितना बदलता जा रहा है! दिनोदिन...

कलकत्ता साबुन लगाकर किसी सुन्दरी की तरह गोरा नहीं हुआ, मैला होता गया। यह शहर बीच-बीच में असम्भव रूप से पागल हो उठता है। वरुण, क्या तुम देख नहीं पाते, कि कलकत्ता कुछ कहता नहीं? मैदान खत्म हो रहा है, पर कलकत्ता उसे पकड़कर रखता नहीं। न्यू मार्केट जल गया, मगर कलकत्ता ने उस पर पानी नहीं डाला। निम्न मध्यवित्त साधारण मनुष्य को कलकत्ता फ्लैट खरीदने या मकान बनाने की आज्ञा नहीं देता। उसे मारकर भगा देता है। अपने को फूँक-ताप कर कलकत्ता अब धनाढ्यों, काला बाजारियों, मस्तानों और राजनीतिक जुआरियों का हो गया है।

इतने दिनों के बाद तुम्हें मेरे साथ बात करने का समय मिला है? नहीं, वरुण, अगर अभ्र राय के हृदय को मेट्रो रेल के मजदूर पाताल तक खोद डालें तो भी उसमें कोई वेदना नहीं जगेगी।

जलि और सेंउती के चले जाने के बाद उसके हृदय में जो घाव हुए थे, वे कब के सूख चुके थे।

अब और कौन-सी बात रह गई है हम दोनों के बीच? उसने सोचा।

"बोलो, वरुण?"

वरुण उसे ठेलकर एक कोने की तरफ ले गया, जहाँ गहरे लाल पौधे के सामने पीतल का एक सिंह बैठा हुआ था और कोई देख नहीं रहा था, फिर भी बड़े-बड़े गुलाबों का एक गुच्छा चीनी मिट्टी की एक फूलदानी में गर्व से सिर ऊँचा किये खड़ा था।

दोनों आमने-सामने खड़े हो गए। वरुण ने ऐसे लहजे में बात शुरू की जैसे अभी-अभी वे देश के लिए जरूरी कोई राजनीतिक निर्णय लेने वाले हों, जैसे वरुण की बात पर ही देश का भविष्य और वर्तमान निर्भर करता हो।

"क्या ले रहे हो अभ्र?"

"कैंपा कोला।"

"ये सब चीजें भी आजकल...ओह! तुम तो शराब लेते नहीं। है न?"

नहीं वरुण, यह बात नहीं है। ज्यादा नहीं तो थोड़ा-थोड़ा मैं भी लेता था। तुम्हें याद नहीं है कि कितने दिन बगल में बोतल दबाए तुम मेरे घर में आते थे! यह सब सोच गया अभ्र, पर बोला केवल इतना ही, "पहले लेता था, अब छोड़ दिया है।"

"अच्छा किया भाई, बहुत अच्छा किया। यह बात सुनकर मुझे बहुत खुशी हुई।"

"छोड़ो, यह बताओ, तुम क्या कह रहे थे?"

"बहुत दिनों से कहना चाहता था पर मौका नहीं मिला। मौका मिला तो साहस नहीं हुआ। तुम्हारी सफलता देखकर मुझे बहुत खुशी होती है। उड़ीसा के आदिवासियों पर तुम्हारी रिपोर्ट पढ़कर मेरी आँखें भीग गई थीं। कितना आश्चर्यजनक! विश्वास नहीं होता कि आज भी मनुष्य घास-पात खाकर..."

"यह तो एक घटना है।"

"पर प्रधानमंत्री भी उड़ीसा गए थे। आदिवासियों के बीच भी गए थे। लगता है, अब कोई रास्ता निकलेगा। तुम लोगों ने भी कितना लिखा..."

"हमारे लिखने और प्रधानमंत्री के वहाँ जाने से आदिवासियों की किस्मत थोड़े ही बदल जाएगी।"

"निश्चय! मैं आशावादी हूँ।"

"प्रधानमंत्री लोग तो हमेशा ही दुखी लोगों के बीच जाते रहते हैं। उससे तो किसी की हालत सुधरते मैंने आज तक देखी नहीं। और फिर अंग्रेजी की

खबरें। उन्हें कौन पढ़ेगा! कितने लोग अंग्रेजी पढ़ते हैं। और जो अंग्रेजी पढ़ते हैं, वे देश के बारे में नहीं सोचते।"

"भई वाह! क्या बात कही है...फिर भी तुम आज हम लोगों के लिए गर्व की चीज हो।"

"धन्यवाद, वरुण!"

"जानते हो मैं तुमसे क्या कहने वाला था?"

"मुझसे बिना कहे तुम्हारा काम नहीं चलेगा?"

यह सुनकर वरुण की हालत देखने लायक हो गई। लगा, जैसे बिना अपने मन की बात कहे उसे चैन न मिलेगा।

"कहना ही होगा, अभ्र! जो हो गया, उसे तो लौटाया नहीं जा सकता।"

"नहीं वरुण, जो समय बीत जाता है, वह फिर वापस नहीं आता।"

"मैंने जो कुछ किया, उसके लिए मुझे अफसोस नहीं है। पर भाई, मैं तुम्हें प्रणाम करता हूँ। जलि के संग इतने वर्ष जो व्यक्ति बिता सका, मैं उसे महापुरुष मानता हूँ।"

"पता नहीं! मैं तो उसके साथ ठीक-ठाक जिन्दगी बिता रहा था। आगे भी बिता लेता..."

"पर जलि, तुम्हारे साथ फिर भी नहीं टिकती। पहली बात तो यह कि वह जैसे हाड़-मांस की बनी ही नहीं है। उसके भीतर तो जैसे टाटा इस्पात कम्पनी का लोहा और इस्पात भरा हुआ है। तिस पर उसे पैसों का इतना लोभ है कि क्या कहा जाए! और फिर उसकी महत्त्वाकांक्षा! तौबा!"

"ये सब बातें रहने दो, वरुण।"

"ठीक है, जैसे तुम्हारी इच्छा।"

"तुम लोग कैसे हो?"

"मैंने फिर शादी की है। तुमने शादी नहीं की..."

"सभी लोग क्या सब काम कर पाते हैं?"

"मैंने तुम्हारा जीवन नष्ट कर दिया, इस बात का शुरू में मुझे बहुत दुख था, पर बाद में देखा, तुम्हारे लिए अच्छा ही हुआ। तुम जीत गए।"

"हार...जीत...खैर, छोड़ो। अपनी बताओ।"

"मजे में हूँ, खूब मजे में हूँ। यह मत सोचना कि मैं नशे में बोल रहा हूँ। मैंने शराब छोड़ दी है। नीला जैसी कोमल है वैसी ही कठोर भी है। उसने मेरे सारे नशे छुड़ाकर मुझे एकदम नया आदमी बना दिया है। जलि ने जो किया था..."

"तुमने पहले उसे नहीं पहचाना?"

"नहीं भाई, मैं बेवकूफ बन गया था।"

"जलि भी तो मजे में है।"

जलि भी तो मजे में है, वरुण भी मजे में है, अभ्र भी मजे में है—सभी जब मजे में हैं तो वरुण किसलिए ये सब बातें कर रहा है।

वरुण फिर उत्तेजित हो उठा।

"मजे में रहेगी नहीं? मेरे ऑफिस में रहकर उसने व्यापार के तौर-तरीके सीख लिये। भीतर ही भीतर हमारे क्लाएंट्स तोड़ लिये, फिर फैशन मॉडेलिंग एजेंसी खोलकर खूब पैसे कमा रही है।"

"वह बहुत काम की औरत है।"

"तुम भी धन्य हो। उसके ऊपर तुम्हें जरा भी गुस्सा नहीं आता? सारा गुस्सा मेरे ऊपर?"

"यह सब कीमत चुकाना है, भद्र, सभ्य और शिक्षित होने की कीमत। वरना तो उसी दिन तुम्हें मार-पीटकर भगा देता और जलि को पकड़कर कमरे में बन्द कर देता। बहुत-से पति तो ऐसा भी करते हैं।

"हम ऐसा नहीं कर सकते। कलकत्ता हमें अपनी उँगली पर नचाता है। हम शादी करते हैं, फिर तलाक देते हैं, उसके बाद फिर शादी करते हैं, कभी मुलाकात हो जाए तो 'हाय' कहकर एक-दूसरे के प्रति बनावटी सम्मान दिखाते हैं। कलकत्ता हमसे अपनी जिन्दगी की बहुत बड़ी कीमत माँगता है और जबरदस्ती वसूल करता है। खैर! ये सब बातें छोड़ो।"

वरुण हँसता है और सिर हिलाता है।

"नहीं, नहीं, तुम तो ऐसा नहीं करते।"

"हाँ, मैंने तो नहीं किया।"

"जलि ने इसी फ्लैट के लिए मुझसे शादी की थी। दे दिया। पाल टी ब्रोकर्स के घर का लड़का हूँ मैं। एक मामूली फ्लैट के लिए...पर जानते हो,

मुझे गुस्सा किस बात का है? मुझे उस समय मजबूर होकर अपनी पुरानी कोठी बेचनी पड़ी थी। ओह! जिस कोठी में हम दुर्गापूजा मनाते आए थे...!"

"अभी भी तो तुम अपने ही फ्लैट में रहते हो?"

"हाँ, लेक गार्डेंस में दसवें तल्ले पर हम रहते हैं। पहले तल्ले पर एक फ्लैट में नीला बच्चों का स्कूल चलाती है। कितना सुन्दर नाम रखा है—ब्लासम!"

इसी बीच उसकी पत्नी नीला हमारे पास आ गई। अच्छे स्वास्थ्य वाली सुखी चेहरे-मोहरे की गृहस्थ औरत सामने आई।

"घर नहीं जाना?"

"नीला कितनी सुन्दर बांग्ला बोलती है, सुना तुमने! कौन कहेगा कि वह तमिलनाडु में पैदा हुई थी!"

"वाकई?"

"हाँ! नीला, ये अभ्र राय हैं।"

"ओह! तो आप ही हैं श्री अभ्र राय?"

अपने पति की पहली औरत के परित्यक्त पति की ओर नीला ने गहरे कौतूहल से देखा।

"नमस्कार।"

"नमस्कार। एक दिन हमारे घर आइएगा। आएँगे न? चलो वरुण, हमारा बेटा कितनी देर से अकेला है।"

वरुण ने गर्व से कहा, "सुना तुमने? बेटे का पूरा नाम लेती है। मैं भी अब इनके साथ पड़कर अच्छा बच्चा बन गया हूँ। ऑफिस से जल्दी घर लौटता हूँ और बच्चे के साथ खेलता हूँ।"

"बहुत अच्छी बात है।"

नीला ने कहा, "यह तो करना ही होगा। माँ-बाप का साहचर्य पाए बिना बच्चा आदमी नहीं बनता।"

अभ्र की बाँह पर हाथ रखकर वरुण ने दुखी स्वर में कहा, "सेंउती को अपने हाथों नष्ट किया जलि ने। हमारे साथ उस बच्ची का कोई सम्बन्ध बनने ही नहीं दिया। मैं अगर उससे कुछ कहता तो जलि चोखने लगती। हारकर मैंने कहा—तुम मुझे उसके पास फटकने नहीं देतीं, खुद घर में टिकती नहीं, क्या

उस बेचारी का...? न हो, उसे होस्टल में डाल दो। मैं सच बताता हूँ, भारत के किसी भी होस्टल में, चाहे वह जितना खर्चीला होता, अगर उसे रखने को राजी होती जलि तो उसका खर्च मैं देता। तुम्हें विश्वास नहीं आ रहा है?"

"मैं विश्वास करता हूँ, वरुण!"

"सेंउती को मैं 'बॉबी' कहता था। वह मुझे प्यार भी करती थी, पर जलि ने उसके साथ मेरा कोई सम्बन्ध ही नहीं बनने दिया।"

नीला ने बर्फ जैसी ठंडी आवाज में कहा, "वरुण, जलि और उसकी लड़की को घर चलकर याद करना। इस समय तुम्हारी पत्नी नीला घर जाने को तैयार खड़ी है और चिरंजीव हमारे इन्तजार में बैठा होगा। हम घर पहुँचेंगे तभी वह खाना खाएगा।"

"माफ करना, नीला। चलो, चलते हैं।"

अभ्र सोच रहा है, पर उसकी समझ में नहीं आ रहा है कि सेंउती के साथ उसका कैसा सम्बन्ध बन सकता था। वरुण इस बात से दुखी है कि सेंउती के साथ उसका कोई सम्बन्ध जलि ने नहीं बनने दिया। अभ्र उससे कहना चाहता था—वरुण, इस बात के लिए तुम्हें दुख मनाने की जरूरत नहीं है। अपने बाप के साथ भी सेंउती का कोई खास सम्बन्ध नहीं बन पाया था। खुद सेंउती ने भी इसकी कोई कोशिश नहीं की थी।

जलि से कहने का कोई लाभ नहीं। अभ्र ने कोशिश करके देखा था। पर सेंउती अपने बाप के बारे में बहुत निरासक्त थी, बहुत उदासीन। शायद यही स्वाभाविक था। माँ-बाप अगर किसी छोटी बच्ची के विश्वास की दुनिया को तहस-नहस कर दें तो वह लड़की कैसे अपने माँ-बाप पर विश्वास करे? माँ के पास रहती है तो माँ शायद उसे ज्यादा सगी लगती है और बाप पराया।

तभी कमाल अभ्र की ओर बढ़ आया।

दुबला-पतला, गोरा, लम्बा और मेहँदी से रंगे बालों वाला कमाल आज आयात-निर्यात, तो कल विज्ञापन-फिल्म, तो परसों विदेश में राजस्थानी कपड़ों की प्रदर्शनी जैसे तरह-तरह के काम करता रहता था।

अभ्र जानता है कि उसकी आमदनी का असली स्रोत क्या है। कस्टम्स विभाग के किसी ऊँचे अधिकारी के साथ उसकी साँठ-गाँठ है। उसे वहीं से पैसे मिलते हैं।

कमाल औरतों से नफरत करता है, बहुत अच्छी शतरंज खेलता है और दोस्तों के घरों में चलने वाली गोष्ठियों की जान है। और पता नहीं क्यों धनी, बूढ़ी और अकेली महिलाओं को 'माँ' कहकर पुकारना उसे अच्छा लगता है। वह उनके पास जाकर उनकी खातिर करता है। बदले में वे उसे पैसे और उपहार देती हैं।

गर्मी के दिनों में वह अपनी किसी जननी के मनाली-स्थित बँगले में आराम करता है, और जाड़े के दिनों में किसी दूसरी जननी के गोपालपुर स्थित बंगले में धूप सेंकता है।

कमाल वाकई अपने दोस्तों को प्यार करता है।

अभ्र को देखकर वह आगे बढ़ आया।

"वह सूअर क्या कह रहा था?"

"किसे सूअर कह रहे हो?"

"वरुण को, और किसे? छि:-छि:! भला मैं तुम्हें..."

"कुछ भी तो नहीं।"

"तुमको कितनी देर से ढूँढ़ रहा हूँ।"

"किसलिए?"

"तुम्हें बेरीवाला खोज रहा है।"

"क्यों?"

"कुछ काम की बात करेगा।"

फीरोज बेरीवाला कलकत्ते का विशिष्ट व्यक्ति है। भारतवर्ष के एक बहुत बड़े उद्योगपति की भारत भर से निकलने वाली दैनिक, साप्ताहिक, मासिक, पाक्षिक, महिला, सिनेमा, अर्थशास्त्र और समाजशास्त्र इत्यादि से सम्बन्धित पत्र-पत्रिकाओं के कलकत्ता दफ्तर का फीरोज बेरीवाला प्रमुख है।

बेरीवाला दिन-भर थोड़ी-थोड़ी शराब पीता रहता है। फिर भी कभी किसी ने उसे नशे में नहीं देखा है।

अलीपुर में उसका फ्लैट देखकर कोई भी आदमी चौंक पड़ेगा; क्योंकि बेरीवाला का एकमात्र शौक है—नग्न स्त्रियों के चित्र और मूर्ति संग्रह करना। किसी भी स्त्री की तस्वीर या मूर्ति नहीं। उसके लिए शर्त है कि वे प्राचीन हों।

उनका धर्म से भी कोई सम्बन्ध नहीं होना चाहिए। उन्हें विशुद्ध शिल्प और मूर्तिकला का प्रतिनिधित्व करना होगा।

यह सब देखकर अगर कोई सोचे कि यह आदमी जबरदस्त छोकरीबाज है तो वह गलती करेगा।

बेरीवाला बहुत कट्टर शुद्धतावादी है। कभी कोई गलत व्यवहार करते या महिलाओं के साथ गलत सम्पर्क रखते उसे नहीं देखा गया।

प्राय: नग्न, ऊँचे उरोजों वाली, बलिष्ठ रमणियों के बीच वह रहता है और काम करता है। उनकी ओर देखते हुए भी वह उनके बारे में नहीं बल्कि दुनिया-जहान के बारे में सोचता रहता है।

'पेड़ बचाओ।'

'कुपोषित शिशुबन्धु।'

'अन्धों को रोशनी दो।'

'रक्त दो, प्राण बचाओ।'

'वन को बचाओ, वन्य प्राणियों को बचाओ।'

'प्रतिबद्ध व्यक्ति आपकी सहायता चाहता है।'

'स्वामी तथा समाज-परित्यक्ता स्त्री।'

'कच्छप की जगह जल, आपका पेट नहीं।'

इस प्रकार के बहुत से संगठनों का फीरोज बेरीवाला उत्साही सदस्य है। प्रत्येक रविवार को सवेरे और शाम को होने वाले इन संगठनों के आयोजनों में वह जरूर जाता है। अगर कोई आदमी गाड़ी के नीचे आकर मर जाए तो उसे कोई परेशानी नहीं होती, पर अगर रास्ते में कोई कुत्ता गाड़ी के नीचे आ जाए तो वह सम्पादक के नाम पत्र लिख देता है। यह बात सभी जानते हैं कि जो व्यक्ति स्टेट्समैन अखबार के सम्पादक के नाम जितने पत्र लिखता है, उसी अनुपात में वह समाज-प्रेमी और सचेतन व्यक्ति माना जाता है।

बेरीवाला एक साल में ऐसी प्राय: साठ चिट्ठियाँ लिखता है।

उस समय स्कॉच के गिलास में बरफ को हिलाते हुए वह अभ्र के पास आया। उसके पास आने पर अभ्र ने लक्ष्य किया कि उसके गोरे और पीले चेहरे पर नीली-नीली नसें उभरी हुई थीं।

"अभ्र, मैं तुम्हें ढूँढ़ रहा था।"

"आज पता नहीं क्यों सभी मुझे ही ढूँढ़ रहे हैं।"

"एक काम की बात थी।"

"बोलो।"

"ब्ल्यू फिल्म्स के बारे में कुछ लेख चाहिए।"

"ब्ल्यू फिल्म्स?"

"हाँ। हमारा समाज नष्ट हो रहा है। चारों ओर जहाँ देखिए, ब्ल्यू फिल्म्स। सोचकर देखो, पाठक इन लेखों को कितने चाव से पढ़ेंगे!"

जी हाँ, इसीलिए बेरीवाला, बेरीवाला है। उसने एक बार भी नहीं कहा कि तुम संवाददाता हो, समाज की नंगी सच्चाइयों को बेपर्दा करना तुम्हारा काम है। यह नैतिकता और मूल्यबोध की लड़ाई है, आदि-आदि।

बेरीवाला ने इस तरह की बातें नहीं कीं। सीधे-सीधे व्यवसाय की बात की। पैसा फेंको, तमाशा देखो। बेकार की बातें करने का कोई फायदा नहीं। क्योंकि कोई दूर बैठा शतरंज खेल रहा है, हम केवल उसकी चालों के लिए मोहरे हैं। इस तथ्य को अस्वीकार करके लम्बी-चौड़ी बातें करने से तो कोई रास्ता निकलने वाला है नहीं। विक्टोरिया मेमोरियल, मेट्रो रेल, राइटर्स बिल्डिंग, आक्टरलूनी मानूमेंट, मटियाबुर्ज जैसे ठोस सत्य हैं, वैसे ही ब्ल्यू फिल्म्स भी एक ठोस सचाई हैं। ये सब हमारे समाज में रहने के लिए आए हैं, जाने के लिए नहीं।

हमारा काम सिर्फ इतना है कि हम यह पता लगाएँ कि कब, कौन-सी चीज पाठक आसानी से निगलेगा।

तुम्हारा काम है जान लगाकर लिखना। बस, लिखना तुम्हारा काम है। लिखकर परे हट जाओ, उसके साथ लिप्त न होना।

"किस पेपर के लिए?"

"तुम विज्ञापन नहीं देखते? नया पेपर है इंडिया : पीपुल एंड सोसाइटी।"

"सोचकर बताऊँगा।"

"इसमें सोचने को क्या है?"

"तुम लोगों का कपूर भी तो है?"

"उससे नहीं होगा।"

भोपाल गैस त्रासदी तक जो कपूर सब कुछ कर सकता था, उसे साल बीतते-न-बीतते बेरीवाला ने दूध की मक्खी की तरह निकाल फेंका। और यह ऐसे समय में किया गया है जब कपूर अपनी पत्नी के कैंसर रोग से पूरी तरह ध्वस्त हो चुका है।

"क्यों नहीं होगा?"

"आजकल वह खबरों के पीछे दौड़ नहीं पाता।"

"इस समय वह बड़ी विपत्ति में फँसा हुआ है।"

बेरीवाला ने यह बात अनसुनी कर दी और बोला, "कोई संवाददाता जब खबरों के पीछे भाग नहीं पाता तो उसका खेल खत्म। संवाददाता और रेस का घोड़ा दोनों की कीमत उनकी दौड़ने की क्षमता से आँकी जाती है। समझे?"

अभ्र को लगा, यह बात तो सच ही है। जो संवाददाता खोजी पत्रकारिता करते हैं, उनका बैठे रहने से तो काम नहीं चलेगा, दौड़ना होगा, दौड़ते रहना होगा। कौन महापुरुष भारत लौट आया, कहाँ हरिजन-हत्या हुई, कौन-सी सिने तारिका ने कहाँ जाकर दोबारा शादी की, किस मंत्री की मदद से संवाददाता एयरपोर्ट के होटल में ठहराया गया! दौड़ते चलो। अगर तुम दौड़ नहीं पाए तो अखबारी दुनिया तुम्हें उठाकर फेंक देगी।

क्योंकि तुम फ्रीलांस जर्नलिस्ट हो। तुम्हें कोई तनख्वाह नहीं मिलती।

शायद तुम दौड़ सकते हो। तुम्हारे पाँव में जान है, पर अगर लिखते समय तुमने किसी बाघ-सिंह की देह में अपनी कलम की नोक चुभो दी तो तुम गए काम से।

"क्या सोच रहे हो?"

"काम अच्छा है, पर जरा कठिन है।"

"तुम भी यही कहोगे?"

"काम जरूरी भी है।"

"तुम जैसा लिखते हो, वैसा ही लेख मुझे चाहिए।"

"कितनी ढील दोगे?"

"किसी तरह की कोई रुकावट नहीं। जितनी दूर जा सकते हो, बेफ्रिक होकर जाओ।"

"देखता हूँ।"

"देखना-वेखना क्या है! कल ऑफिस आना तो जो चाहिए, जितने पैसे चाहिए..."

"ठीक है, ऑफिस में बात होगी।"

"मना मत करना। तुम्हें इस पर मावलंकर अवार्ड दिलवा दूँगा। मैगसेसे अवार्ड भी पा सकते हो। न पाने का कोई कारण भी नहीं है।"

"ख्वाब दिखा रहे हो क्या?"

"आज जो ख्वाब है, वही कल सच होता है।"

तभी पूजा देसाई उनके पास आई, बंगाली लड़की है और गुर्जर की बहू है। एकदम काला रंग, उससे भी काले बाल, और वह हमेशा शोक की पोशाक यानी काली जारजेट की साड़ी पहनती है। पेशा है ऐंटीक डीलिंग। भारत से चित्र, मूर्ति तथा पट संग्रह करके विदेशों को भेजती है। इस व्यापार में वह बहुत पक्की है। बेरीवाला उसका एक महत्त्वपूर्ण खरीदार है।

"फीरोज।"

"क्या है पूजा?"

"नेपाल से एक यक्षिणी...वह किस काल और किस स्कूल की है, इसे तुम्हारे अलावा..."

"बाद में देखूँगा।"

"नहीं, नहीं। देरी करने से नहीं होगा।"

"ठीक है, मैं तो हमेशा ही..."

वे चले गए। कमाल फिर अभ्र के पास आ गया, बोला, "अभ्र, तुमसे एक बात कहनी है।"

"आज नहीं भाई, फिर कभी।"

"आज ही, बल्कि अभी।"

"क्या? तुम अपने पाप मेरे सामने स्वीकार करना चाहते हो न?"

"हाँ अभ्र, सुनो।"

"ऐसा करो, आज रहने दो।"

"सुनोगे नहीं?"

बहुत ज्यादा शराब पी लेने के बाद कमाल घुटनों के बल बैठकर जिस किसी के सामने अपने पाप स्वीकार करना चाहता है। इन सब पापों में से अधिकांश काल्पनिक होते हैं। और कमाल की स्वीकारोक्ति सुनना अपने-आपमें एक अनुभव होता है। उसके जितने परिचित मित्र और रिश्तेदार हैं, सभी ने एक-न-एक बार उसके अपराधों की आत्मस्वीकृति सुनी है। कैसेट चलाकर कमाल अपनी स्वीकारोक्ति रेकार्ड करता है। और वह इतना अभागा है, कि उन सब कैसेटों पर विठोवेन, रविशंकर, जॉन ब्वायज, देवव्रत विश्वास—इन सब लोगों के नाम लिख करके मित्रों को उपहार देता है।

कैसेट चलाते ही मोहभंग होता है।

"हे ईश्वर! मुझे क्षमा करो। मेरा नाम कमाल नहीं है। मेरे पितामह ने मुझे शंकर प्रसाद नाम दिया था, जिसे बदलकर मैंने वीरू भाई, श्रमण ज्योतिस्कर, पुंडरीकाक्ष, सुलेमान आदि बहुत-से नाम ग्रहण किये हैं और अन्त में मैंने कमाल नाम रख लिया। क्षमा करो।

"क्षमा करो, क्षमा करो प्रभु! जीवन में मैंने एक के बाद एक कितनी ही लड़कियों को धोखा दिया है, मगर शादी नहीं की। मैंने सपने में यमराज और उनके भैंसे को देखा है, और सपने में ही मैंने यमराज से कहा—चुप रह साला। मुझे क्षमा करो।

"मैंने जीवन में उधार लेकर कभी वापस नहीं किया हालाँकि वापस कर सकता था। मित्रों ने कभी उधार माँगा तो दिया नहीं, हालाँकि दे सकता था। मेरा विश्वास है कि दुनिया के सभी बैंकों को मैं ही लूटता हूँ और दुनिया की तमाम तितलियों की मैं ही हत्या करता हूँ। अभी भी मेरे मन में भला आदमी बनने की जरा भी इच्छा नहीं है।

"क्षमा, क्षमा, क्षमा करो ईश्वर! मुझे अपनी लिखी हुई एक पंक्ति याद आ रही है (मैं कभी-कभी गीत भी लिखता हूँ) : क्लांति मेरी क्षमा करो! प्रभु, क्षमा करो मुझको!"

अभ्र ने कहा, "मुझे माफ करो, भाई!"

"किससे कहूँ? कौन सुनेगा?"

"वह देखो, मदर आ रहा है, वह तुम्हारी आत्मस्वीकृति सुनेगा।"

वरुण के भाई मोहित पाल को सभी लोग 'मदर' कहते हैं। एक माँ की तरह वह कोमल, स्नेहमय और परदुखकातर है। माँ कहने से जो बातें मन में आती हैं वे सब उसमें हैं। दरअसल क्या सभी माँएँ एक जैसी होती हैं?

मोहित हर तरह के पापी और पुण्यात्मा को सांत्वना देता है। खुद शराब नहीं पीता, मगर जिस पार्टी में शराब चलती हो, वहाँ मोहित रहेगा ही।

अगर वह न हो तो उन पार्टियों में शराब पीकर धुत लोगों को रात और दिन की मिलनबेला में गाड़ी में डालकर कौन उनके घर पहुँचाएगा? कौन भीगे तौलिए से उनके हाथ-मुँह पोंछकर उन्हें बिस्तर में लिटाएगा?

जब भी कोई पति-पत्नी तलाक के कगार पर पहुँचते हैं, मोहित उनके फटे हुए दिलों पर प्लास्टर लगाता है, उनकी घायल आत्माओं पर पट्टी बाँधता है। अगर कोई आदमी किसी का घर ढूँढ़ कर परेशान हो रहा है और पा नहीं रहा है तो मोहित के अलावा कौन उसकी मदद करेगा? चाहे जैसे भी हो, वह पता ढूँढ़कर उसे निर्दिष्ट स्थान पर पहुँचाकर ही मानेगा।

कमाल आत्मस्वीकृति करना चाहता है?

मोहित, मोहित है। कमाल को परेशान होने की जरूरत नहीं। मोहित को एक कोने में पूजा देसाई की बातें सुनते हुए देखा जा सकता है। प्रौढ़, अविवाहित, मोहित बड़े मनोयोग से पूजा की बातें सुन रहा है।

"कमाल, चलता हूँ।"

"कितनी रात गई?"

"ग्यारह बजे हैं।"

"इस रात यहीं रुक जाओ न!"

"नहीं-नहीं, मणि दा तब तक जगे रहेंगे जब तक मैं घर पहुँच न जाऊँ।"

"मदर कहाँ है, मदर?"

"वह देखो, आ रहा है।"

दो

जलि से अलग होने के बाद पता नहीं कैसे खबर पाकर मणि दा अभ्र के घर जा पहुँचे।

"क्या? खत्म कर दिया या अभी जुड़ने के चांस हैं?"

"आपसे किसने कहा?"

"अरे भाई! इस तरह के सुसंवाद कलकत्ते की हवा में उड़कर चारों ओर पहुँच जाते हैं। और फिर तुम्हारे बारे में कोई खबर हो और मैं न जानूँ यह कैसे हो सकता है?"

"सोचता हूँ, कहाँ जाऊँ।"

"यह मकान रखोगे?"

"नहीं, इतनी ताब नहीं है।"

इस घर के साथ जलि और सेंउती की कितनी स्मृतियाँ जुड़ी हैं। यहाँ एक भी चीज ऐसी नहीं है जिसके साथ उन दोनों की यादगार न जुड़ी हो। बाथरूम की दीवार पर सीलन से टेढी-मेढ़ी रेखाएँ खिंच गई थीं, उन्हें देखकर सेंउती ने एक दिन कहा था—देखो पापा! एक बूढ़ा फूल बेच रहा है।

पर्दे जलि के सिले हुए हैं। जितने बक्से और फर्नीचर हैं सब अभ्र के हाथों रंगे हैं। जलि दीवार पर एक बटुआ टाँग कर रखती थी, जिसमें खुदरा पैसे डालती जाती थी। जहाँ वह बटुआ टँगा रहता था, वहाँ आज भी दीवार का रंग कुछ और ही है।

"मेरे घर चलकर रहो।"

"ठीक है मणि दा, चलिए।"

"अरे भाई! तुम्हारे वहाँ रहने से मेरी जिन्दगी भी सह्य हो जाएगी। अकेले रहते ऊब गया हूँ।"

"मणि दा, आप और अकेले? हमेशा अपने जीवन में बाजार लगाए रहते हैं। आपको अकेलापन कैसा?"

"क्या बात करते हो!"

तभी से अविवाहित मणि दा के फ्लैट में अभ्र पेइंग गेस्ट की तौर पर रह रहा है। मणि दा इन दिनों रिटायर हो चुके हैं। अपने कार्यकाल में वे एक बांग्ला समाचारपत्र के प्रसिद्ध संवाददाता थे। अभी भी उनका परिचय बहुत लम्बा-चौड़ा है।

आदिगंगा और केवड़ातला पार करने पर एक को-ऑपरेटिव हाउसिंग सोसायटी के फ्लैटों का सिलसिला शुरू होता है। उन्हीं में से एक फ्लैट मणि दा का है। यह फ्लैट उन्होंने खरीदा है। फ्लैट ऐसी जगह पर है, जहाँ जलती हुई चिताओं का दुर्गन्ध हमेशा फैला रहता है। पहले-पहल उस दुर्गन्ध से अभ्र को घिन छूटती थी, पर अब सब सहज हो गया है। उसे अब कुछ पता नहीं चलता है।

मणि दा कहते, "देखो भाई, मेरे बस का कहाँ था फ्लैट खरीदना। भला हो उस आशामय का जो मेरे पीछे लग गया और यह फ्लैट खरीदवाकर ही माना।"

"जगह तो काफी है।"

"वरना मैं तुम्हें कहाँ बुलाने वाला था। लो, यह कमरा और साथ में लगा बाथरूम तुम्हारा है। उधर वाला कमरा मेरा। खाने-पीने की टेबल के लिए भी जगह काफी है और सबसे अच्छा है बरामदा, यहाँ हम दोनों बैठकर दृश्य देखेंगे।"

"यहाँ बैठकर तो केवल शव यात्रा के दृश्य दिखाई देंगे।"

"तो बुरा क्या है! देखो, मैं कितना बुद्धिमान हूँ! मरने पर कोई परेशानी नहीं होगी। मेरी लाश उठाकर तुम लोगों को ज्यादा दूर चलना नहीं होगा।"

"चलने की क्या जरूरत है? आजकल इस काम के लिए एंबुलेंस है।"

"नहीं, नहीं। बन्द गाड़ी में मेरा दम घुटेगा। तुम मुझे कन्धा देना, समझे?"

"समझ गया।"

"अब रुपये-पैसों का हिसाब कर लेते हैं। तुम क्या टेलीफोन ले आओगे?"

"हाँ, टेलीफोन और रेफ्रिजरेटर लाना चाहूँगा, अगर जलि इसकी इजाजत दे।"

जलि उन दिनों बहुत ही उदार हो रही थी।

उसने कहा, "इस घर की कोई चीज मुझे नहीं चाहिए। तुम्हारी जो मर्जी

हो करो, जिसे मर्जी हो दो। इन सब चीजों में रखने लायक एक ही चीज है और वह है डिनर सेट। उसे मैं लूँगी।"

अभ्र और जलि के बीच हिसाब-किताब फाइनल हो गया। जो भी खर्चे थे, वे दोनों में आधे-आधे बँट गए। टेलीफोन का खर्च अभ्र के जिम्मे पड़ा। रेफ्रिजरेटर को देखकर मणि दा बच्चों की तरह खुश हो गए।

"अरे अभ्र! हम लोग तो बड़े आदमी हो गए। टेलीफोन, रेफ्रिजरेटर सभी कुछ तो हो गया।"

"अब आपको रोज सब्जी खरीदने नहीं जाना होगा।"

"वही तो, वही तो मैं भी कहता हूँ।"

मणि दा की उम्र, लगता है, पचास पार करके ठहर गई है। न बाल पके हैं और न चेहरे-मोहरे पर बुढ़ापे का कोई लक्षण है। जैसे थे, वैसे ही हैं। उनके सात कुल में कोई है या नहीं, यह बात किसी को मालूम नहीं। शुरू-शुरू में राजनीति करते थे, फिर अचानक रामकृष्ण मिशन में शामिल हो गए। कुछ दिनों बाद मिशन छोड़कर अखबार में नौकरी कर ली। स्वभाव से सात्विक हैं। कोई नशा नहीं करते, न ही औरतों से कोई वास्ता रखते हैं।

अवकाश प्राप्त ऐसे किसी आदमी का जीवन अत्यन्त रूखा होने को बाध्य है, पर मणि दा के मामले में ऐसा नहीं हुआ। इस इलाके में आने के बाद उन्होंने चारों ओर अपने को फैला लिया है। बाजार में, मोहल्ले के लोगों के बीच, केवड़ातला श्मशान में कहाँ उनकी धाक नहीं है?

उस इलाके में चाहे चित्रकला प्रतियोगिता हो, चाहे रक्तदान शिविर, चाहे रवीन्द्र-नजरूल-सुकान्त-दिवस, चाहे कोई नाट्य-उत्सव, चाहे नौटंकी-थियेटर—वे हर जगह मौजूद रहते हैं। मौजूद ही नहीं रहते, बल्कि हर जगह वे ही सभापति होते हैं। प्रधान अतिथि जिसको होना हो, हो जाए, पर सभापति तो मणि दा ही होते हैं।

समाचारपत्र-जगत में भी इनका उठना-बैठना है। कौन कैसा है, क्या कर रहा है, इसकी खोज-खबर वह लेते रहते हैं। अभी भी उन हलकों में उनका बहुत सम्मान है।

मणि दा में एक ही सनक है।

राजनीति में वे स्वर्गीय देशभक्त गोपेश्वर नश्कर के अनुयायी हैं। ये गोपेश्वर नश्कर कौन हैं, उनके कार्य-कलाप क्या हैं, यह कोई नहीं जानता। पूछने पर मणि दा हँसकर कहते, "उनकी राष्ट्रीय सैनिक पार्टी थी, यह बात तुम जानते हो?"

"कब थी?"

"थी, थी। दो-दो चुनावों में वे खड़े हुए थे।"

"जीते भी थे?"

इस प्रश्न के उत्तर में मणि दा हँसकर कहते हैं, "पहली बार उन्हें इक्कीस वोट मिले थे दूसरी बार उन्नीस।"

"आप भी कभी चुनाव में खड़े हुए थे?"

"नहीं-नहीं, मैं इस चक्कर में नहीं पड़ता।"

"आपकी यह बात सन्देहजनक लगती है।"

"अरे भाई, मैंने तो 1952 के बाद से किसी चुनाव में वोट ही नहीं दिया।"

"क्यों मणि दा?"

"अब इसमें क्यों पूछने की क्या जरूरत है?"

"क्या स्वर्गीय गोपेश्वर नश्कर ने आपको वोट देने से मना किया था?"

"अच्छा, बताओ, बेल का शर्बत पियोगे?"

"बात को बदलिए नहीं, बताइए न!"

इसके उत्तर में मणि दा अपने दोनों हाथ जोड़कर माथे से लगाते हैं और कहते हैं, "उनके नाम पर मैं कोई बात नहीं करना चाहता।"

गोपेश्वर नश्कर के विषय में मणि दा की श्रद्धा और विश्वास ऐसे अटल हैं कि क्या कहा जाए!

सड़कों पर कूड़ा-करकट के ढेर।

गुंडों, चोरबाजारियों और कंट्रैक्टरों के हाथ कलकत्ते की नीलामी।

आदिगंगा सड़कर गन्दी नाली बन गई है।

चिड़ियाखाना की गर्दन पर पाँच सितारा होटल।

खिदिरपुर डक में विनोद नामक युवक का खून।

राम का चोरी गया पेट्रोल लक्ष्मण के ट्रक में।

न्यू मार्केट को किसने जलाया?

दलालों ने और किसने?

मैदान की गर्दन काटकर न्यू मार्केट के दुकानदारों के हाथ में देना।

सहसा आकाशवाणी में खुशखबरी की वर्षा। 'बागदा झींगा पचास रुपया किलो।'

श्मशान गुंडों के हाथ में—

इन सब मामलों में, जिनको लेकर कलकत्तावासियों का मन आकुल-व्याकुल रहता है, मणि दा छोटा-सा मंतव्य प्रगट करते हैं, "आज अगर वे होते!"

ऐसे में अभ्र बुरी तरह नाराज होकर बासी मोजे साबुन के पानी में डुबोने लगता है या फिर बालों में जल्दी-जल्दी कंघी चलाने लगता है या रेफ्रिजरेटर को साफ करने लगता है।

तभी मणि दा कहते हैं, "आज अगर गोपेश्वर नश्कर जिन्दा होते!"

कभी-कभी अभ्र नाराज होकर कहता है, "अगर गोपेश्वर नश्कर जिन्दा होते तो उनकी उम्र इस समय एक सौ चार साल होती। एक आदमी भला इस देश की दुर्गति को कैसे समाप्त कर सकता है?"

"अरे नहीं भाई! वे तो सिर्फ रास्ता दिखाते।"

"मुझे पूरा विश्वास है कि इस नाम का कोई आदमी न है, और न कभी था। सब आपकी बनाई हुई बात है।"

"नायलोन की मच्छरदानी भला ऐसे साफ करते हैं?" मणि दा बात बदलते।

"रहने दीजिए, मसहरी साफ करना मुझे आपसे नहीं सीखना है।"

मणि दा के अन्दर जैसे क्रोध नाम की चीज ही नहीं। इस युग में, ऐसे समय में इतना सीधा-सीदा, ऐसी भोली हँसी वाला जीवन के आनन्द से भरपूर आदमी अभ्र दूसरा नहीं देखा।

मणि दा बार-बार यह बात अपने उदाहरण से दिखाते हैं कि जीवन को आनन्दमय बनाने के लिए कितने कम उपकरणों की जरूरत होती है।

"जानते हो, अभ्र, आज एक जिन्दा टेंगड़ा बाजार में मिल गई। छोटी है मगर एकदम जिन्दा।"

"सन्देश खाओ, सन्देश खाओ अभ्र, हमारे दोस्त अहलूवालिया की बीवी को कैंसर नहीं है, डॉक्टर ने बताया। मैं ही उन्हें अस्पताल ले गया था।"

"आज सवेरे-सवेरे घूमने गया था, तो देखा, कैप्टन दत्त मुझसे पाँच मिनट बाद मैदान घूमकर वापस आए। आखिर उन्हें हरा ही दिया मैंने। कैप्टन दत्त ने कहा, आज तक उन्हें किसी ने नहीं हराया था, वे मुझे मिठाई खिलाएँगे।"

इन्हीं और ऐसी ही छोटी-छोटी बातों में मणि दा कितना आनन्द ढूँढ़ लेते हैं।

बहुत पहले, पता नहीं कब, अभ्र से उनकी मुलाकात हुई थी। उन दिनों अभ्र किसी बांग्ला अखबार में नियमित काम पाने के लिए चप्पलें घिस रहा था, और जलि की पथरीली आँखों की अनुकम्पा की आग में लगातार जल रहा था।

ऐसे कितने ही निरीह, भद्र और जीवन में असफल पति अपनी उच्चपदस्थ पत्नियों की पथरीली नजरों में लगातार भस्म होते रहते हैं। परिचय के बाद ही मणि दा उसके पीछे लग गए, जब कि अभ्र सोच रहा था, वह मणि दा के पीछे लगा हुआ है। मणि दा ने कहा था, "अभ्र, लिखना है तो अंग्रेजी में लिखो। उधर बांग्ला से ज्यादा स्कोप है। हिम्मत करके लिखो।"

"छापेगा कौन?" अभ्र ने कहा था।

"देखूँगा।"

मणि दा ने वाकई देखा था। उन्हीं की कोशिश से अभ्र ने अंग्रेजी में लिखना और छपना शुरू किया था—कलकत्ते के गन्दे नाले, सड़क के किनारे के वृक्षों की मृत्यु, नाबालिग लड़की माधुरी का अपहरण और काशी के भिखारी के घर से उसका उद्धार आदि, आदि।

धीरे-धीरे जैसे-जैसे उसके लेख प्रकाशित हुए, अभ्र राय का नाम अंग्रेजी अखबारों के पाठकों के लिए सुपरिचित हो गया।

कमाल से जान छुड़ाकर अभ्र जब घर में घुसा तो मणि दा बैठे हुए था।

"आपने खा लिया?" अभ्र ने पूछा।

"नहीं, एकसाथ खाएँगे।"

"मणि दा! आपसे कितनी बार कहा है कि आप नौ बजते-बजते खा लीजिए। एक बजे तक पढ़ेंगे और पाँच बजते न बजते जाग जाएँगे। आप की उम्र भी तो काफी है। आपको अपने स्वास्थ्य की ओर ध्यान देना चाहिए।"

"स्वास्थ्य खुद अपनी ओर ध्यान दे लेगा। छोड़ो, खाकर तो नहीं आए? आओ, बैठो।"

"मणि दा, थोड़ा नहा लूँ। शरीर बहुत गन्दा हो रहा है। मन घिना रहा है।"

"ठीक है, नहा लो।"

मणि दा ने दोबारा गहरी साँस लेकर कहा, "आज कुमुद ने जो पकाया है, वह समझ में नहीं आता, कैसे खाया जाएगा? मूँग की दाल और आलू की भुजिया, बैगन का भर्ता बनाया है, जिसमें सिर्फ नमक है। सब अखाद्य।"

"कुमुद आजकल बहुत खराब खाना पका रहा है।"

"रोटी ऐसी जलाई है कि क्या कहें! नहीं-नहीं, खाने-पीने की चीजें नष्ट करना अपराध है।"

"लगता है, कुछ गड़बड़ है। समझे मणि दा? पाँच बार बुलाओ तो एक बार जवाब देता है और चौंक-चौंक पड़ता है।"

"मुझे भी ऐसा ही लगता है। उससे कल सवेरे पूछकर देखना।"

स्नान करते समय अभ्र सोचने लगा कि कुमुद के साथ क्या बात हो सकती है। यह लड़का काफी दिनों से मणि दा के पास है। मणि दा उसे कितना चाहते हैं।

कुमुद के पिता और मणि दा एक ही समय मेदिनीपुर से कलकत्ता आए थे। उन दिनों मणि दा तमलुक के पास रामकृष्ण मिशन में रहते थे। पुलिस ने मिशन को उजाड़ दिया। पुलिस का कहना था कि वहाँ धर्म-कर्म नहीं, बल्कि ब्रिटिश-विरोधी षड्यंत्र हो रहा था।

मणि दा जिस दिन अखबार में संवाददाता नियुक्त हुए, उसी दिन उसी अखबार में कुमुद का बाप चपरासी लगा। वह भी मणि दा के पास ही रहता था। उसका रहने-खाने का खर्च बच जाता था। खूब गप्पें मारता था और मणि दा को देवता की तरह मानता था। मणि दा को जब चेचक हुआ था तो रात-दिन एक कर दिया था उसने।

मणि दा आज भी उसकी चर्चा विभोर होकर करते हैं।

वह जिस दिन अवकाश प्राप्त करके घर गया, कुमुद को मणि दा की सेवा में रख गया। कुमुद को मणि दा अखबार के दफ्तर में नहीं लगा पाए।

उन्होंने क्षुब्ध होकर अभ्र से कहा था, "दिन-काल पहले जैसा नहीं रहा। हमारे मालिक यामिनी बाबू मर गए, उनके भांजे मालिक हैं, पता नहीं, मेरी बात रखें, न रखें।"

मणि दा ने कुमुद को एक बंगाली व्यापारी के वहाँ रखवा दिया। शुरू में कम पैसे मिलते थे, धीरे-धीरे बढ़कर चार सौ तक पहुँच गए। कुमुद मणि दा के साथ ही रहता है और खाता है। बदले में छोटे-मोटे काम कर देता है और खाना पका देता है। एक पुरानी नौकरानी चम्पक है। बाकी काम वह कर देती है।

कुमुद लड़का अच्छा है, खाली समय में देशी औषधियों के बारे में किताबें पढ़ता है। टोने-टोटके में भी उसकी विशेष रुचि है। 'विश्वविचित्रा और साधारण वार्ता', 'चंदनेश्वर शिव माहात्म्य' 'देशप्राण वीरेंद्रनाथ शासमल' जैसी किताबें वह रसोईघर में बैठे-बैठे पढ़ा करता है।

अपने कार्यालय के यूनियन का वह उत्साही सदस्य है। पान, बीड़ी, सट्टा, ताश, किसी प्रकार का नशा उसे नहीं।

बाप-बेटा महीने में दो बार पत्र-विनिमय करते हैं।

पिता चिट्ठी लिखते समय सबसे ऊपर लिखता है—'श्री विष्णु सहाय', फिर लिखता है, 'सबसे पहले तुम मेरा प्रणाम बाबू और दादा को देना। तदुपरान्त समाचार है कि धवरी गाय साँप के डसने से प्राण त्याग कर गई। इस कारण प्रायश्चित्त करना पड़ा और तुम्हारी माता के पाँव का फोड़ा तो अच्छा हो गया है, किन्तु बांस का ग्यारह रुपया, जो बनमाली के ऊपर उधार था, वह नहीं दे रहा है। इस बार खेती अच्छी होगी। पानी पड़ा है,' इत्यादि-इत्यादि।

कुमुद जब चिट्ठी लिखता है तो सबसे ऊपर 'राम' लिखता है। फिर शुरू करता है, 'पूजनीय पिताजी, सर्वप्रथम तुम मेरा प्रणाम लो।' इत्यादि-इत्यादि।

मणि दा कहते हैं, "पिता के आराध्यदेव हैं श्री विष्णु और पुत्र के राम। दोनों एक-दूसरे को प्रणाम लिखते हैं।"

वही कुमुद प्रायः डेढ़ मास से किसी गहरी चिन्ता में डूबा हुआ है। खाना पकाने में उसका मन नहीं लगता। हमेशा पता नहीं क्या सोचता रहता है! आज का भोजन तो बेहद खराब है। पर अभ्र को भूख लगी थी, उसने पेट भर खा लिया।

"अभ्र! तुमने नींद की गोली खाई या नहीं?" मणि दा ने पूछा।

"अभी खाता हूँ।"

"भरे पेट में नींद की गोली काम नहीं करती।"

"नींद आते-आते दो-तीन गोलियाँ खा लेता हूँ।"

"तुम्हें नींद न आने की बीमारी कब से है?"

"बचपन से ही।"

बर्तन रसोई में रखना, बचे हुए खाने को फ्रिज में रखना, टेबल पोंछना—ये सब अभ्र के काम हैं। इन कामों से भी अधिक जो काम उसे पसन्द है वह है झाड़ू से पीटकर तिलचट्टे मारना। मगर आज उसने अपना यह प्रिय काम नहीं किया।

"चलिए, मणि दा, सो जाइए।"

"नहीं, थोड़ा बातचीत करते हैं।"

"तिलचट्टों का तमाशा देख रहे हैं? कोई भी दवा इन पर काम नहीं करती। शुरू-शुरू में थोड़े से मरते हैं फिर देखता हूँ, दवा का उन पर असर ही नहीं।"

"पूरे कलकत्ता पर तिलचट्टों ने दखल कर लिया है। आदमी कम होते जा रहे हैं।"

"क्या कह रहे हैं! आदमी कम हो रहे हैं या बढ़ रहे हैं?"

"उनके चेहरे आदमियों की तरह हैं, मगर असल में वे हैं तिलचट्टे। इनका निर्वंश होना मुश्किल है। जब गर्मी में झुलसते थे तब भी ये नहीं मरे और अब ठंडे कमरों में बैठकर फौज तैयार कर रहे हैं।"

"अच्छा रूपक बनाया आपने, लिख डालिए।"

"नहीं भाई, लिखना-विखना अब मेरे बस का नहीं। बहुत लिख लिया, अब और कागज काला नहीं करूँगा।"

"तो फिर ये बातें लोगों को बताइए।"

"किसे बताऊँ? सभी बहरे हो रहे हैं।"

"हाँ, यह तो है।"

"देख रहे हो न, कितना व्यभिचार, कितना अत्याचार, कितनी कुनीति हम हजम करते जा रहे हैं। कुछ भी हो जाए, किसी को फर्क नहीं पड़ता। हम

सभी अपने-अपने को मार रहे हैं। हमें लगता है, दुनिया ऐसे ही चलती रहेगी और हम बचे रहेंगे।"

अभ्र उनकी तरफ देखता है। आज भी मणि दा समाचारपत्र-जगत के बारे में काफी खोज-खबर रखते हैं। इनसे ही पूछ देखा जाए।

"मणि दा! यह कपूर का क्या मामला है?"

"कोई खास बात नहीं। ऐसा तो होता ही है।"

"बेरीवाला ने कहा..."

अभ्र ने पार्टी में हुई सब बातों का ब्योरा बताया।

"कपूर का जो हुआ, वही किसी दिन तुम्हारा भी हो सकता है। यही तो होता है। कितने ही लोगों को मैंने अपने जीवन में इसी तरह उखड़ते देखा है।"

"पर आप लोगों का समय कुछ और था।"

"हाँ, हो सकता है। उन दिनों एक सुविधा यह थी कि सभी के अन्दर एक ऊपरी एकता की भावना रहती थी।"

"कैसी?"

"उस एकता की भावना का आधार एक मनोभाव था। ब्रिटेन हमारा शत्रु है। स्वाधीनता आने पर हमें सब कुछ मिल जाएगा। पराधीनता के चाबुक से पीटे जाकर हम सभी ऐक्यबद्ध हो गए थे। स्वाधीनता के बाद एकता की वह भावना पता नहीं कहाँ गायब हो गई।"

"क्या उन दिनों खोजी पत्रकारिता थी?"

"ये सब नाम आजकल के हैं। उन दिनों संवाददाताओं को कोई सुविधा न थी। ब्रिटिश सरकार के विरुद्ध लिखना ही बड़ा काम माना जाता था। देश में जो कुछ भी हो, चाहे वह पाँचवें दशक का अकाल हो, सूखा हो, बाढ़ हो या महामारी या कोई रेल दुर्घटना—सभी के लिए सरकार को उत्तरदायी बनाने से काम चल जाता था। यही उचित भी था और यही हम करते थे।"

"कोई झमेला नहीं होता था?"

"हाँ, एक घटना याद आती है, साँड़ा ब्रिज पार करते-करते ढाका मेल भयानक रूप से दुर्घटनाग्रस्त हो गई। सरकार ने आसपास के गाँवों के लोगों को भी दुर्घटनास्थल के पास फटकने न दिया। हमारा शरत उसी ट्रेन में था।

उसने आकर बताया—दादा, उन्होंने कई सौ यात्रियों को, जिनमें मुर्दा, जिन्दा और जख्मी सभी थे, पदमा नदी में फेंक दिया गया। यह सब इसलिए किया गया कि उन्हें कम्पनसेशन न देना पड़े। लोगों को दिखाने के लिए रेल लाइन के दोनों किनारे कुछ लाशें सजाकर रख दी गईं।"

"वही ट्रेडिशन तो आज भी चल रहा है।"

"हाँ।"

"क्या वह खबर आपने छापी?"

"'एक प्रत्यक्षदर्शी का विवरण' नाम से आग लगाने वाली भाषा में सब कुछ हमने छाप दिया और उसके बाद ही मैं और शरद गायब हो गए। बाप रे! कितना झमेला हुआ था!"

"उन दिनों भी यह सब होता था?"

"खूब होता था, पर ढंग अलग था। आजकल दूसरे तरीके से होता है। तुम्हें याद है, सन् बयालीस का आन्दोलन, हालसी बागान में अग्निकांड, जिसमें विष्णु घोष का लड़का मारा गया, फिर उसके बाद महादुर्भिक्ष—सरकार की किसी रिपोर्ट पर हम विश्वास नहीं करते थे।"

"वही ट्रेडिशन आज भी चल रहा है।"

"चलेगा ही, पर फर्क यह है कि आजकल निर्भीक पत्रकारिता, ग्रामीण रिपोर्टिंग आदि विषयों पर तुम लोग जो पुरस्कार पाते हो, वह सब हमारे समय में नहीं था।"

"तो इसमें क्या बुराई है?"

"हाँ, किसी का वसन्त मास, किसी का सर्वनाश, सब कुछ एक विराट योजना के तहत चल रहा है।"

"यह योजना क्या है?"

"ठहरो, पहले अपनी पसन्द की कुर्सी पर बैठने दो।"

मणि दा एक नीलामी में पच्चीस साल पहले एक आरामकुर्सी खरीदकर लाए थे। उसका बेंत बदलवाया था और पालिश करवाई थी। उस कुर्सी पर बैठकर वे राजा विक्रमादित्य जैसा महसूस करते हैं।

मणि दा अपनी प्रिय कुर्सी पर जा बैठे। अभ्र गहरे स्नेह से उन्हें देखता रहा।

"आपके बाद मैं यह सब बातें लिख डालूँगा।"

"क्या लिखोगे?"

"लिखूँगा, मणि दा रहमत मुल्ला की दुकान से गमछा खरीदते थे। छाता खरीदते थे, महेंद्र दत्त की दुकान से मोटी और सफेद लाई नहीं खरीदते थे, पतली लाल लाई खरीदते थे, जूते और चप्पल मोची से तैयार करवाते थे। किसी धर्म पर उनका विश्वास नहीं था, पर दूसरे के विश्वास को श्रद्धा से देखते थे। अपने घर-परिवार की कोई खबर नहीं देते थे...।"

"मैं स्वयंभू हूँ। सत्य से पैदा हुआ हूँ।"

"अपनी बड़ाई कर रहे हैं।"

"मेरे विषय में तुम्हारी..."

"गहरी जिज्ञासा है। किसी दिन आपको लेकर ही खोज शुरू कर दूँगा।"

"बक-बक करोगे, या मेरी बात सुनोगे?"

"सुनूँगा-सुनूँगा।"

"हाँ, तो मैं कह रहा था कि सब कुछ एक विराट योजना के तहत चल रहा है। तुम सोचते हो कि तुम एक निर्भीक पत्रकार हो, तुम निरपेक्ष तथा तटस्थ भाव से लिखते हो। निरपेक्ष कोई नहीं है रे भाई! मारपीट, हंगामा, शोषण, अत्याचार आदि की रिपोर्ट लिखते समय तुम किसका पक्ष लेते हो?"

"जो 'सफर' कर रहा है, मार खा रहा है उसका।"

"यहीं तो वह योजना काम कर रही है।"

"कहाँ?"

"अखबारों के मालिक जिस तरह की रिपोर्टिंग को प्रोत्साहित कर रहे हैं। वह क्या तुम समझते हो सत्य का पक्ष लेने के लिए? तुम क्या समझते हो, तुम लोग ऐसा करने को स्वतंत्र हो? अखबार तो उद्योगपतियों के हैं, धनिक वर्ग के हैं, इसीलिए कलकत्ता के अखबारों में लिखने वाले पत्रकार दूसरे राज्यों के मामले में निडर होकर खोज करते हैं और भंडाफोड़ करते हैं, पर पश्चिम बंगाल के बारे में उनकी कलम नहीं हिलती, जैसे यहाँ गरीब लोग दूध-भात खा रहे हों, जैसे यहाँ राजनीतिक शक्तियाँ लोगों का शोषण करके उन्हें निःशेष न कर रही हों।"

"यह तो सच है।"

"स्वाधीन कोई नहीं है रे भाई, कोई नहीं। अखबार का मालिक लगाम जितनी ढीली करेगा, तुम्हारी दौड़ भी उतनी ही दूर तक होगी। जब तक तुम निहित स्वार्थों की आँत में चोट नहीं करते तब तक तुम सकुशल हो। तुमने कहीं मर्म पर चोट की नहीं कि गए।"

"बोलते जाइए।"

"कपूर की ही बात लो। मिडिल ईस्ट को युवतियों की सप्लाई, मध्यप्रदेश में आदिवासी हाट में गोलीकांड, शिशुओं को दास बनाना, विदेशों को भेजे जाने वाले मजदूरों की खरीद-फरोख्त, भोपाल गैस त्रासदी।"

"कितने अच्छे लेख लिखे कपूर ने!"

"हाँ, लिखे और पुरस्कार पाए। कितने ही पुरस्कार! वाह-वाह, शाबाश कपूर, लिखे जाओ। हम सब तुम्हारे साथ हैं। यह सब क्यों हुआ? क्योंकि उसने निहित स्वार्थों पर चोट नहीं की थी।"

"चोट नहीं की थी?"

"नहीं-नहीं-नहीं। उसने सरकारी व्यवस्था और उसकी उदासीनता पर हमला किया था।"

"इससे भी उसका मन नहीं भरा।"

"नहीं, मन कहाँ भरता है?"

"कपूर और भी भीतर जाना चाहता था। अचानक एक दिन उससे वह गलती हो गई जो उसे नहीं करनी चाहिए थी। उसने उद्योगपति केडिया के सीमेंट कारखाने का कच्चा चिट्ठा लिख मारा। उस समय बेरीवाला छुट्टी पर था, इसीलिए वह लेख छप भी गया।"

"वह उसका बेहतरीन लेख है।"

"हाँ, खोजी पत्रकारिता का वह लेख एक मानदंड हो गया। कपूर को मावलंकर पुरस्कार मिला, मगर केडिया परिवार उससे नाराज हो गया। उन्होंने अखबार को विज्ञापन देना बन्द कर दिया। इसीलिए बेरीवाला कपूर को धीरे-धीरे काट रहा है। शहर की सभाओं और समितियों के रिपोर्ट लिखकर कपूर कितने दिन चलेगा? देखना, एक दिन वह अपने-आप अखबार की नौकरी छोड़ जाएगा।"

"छोड़ेगा कैसे? उसकी बीवी को कैंसर है।"

"क्या वह अस्पताल में है?"

"हाँ, मणि दा!"

"पत्नी अस्पताल में मर रही है तो मरे और देश का एक श्रेष्ठ पत्रकार छोटी-छोटी चीजों को लेकर छोटी-छोटी रिपोर्ट लिख रहा है; जैसे युवा उत्सव, राष्ट्रीय करघा वस्त्र मेला, किसी पुरातन नेता की स्मृति सभा; किसी फिल्म तारिका का चैरिटी शो—कब तक वह अपने को मारता रहेगा? यह बड़ा निर्मम पेशा है अभ्र, बड़ा निर्मम!"

"तो फिर योजना..."

"एक रुपये में सोलह आने होते थे। दस आना लिखो और छः आना, जो असली सच हो, उसे मत लिखो, हे संवाददाता। निहित स्वार्थ पर कभी चोट मत करो।"

"फिर भी लोग लिखते हैं और निहित स्वार्थ पर चोट भी करते हैं।"

"हाँ, यहाँ बैठकर बिहार के बारे में लिखो।"

"मुझे तो यहाँ के बारे में ही..."

"लिखने को कहा गया है; यही न? देखो, इसमें कोई खेल है। या शायद हो सकता है, तुम्हें ठोंक-बजाकर देख रहा हो, तुमने बहुत नाम कर लिया। शायद सोच रहा हो, थोड़ा तुम्हारे भी पर कतर दिये जाएँ।"

"कुछ भी हो सकता है। यही न?"

"अखबार का मतलब है बहुत बड़ी पूँजी।"

"तो क्या समाचार लेखन बेकार की चीज है? पत्रकारिता से कुछ नहीं होता?"

"जरूर होता है। पत्राकारिता से फिर भी लाभ है। आदमी जानकारी चाहता है। मालिक लोग हिसाब से चलते हैं कि कितना आदमी को जानने देना है और कितना दबा रखना है। आदमी जानना चाहता है, सचेतन हो रहा है, इसीलिए तो गाँव भी आजकल अखबारों में अपनी जगह बना रहे हैं। आदमी सब कुछ जान लेना चाहता है।"

"संवाददाता और पत्रकार आदमी तक ये सूचनाएँ पहुँचाते हैं।"

"पर हवा का रुख तो मालिकों के ही हाथों में होता है। वे जिधर चाहते हैं घुमा देते हैं। मान लो, तुमने तीन अकों में मादक द्रव्यों के बारे में एक चमत्कार लेख लिखा। तुम्हारे अखबार की इज्जत बढ़ी और तुम्हें भी प्रशंसा मिली, पर मालिक की नीति यह है कि एक बार शुद्ध दूध देकर बाद में कच्ची शराब पिलाएगा। तुम्हारे लेख के बाद लगातार चार अंकों में वृंदा मीरचंदानी ने यूरोप से क्या लिखा? भारत के भूतपूर्व राजा यूरोप के क्लबों में औरतों को लेकर किस तरह के मौज-मजे कर रहे हैं।"

"वाकई, यह तो सच है।"

"यह भी तो एक तरह की ब्ल्यू फिल्म है।"

"अरे हाँ! बेरीवाला ने ब्ल्यू फिल्मों के बारे में ही तो मुझे लिखने को कहा है।"

"ब्ल्यू फिल्म! तुम किस समाज में खोजोगे? इसके लिए बहुत दूर जाने की जरूरत नहीं है। गत तीन वर्षों में पश्चिम बंगाल के कितने ही पिछड़े इलाकों में वीडियो पार्लर खुले हैं। वहाँ पर नंगी फिल्में भी दिखाई जा रही हैं।"

"क्या यह सब आप अन्दाजे से कह रहे हैं?"

"तुम चिन्ता मत करो। जो काम मिला है, करते जाओ। इससे भी कुछ तथ्य सामने आएँगे। मुझे यामिनी बाबू की बात याद आ रही है। कहते थे—तुम पत्रकार हो, पत्रकारिता करने आए हो, तो एक बात हमेशा याद रखना—तुम्हारी पूँजी है तथ्य और सचाई।"

"तथ्य और सचाई!"

"देख नहीं रहे हो, एक विशाल अदृश्य मकड़ा विषैला जाल बुनकर देशवासियों की आँखों से व्यवस्था के असली चेहरे को ढके दे रहा है! राजनीति का अर्थ है सब कुछ सरकार के हाथ में होना। इस व्यवस्था से तुम क्या आशा करते हो? अखबारों के पीछे भी बहुत बड़ी पूँजी है, राजनीतिक गोरखधंधे हैं। फिर भी बीच-बीच में थोड़ा-बहुत काम तो हो ही रहा है।"

"मैं तो अंग्रेजी में लिखूँगा।"

"यही तो मजा है, अभ्र। अंग्रेज अब नहीं है, पर अंग्रेजी के बिना भारत को जोड़ने का सूत्र और किसके हाथ में है? जो लोग कहते हैं

'अंग्रेजी हटाओ', वे पहले ही अपने बच्चों को अंग्रेजी मीडियम में डालने की व्यवस्था कर लेते हैं।"

"स्थिति बहुत ही खराब है। चारों ओर अँधेरा ही अँधेरा है।"

"देश की आबादी का एक बड़ा हिस्सा निरक्षर है, अंग्रेजी में जो तुम लिखोगे, उसे मुट्ठी भर लोग पढ़ेंगे। ऐसा ही तो हो रहा है। भोपाल में जो गैस त्रासदी से पीड़ित हैं उनमें से कितने लोगों ने ये रिपोर्ट पढ़ी हैं? अपनी दुर्दशा के बारे में वे कितने परिचित हैं?"

"सच है, मणि दा!"

"जानते हो, असल मामला क्या है? जो लोग वास्तविकता यानी सत्य और तथ्य जानकर क्रोधित होकर कुछ कर सकते हैं उनकी आँखों के सामने से बड़ी ही चतुराई और कौशल से वास्तविकता को दूर रखा जाता है, जिससे आदमी को कुछ पता न चले। जो दवाइयाँ समृद्ध देशों में उपयोग के अयोग्य करार दी जाती हैं उन्हें ही हमारे देश के गरीब लोग खाते हैं, सरकार खिलाती है, उन्हें पता नहीं चलना चाहिए कि उनके लिए जो धन अलाट किया गया है वह कहाँ जा रहा है।"

"पत्रकार तो यह बात उन्हें बताते हैं।"

"सौ में से एक आदमी को बताते है। 99 प्रतिशत अज्ञान के अन्धकार में रहते हैं। जो लोग इन 99 प्रतिशत लोगों को तथ्य और सत्य बताने की कोशिश करते हैं उन्हें केन्द्रीय और प्रांतीय सरकारें दबाती हैं, प्रताड़ित करती हैं।"

"यह भी एक कड़वा सच है।"

"तुम पत्रकार हो। कोई छपा हुआ लेख जब तुम पढ़ते हो तो जो पंक्तियाँ अलिखित रह जाती हैं, उन्हें भी तुम पढ़ लेते हो, पर असली मुद्दा यह है कि तुम अन्याय का प्रतिवाद कर रहे हो या नहीं। तुम अगर अज्ञानी हो, अचेत हो तो तुम्हें रगड़ दिया जाएगा। अगर तुम इन तथ्यों से परिचित हो तो तुम्हें मक्खी मारने की प्रतियोगिता का रेफरी बनाकर छोड़ दिया जाएगा। खैर, छोड़ो, अब ये बातें रहने दो। इसबगोल भिगोना बाकी है। उसे कर लेते हैं।"

मणि दा ने गिलास में इसबगोल भिगोया। बिस्तर बिछाया और बोले, "जाओ, सो जाओ।"

"आप भी सो जाइए न!"

"मुझे किताब पढ़े बिना नींद नहीं आती। आजकल एक अच्छी किताब ले आया हूँ—'बनौषधि महौषधि'। हमारे मोहल्ले की लायब्रेरी सोने की खान है। कितनी ही पुरानी पुस्तकें वहाँ पड़ी हुई हैं। उन्हें कोई छूता ही नहीं। तुम भी वैसे ही हो। तुमसे कहा था, रमेशचंद्र सेन की किताबें पढ़ डालो। खैर, जाओ, सो जाओ।"

अभ्र लेट गया। पर नींद कहाँ!

उसकी अपनी ही गलती थी। खाना खाने के पहले अगर नींद की गोली ले लेता तो भी उम्मीद थी कि नींद आ जाती। पर आज यह बात भूल ही गया।

कभी अभ्र सोचता कि खूब चलूँगा, शरीर को थका दूँगा तो निश्चय ही नींद आ जाएगी। जलि से अलग होने के बाद जब उसका मन हाहाकार करता तो अभ्र कितनी ही रातों को तीन बजे तक कलकत्ते की सड़कों पर चलकर काटता। कलकत्ता उन दिनों भी निरापद नहीं था, पर अभ्र चलता रहता, जैसे उसके सिर पर भूत सवार हो गया हो।

चेतला से देशबन्धु पार्क या चेतला से मैदान होते हुए डलहौजी तक। चल-चलकर वह शरीर को बुरी तरह थका देता कि जिससे नींद आए, गहरी नींद।

मणि दा ने एक दिन कहा, "चलो, डॉक्टर के पास ले चलते हैं।"

"क्यों?"

"न हो तो तुम खुद ही चले जाओ। आदमी के लिए नींद जरूरी है। अगर वैसे नींद नहीं आती तो दवा खाओ। नींद स्वाभाविक रूप से नहीं आती तो उसे कान पकड़कर ले आओ। और अगर ऐसा नहीं करते तो तुम मेरे घर से चले जाओ। इस तरह तुमको नष्ट होते देखना मेरे लिए सम्भव नहीं है।"

इसीलिए अभ्र डॉक्टर के पास गया।

क्लांत पीड़ित अभ्र को कितने ही तरीकों से मणि दा ने सहारा दिया है। "यह तो अपना ही मकान है। तुम अपना ही घर समझो। लड़की को ले आओ। कुछ दिनों अपने पास रखो।"

उन दिनों फिर भी सेंउती अभ्र के पास आ जाती थी। अब नहीं आती।

मणि दा कहते हैं, "तुम्हारी और जलि की उम्र चालीस से ऊपर हो गई। लड़की भी तो सोलह की होगी। और एक समय के बाद लड़के-लड़कियाँ बदल जाते हैं।"

सेंउती सोलह साल की हो गई, सोचकर अभ्र को ताज्जुब होता है।

कमाल ने एक दिन कहा था, "अभ्र, तुम दोबारा शादी करो।"

"शादी? किसके साथ?"

"सुदक्षिणा के साथ। और किसके साथ?"

"सुदक्षिणा?"

"हाँ।"

सुदक्षिणा रवीन्द्र संगीत गाती है। नरम, स्नेही महिला है। अभ्र को वह चाहती है, पर अभ्र उसे इतना नहीं चाहता कि शादी करने की बात सोचे।

शादी, औरत के विरुद्ध उसने जैसे अपने भीतर एक दीवार खड़ी कर ली है। सुदक्षिणा बुद्धिमती है।

कुछ ही दिनों में वह समझ गई थी। फिर उसने किसी और व्यक्ति से शादी कर ली थी। विवाह का निमंत्रण-पत्र देने खुद आई थी। काफी देर तक सिर नीचा किये अभ्र के सामने बैठी रोती रही थी।

अभ्र को लगा था, वह बड़ा पापी है। जलि उसे छोड़ गई। उसने वरुण को स्वीकार किया। सुदक्षिणा ने उसे प्यार किया, मगर वह उसके प्रति न्याय न कर सका।

आज दोनों के रास्ते अलग हो गए हैं। वे दोनों एक-दूसरे से बहुत दूर चले गए हैं। अभ्र आज भी संवाददाता का काम कर रहा है। सुदक्षिणा का पति अध्यापक है और यूनियन का एक बड़ा नेता। सुदक्षिणा पति की तथाकथित वामपंथी राजनीति की कट्टर समर्थक है और वह खुद भी शासक दल द्वारा समर्थित सांस्कृतिक जगत की एक प्रमुख व्यक्ति।

वह जलूस निकालती है। सभा में भाषण देती है। संगीत की लाइन में जो लोग जी-जान लड़ाने को आते हैं, उनमें से कौन रहेगा और कौन जाएगा, इसका वह नियंत्रण करती है।

किसी के घर पिछले दिनों टी.वी. पर अभ्र ने सुदक्षिणा को देखा था। वह

एक शानदार, झलमलाती बनारसी साड़ी पहने हुए थी। देह पर अनेक गहने थे, जूड़े में फूलों की माला और वह मुँह बाए। 'हम होंगे कामयाब।' गा रही थी।

जीवन-पथ तो आगे बढ़ता ही रहता है। टेढ़ा-मेढ़ा होकर दूर तक चला जाता है और हर आदमी अकेला अपने जीवन-पथ पर चलता रहता है। किसी और के जीवन-पथ से तभी मिलता है जब दोनों मुड़कर एक-दूसरे की ओर चलते हैं। हृदय से हृदय मिलाने की चाह होने पर रास्ते मुड़कर एक-दूसरे की तरफ जाएँगे। यही नियम है।

अभ्र की आँख लगी तो रात के तीन बज रहे थे।

भोर होते न होते फोन घनघनाने लगा।

तीन

इतने सवेरे कौन फोन कर सकता है? नींद में लड़खड़ाते हुए अभ्र उठा। यह फोन भी जैसे जादू का है। कभी खराब ही नहीं होता। कलकत्ते में इतने फोन खराब रहते हैं कि उन्हें गिनना मुश्किल है, फिर भी यह फोन हमेशा ट्रिन-ट्रिन करता रहता है।

"हलो...हलो...हलो..."

"कौन? किससे बात करेंगे?"

"अभ्र बोल रहे हो?"

"हाँ, आप..."

"जलि बोल रही हूँ। जलि बनर्जी।"

जलि जब अभ्र की पत्नी थी तब भी उसने अपना उपनाम नहीं बदला था। तब भी वह जलि बनर्जी ही थी। जब वह वरुण पाल की पत्नी हुई तब भी वह जलि बनर्जी बनी रही। मगर उसका स्वर इतना अपरिचित क्यों लग रहा है?

"हाँ, बोलो, तुम्हारी आवाज को क्या हुआ है?"

"कुछ भी तो नहीं। पर तुम तो इस आवाज को भूल ही गए हो।"

"भूलने की तो बात न थी, तय तो यही हुआ था।"

"बेकार की बातें मत करो।"

"बोलो, कल रात सोने में बहुत देर..."

"हाँ, कमाल की पार्टी में जाओगे तो यह तो होगा ही।"

"तुमसे किसने कहा?"

"मोहित ने।"

"अभी उसके साथ मेल-जोल है?"

"खूब है। तुम तो..."

"जलि! कैसी बातें कर रही हो?"

"पता नहीं, मेरा माथा ठीक नहीं है। आज मुझे अपने तीन बड़े खरीदारों को 'ना' कहना होगा। मैं जानती हूँ कि मेरे मना करते ही लीला बाटरा उन्हें हड़प लेगी। हड़पने दो। मैं वह सब बातें सोचना भी नहीं चाहती।"

"अचानक तुम्हें क्या हो गया?"

"तुम्हें आना होगा।"

"सेंउती को कुछ हुआ है?"

"उसी के लिए तो मैं बुला रही हूँ।"

"बीमार तो नहीं है?"

"नहीं...बीमार नहीं...।"

"कब आना होगा मुझे?"

"आज शाम को।"

"सेंउती वहाँ होगी?"

"नहीं, वह नहीं होगी।"

"वह होती तो अच्छा था। कितने दिन हो गए उसे देखे!"

"पिछले बृहस्पतिवार को तुम्हारे पास नहीं गई थी?"

"वह मेरे पास पिछले एक साल से नहीं आई।"

"पर उसने मुझसे कहा..."

"जलि, तुम इतनी घबड़ा क्यों रही हो?"

"घबडाऊँ नहीं तो क्या करूँ?" शायद जलि के रोने की आवाज आई,

"तुम बाप होकर कोई जिम्मेदारी लेना नहीं चाहते। बस, किसी दिन होटल में खाना खिला दिया, किसी जन्मदिन पर किताब भेज दी...।"

"तुम तो मेरे ऊपर बाकायदा अभियोग लगा रही हो। पर यह सब व्यवस्था तो तुम्हारी इच्छा से हुई थी। तुमने जो कहा, वही मैंने मान लिया था और आज उसी के लिए तुम मेरे ऊपर दोष मढ़ रही हो!"

"हाँ...मेरी ही व्यवस्था थी...और मैं उसका दाम चुका रही हूँ...मैं करती भी क्या! यह तो स्वाभाविक ही है कि बेटी माँ के साथ रहे। मौली जिस प्रकार अपने बच्चों को छोड़कर चली गई, वह मेरे लिए असम्भव था।"

"मौली कौन?"

"मेरी बहन।"

"मैं उसके बारे में कुछ भी नहीं जानता...।"

"मैं तो सोच भी नहीं सकती थी कि आखिरकार तुम्हें फोन करना होगा... (हार-जीत, हार-जीत, फोन करना ही पड़ा। यह जैसे जलि की हार थी और किसी भी दूसरी औरत की तरह जलि बनर्जी भी उस समय एक अन्याय-जर्जर स्त्री थी)...तुम अगर, अपनी लड़की के लिए ही सही, यहाँ बीच-बीच में आते रहते तो शायद..."

"वह सब बातें रहने दो। बताओ, मुझे कब आना है।"

"आज शाम को साढ़े छः और सात के बीच। मुझे ऑफिस जाना ही है, और भी एक-दो जगहों पर जाना है किन्तु मैं ठीक उस समय तक आ जाऊँगी।"

"ठीक है, मैं आऊँगा।"

"वरुण ठीक ही कहता था कि उसे दूर भेज दो, किसी हॉस्टल में डाल दो...अगर मैं उसकी बात मान लेती।"

"नहीं जलि, तुम उसकी बात मान ही नहीं सकती थीं। कभी तुमने किसी की बात मानी है? खुद अपने मन से जो मर्जी करती रही हो...।"

"हाँ, तुम ठीक कहते हो। और विश्वास करो, मैं उसके लिए बहुत भुगत रही। उसका बहुत बड़ा..."

फोन कट गया। अभ्र की समझ में आ गया कि सेंउती ने कोई कांड कर दिया है। कोई ऐसी चीज हो गई है जो बहुत ही पीड़ादायक है।

आज वह लोहे की औरत जलि विचलित है। और झूठमूठ अभ्र के ऊपर दोषारोपण कर रही है। पहले भी ऐसा ही होता था। जब भी जलि से कोई गलती हो जाती थी तभी वह अभ्र के ऊपर उसका दोष मढ़कर चीखने-चिल्लाने लगती थी। पर तब वह लोहे की औरत नहीं थी। थोड़ी कोमलता भी थी उसमें।

पर लोहे की तो वह अब भी नहीं है। होती तो भला इतनी कातर हो सकती थी! वैसे जलि खराब औरत नहीं है। महत्त्वाकांक्षी होना क्या बुरी बात है? फिर भी जो ऊपर उठते हैं, उठते चले जाते हैं। उन्हें एक दिन इस महत्त्वाकांक्षा का भुगतान करना होता है। जलि ने खुद ही कहा है कि उसे आज अपनी महत्त्वाकांक्षा का, अपने मनमानेपन का बहुत दाम चुकाना पड़ रहा है।

पर बात क्या हो सकती है?

अभ्र का मन बेटो के लिए कातर हो उठा। कल जब मोहित पाल किसी से कह रहा था कि जलि की बेटी बड़ी सुन्दर है तो अभ्र के कान जुड़ा गए थे। फिर भी संकोच के कारण वह मोहित से पूछ नहीं पाया था कि उसने सेंउती को कब देखा।

सेंउती बहुत सुन्दर नहीं है। दाँत भी थोड़े ऊँचे है। रंग दबा हुआ है। पर जब हँसती है तो जैसे उसके चेहरे पर हजारों फूल खिल उठते हैं। और आजकल तो सौन्दर्य के पुराने मानदंड भी बदल गए हैं।

तुम अपने को सुन्दर मानो तो तुम सुन्दर हो।

कफ्तान, जीन्स, मैक्सी, और सिर के बाल बिखरे हुए।

जन्मदिन पर उसने जो किताबें सेंउती को भेजी थीं वे उसे पसन्द आईं, या नहीं यह भी वह पूछ नहीं पाया था।

फोन दोबारा बजने लगा।

ताज्जुब की बात है। आज हुआ क्या है? कलकत्ते के टेलीफोन तो गूँगे रहने के लिए प्रसिद्ध है। कुछ लोगों ने पिछले दिनों टेलीफोन का श्राद्ध कर दिया था। पर अभ्र का फोन क्यों लगातार बज रहा है?

"अभ्र राय बोल रहा हूँ।"

"बेरीवाला।"

"क्या बात है?"

"आज तुम मेरे साथ लंच लो।"

"मजाक नहीं, पर तुम लंच तो लेते नहीं।"

"आज लूँगा, तुम्हारे सम्मान में।"

"धन्यवाद। कहाँ आना होगा?"

"घर पर, डॉक्टर ने भी कहा है कि दोपहर को मैं कुछ लिया करूँ। अब तो मैं ऑफिस में भी कुछ खा लेता हूँ।"

"अच्छा करते हो।"

"पहले ऑफिस में आओ, फिर एकसाथ घर चलेंगे।"

"समय?"

"एक बजे के आसपास।"

"ठीक है आऊँगा।"

"भूलना नहीं।"

"नहीं।"

मणि दा ने हँसकर पूछा, "मामला क्या है? सवेरे-सवेरे बड़े फोन आ रहे हैं।"

"क्या बताऊँ, बड़े झमेले हैं।"

"चाय लोगे न?"

"हाँ, अभी आया।"

"चम्पक जा रही है, तुम्हें अभी बाहर करेगी।"

तभी एक हाथ में झाड़न और दूसरे हाथ में झाड़ू लिये चम्पक कमरे में आई। दिन पर दिन बीतते जा रहे हैं पर चम्पक वैसी की वैसी ही है। बेहद दुबली, बेहद काली और बेहद कर्मठ। दुर्गापूजा के समय हर साल उसे दो जोड़े कपड़े मिलते हैं। चम्पक अपने को इस घर का प्रशासक समझती है।

"धन्य हो बाबू! धन्य तुम्हारा सिगरेट पीना!"

"क्या बहुत ज्यादा सिगरेट पी गया?"

"राखदानी में राख का पहाड़ खड़ा है।"

"तुम भी तो बीड़ी पीती हो?"

"सरकार ने सिगरेट के ऊपर छाप रखा है कि अगर सिगरेट पियोगे तो जल्दी ही श्मशान जाना होगा। भला बीड़ी के ऊपर कहीं लिखा है? खैर, छोड़ो!"

"क्या हुआ?"

"दादा, कुमुद को कुछ हो गया है। शायद नजर लग गई है या फिर किसी ने टोटका कर दिया है। नहीं तो शायद छौंड़ा ब्याह के लिए मरा जा रहा है।"

"तुमसे कुछ बताया उसने?"

"नहीं जी। मुझसे तो बात ही नहीं करता। मैं उसके मुँहबोली माँ हूँ। मैं उसको अपना लड़का समझती हूँ। पर वह तो गूँगा हो गया है। सूखे हुए बैगन की तरह मुँह हो गया है उसका। पहले तो ऐसा न था। ब्याह करना चाहता हो तो मुँह खोलकर बोल दे। कोई बीमारी हो तो वह बताए। न कुछ बोलना, न चालना, डरा-डरा-सा रहता है।"

"देखना पड़ेगा।"

"बाबू, मुझे तो लगता है, कोई ऊपरी बाधा है।"

"तुम क्या समझती हो, भूत का प्रकोप है?"

"और क्या! केवड़ातल्ला का श्मशान पास में ही है। कितने ही लोग खून होकर आत्महत्या करके यहाँ आते हैं। सबकी गति भला होती है कहीं!"

"मैं कुमुद से बात करके देखता हूँ।"

"कितनी बार कहा, साथ में लोहा रखा कर। लोहा पास में रखने से भूत-प्रेत तंग नहीं करते, पर कहीं सुनता है!"

चम्पक झाड़ू लगाने लगती है। झाड़ू देने के बाद वह झाड़न से सारी चीजें पोंछती है और फिर पानी से घिस-घिसकर पोंछा लगाती है।

अभ्र चाय पीने गया। अभ्र के एक दोस्त ने चाय की दुकान की है। चाय के साथ नमकीन-बिस्कुट लेते हैं मणि दा और खाने-पीने के मामले में वे बहुत गम्भीर हैं। उनका कहना है, जो खाना हो, उसे खूब अच्छी तरह सजाकर रखो और मन लगाकर खाओ। इस दुनिया में जितने झमेले हैं, सब तो इसी के लिए हैं। खाना अगर मिल रहा है तो उसकी उपेक्षा मत करो।

"आज घर पर खाओगे न?" मणि दा ने पूछा।

"नहीं मणि दा, आज बेरीवाला ने दावत दी है।"

"चलो, जान बची।"

"बाजार नहीं जाएँगे?"

"बाजार तो जाना ही होगा।"

"आज आपका प्रोग्राम क्या है?"

"तुम तो जानते हो कि आज क्या है।"

"हाँ, मनमोहन पुस्तकालय की रजत जयंती।"

"तुम्हें ठीक याद है।"

"इसमें भी आप सभापति हैं।"

"हाँ, मुख्य रूप से तो सभापति ही हूँ, इसके अलावा विशेष अतिथि व वक्ता आदि सब कुछ हूँ।"

"सभा कब शुरू होगी?"

"शाम को तीन बजे।"

"तीन बजे?"

"छह बजे से सांस्कृतिक अनुष्ठान है।"

"आप ही अच्छे हैं।"

"अच्छा रहना ही है। और कोई उपाय भी नहीं है।"

"पैकेट ले आइएगा?"

"अवश्य।"

"कुमुद के लिए चम्पक को भी चिन्ता हो रही है।"

"तुम जरा उसके दफ्तर में फोन करके देखना। वहाँ कुछ..."

"लगता है अभी निकल रहे हैं?"

"अरे भाई! कुमुद ने कल रात बताया, बूढ़ा दत्त स्वर्गवासी हो गया। एक मिनट के लिए उनके यहाँ भी जाना है। फिर वहीं से बाजार चला जाऊँगा।"

"ओह! अगर और चार वर्ष जी जाता...।"

"तो सेंचुरी पूरी कर लेता। फिर भी उसका मरना ही ठीक था। उसके सभी बेटे पहले ही दुनिया से विदा हो गए थे। पोते भी बूढ़े हो रहे हैं। आँख से दिखाई नहीं पड़ता था। कान से सुनाई नहीं पड़ता था। ऐसी असहाय जिन्दगी जीने का भी क्या फायदा?"

"वाकई, दूसरों पर निर्भर जीवन बहुत दुखदायी होता है।"

"कुमुद को क्या हुआ है?"

"उसे बुलाकर धमकाऊँ?"

"पहले देखना होगा कि बात क्या है। मुझे तो ऐसा लगता है कि पैसों की परेशानी में पड़ गया है।"

"ऐसा होना तो नहीं चाहिए।"

"देखता हूँ।"

मणि दा उठ खड़े हुए।

"तुम कब निकलोगे?"

"अभी तो हूँ कम-से-कम बारह बजे तक।"

"पता नहीं बाजार में अच्छी मछली मिलेगी या नहीं। पावदा मिल जाती तो मजा आ जाता।"

"अरे! पावदा के नजदीक भी मत जाइएगा। बहुत महँगी हो रही है।"

"अभ्र, रोज ही दाम देखकर चलने से काम नहीं चलता। कभी-कभी तो अपनी इच्छा की भी पूर्ति होनी चाहिए।"

"मगर इतनी अच्छी और कीमती मछली खाएँगे तो उसे पकाएगा कौन? कुमुद तो उसका कबाड़ा किये बिना..."

"तुमको चिन्ता करने की जरूरत नहीं। मैंने आशामय की बहू से पकाने को कह दिया है। खाना पकाने में उसका जवाब नहीं।" चम्पक तेजी से हाथ चलाती है।

"अब तुम्हें क्या हुआ?"

"दत्त बाबू, मर गए न! देखने नहीं जाऊँगी क्या?"

आसपास किसी की मृत्यु हो तो चम्पक दौड़ पड़ती है। घर पर जाएगी और अगर मौका मिले तो काम-काज निपटाकर श्मशान में भी झाँक आएगी। यह इस इलाके की विशेषता है।

"इसमें देखने की क्या बात है?"

"पुण्य मिलता है।"

अभ्र अखबार के पन्ने उलट रहा था। ढेर सारे अखबार और पत्र-पत्रिकाएँ

उसके पास आती हैं। इतना कागज जमा हो जाता है कि महीने के आखिर में दो सौ रुपये की रद्दी निकलती है।

ये पैसे जमा होते जाते हैं और घर की मरम्मत, घर के लिए छोटी-मोटी चीजें और चम्पक के लिए किताबें और उसका मेहनताना इनसे चुकाया जाता है।

फिर टेलीफोन बजने लगा।

लगता है, आज टेलीफोन-दिवस है।

"हलो!"

"चौधरी बोल रहा हूँ।"

"बाप रे! सुबह-सुबह पुलिस!"

"तुम्हें रात में मेरे घर खाना है।"

"क्यों?"

"आज हमारी वेडिंग एनिवर्सरी यानी विवाह-वार्षिकी है।"

"कितने वर्ष हुए?"

"10 वर्ष।"

"मैं तुम्हारा अभिनन्दन करता हूँ।"

"रमोला की जिद है कि इस साल वह सभी मित्रों को उनकी पत्नियों सहित निमंत्रण देगी।"

"तो फिर मैं तो बच गया।"

"तुम अपनी उस गर्ल-फ्रेंड को ले आ सकते हो।"

"मेरी गर्ल-फ्रेंड? वह कौन है?"

"जिसे तुमने मेरे पास भेजा था।"

"वाकई चौधरी, तुम भी कमाल हो।"

पता नहीं क्यों, कॉलेज के दिनों से ही सब दोस्त उसे चौधरी ही कहकर पुकारते थे, जबकि बाकी लोगों के नाम लेते थे।

"क्या मुझसे कोई भूल हुई?"

"तुम्हारी नौकरी ही ऐसी है कि तुम अपराध का चश्मा पहनकर ही चीजों को देखते हो। मैं तो उस लड़की का नाम तक भूल गया हूँ। मोहल्ले के गुंडे उसे तंग कर रहे थे, इसीलिए तुम्हारे पास भेज दिया था।"

"खैर, छोड़ो, वह गुंडा भी आजकल मेरे हाथ से दूध-भात खा रहा है।"

"आज...आज..."

"आज जितना भी तुम व्यस्त हो, तुम्हें आना ही पड़ेगा।"

"मैं कुछ कह नहीं पा रहा हूँ।"

"अरे भाई, हमारे सब पुराने दोस्त आ रहे हैं। तुम नहीं आए तो बड़ा बेमजा हो जाएगा।"

"अच्छा, कोशिश करूँगा।" फोन रखकर अभ्र ने मन-ही-मन चौधरी से कहा—चौधरी, सभी दोस्त कभी तुम्हारे घर नहीं आएँगे। इमरजेंसी के समय तुम्हीं ने अपने कुछ दोस्तों के साथ कैसा व्यवहार किया था। पता नहीं, तुमने उन्हें मरवाया या नहीं, पर यह तो निश्चय ही है कि तुमने उन्हें बचाने की कोशिश भी नहीं की। शायद तुम ऐसा कर सकते थे शायद नहीं कर सकते थे।

अभ्र जानता है कि कभी-कभी उसे चौधरी की जरूरत पड़ती है। और यह भी मानता है कि चौधरी ने उस समय अभ्र की बहुत सहायता की थी जब चौधरी ड्रग स्क्वाड में था।

इस समय वह बहुत बड़ा अधिकारी है।

चौधरी बड़ा घाघ पुलिस अधिकारी है। खूब घूस खाता है। और प्रेमी पति तथा स्नेही पिता है।

एक और गुण है उसमें। वह संगीत-विद्या में पारंगत है। पुराने बांग्ला गाने वह विशेष दक्षता के साथ गाता है। वह आधुनिक हिन्दी फिल्मी गानों, पॉप और डिस्को का भयंकर विरोधी है। पहले कहता था कि वह भगवान को नहीं मानता पर आजकल गुरु, ज्योतिष और कीमती पत्थरों के प्रभाव पर उसे घोर विश्वास है।

अभ्र जानता है, उनके कौन-कौन दोस्त चौधरी की पार्टी में जाएँगे। उनमें से एक अभिनेता है, दूसरा डायरेक्टर है, और अन्य सरकारी-गैर-सरकारी पदाधिकारी हैं। अर्थात जो नामी-गिरामी लोग हैं।

अभ्र की गिनती उनमें क्यों होती है? अभ्र ने कभी ऐसा नहीं चाहा, फिर भी वह जोर देकर नहीं कह सकता कि वाकई उसने ऐसा कभी नहीं चाहा। वह सोच रहा है, आज के दिन को दोपहर, शाम और रात तक कैसे काटेगा।

बेरीवाला के साथ लंच।

शाम को जलि के घर। सेंउती को क्या हुआ है?

और रात में चौधरी के घर डिनर।

ये तीनों काम तीन अलग-अलग किस्म के लोगों के हैं। इन तीनों में कोई समानता नहीं और न ही इनसे मिलने वाले तीनों अभ्रों में कोई समानता है। बेरीवाला के साथ लंच लेने वाला अभ्र वही अभ्र नहीं है जो शाम को जलि के घर जाएगा। और जो अभ्र जलि के घर जाएगा, वही अभ्र नहीं है, जो रात में चौधरी के घर जाएगा।

एक ही शरीर में कितने अभ्र बैठे हुए हैं और इन सबको एकसाथ ढोना होता है। केवल जब वह घर में होता है, मणि दा के साथ होता है, तभी वह असली अभ्र हो पाता है।

मणि दा का कोई है या नहीं, यह कोई नहीं जानता।

अभ्र जो कुछ जानता है, वह न जानने के समान है।

वह इतना ही जानता है कि उनकी माँ बचपन में ही चल बसी थी। पिता ने दूसरा विवाह किया तो अभ्र के मामा लोग उसे ले गए।

मामा के घर ही वह पला। उनके साथ उसका सम्बन्ध जलि के साथ ब्याह करने के बाद से टूट गया।

अपने सौतेले भाई-बहनों की खोज-खबर उसने कभी नहीं ली। पिता भी बहुत पहले स्वर्गवासी हो चुके थे। जब तक जिन्दा थे, विजयादशमी के दिन उनका आशीर्वाद उसे जरूर मिलता था।

अब उन्हें लगता है, कोई अपना कोई आत्मीय होता तो अच्छा होता, इसीलिए मणि दा ने एक दिन कहा था—"तुम्हारे भाग्य में दुख बदा है। मैं साफ देख रहा हूँ कि तुम अचानक किसी दिन शादी करोगे और फँस जाओगे।"

नहीं, अभ्र ऐसा नहीं करेगा। ब्याह करने लायक जिस मानसिकता की आवश्यकता होती है, वह अभ्र में नहीं है। उसके लिए जितने जुड़ाव की जरूरत होती है, वह अभ्र अपने अन्दर नहीं पाता।

तभी मणि दा तेज कदमों अन्दर आए।

"आज तो कमाल ही हो गया। असली पावदा मिल गया। बहू को देकर आ रहा हूँ। आज रात में जश्ने-जमहूरियत होकर रहेगी।"

उसी समय अभ्र ने मन-ही-मन तय किया कि वह आज रात खाना घर में ही खाएगा, चौधरी चाहे जितना बुरा माने।

"दत्त के घर गए थे?"

"निश्चय, यह तो कर्तव्य है।"

"श्राद्ध में भी जाएँगे।"

"क्यों नहीं। जाना ही पड़ेगा।"

"पर आप तो कहीं खाते नहीं?"

"नो, नेवर।"

"आपके मरने के बाद हम अपने मोहल्ले की सड़क का नाम आपके नाम पर रख देंगे।"

"अरे हटो। यहाँ मर कौन रहा है?"

"कभी-न-कभी तो मरना ही होगा।"

"तो भाई, मैं जब मर ही जाऊँगा तो सड़क का नाम मेरे नाम पर हो या किसी काले कुत्ते के नाम पर, उससे मुझे क्या फर्क पड़ता है। थोड़ा रुको। कपड़े उतारकर हाथ-मुँह धोकर आता हूँ। पहले शब्द-पहेली पूरा कर लूँ, फिर समय नहीं मिलेगा।"

"आज मोहल्ले में कौन-सा अनुष्ठान हो रहा है?"

"क्विज कंटेस्ट और नाट्य-प्रतियोगिता।"

"कुमुद कहाँ है?"

"ऑफिस गया।"

"मैं नहा लेता हूँ।"

"मैं तब तक टंकी भर लेता हूँ।"

"नहीं, आप रहने दीजिए। टंकी मैं ही भर लूँगा।"

कलकत्ता शहर में अभी पानी है, तो अभी गायब। इस बारे में कितनो लिखा-पढ़ी हुई, कितने आन्दोलन हुए, फिर भी पानी गायब।

कलकत्ता जैसे सूखता जा रहा है।

अभ्र जल्दी-जल्दी टंकी में पानी भरता है, स्नान करता है, और बनियान-पाजामा धोता है।

स्नानघर से बाहर आकर वह मणि दा से कहता है, "मैंने पानी रख दिया है, आपको कुछ करने की जरूरत नहीं। उस दिन देखा, बाल्टी उठाते-धरते पसीने में डूब रहे थे।"

"ठीक है, तुमसे कुछ बात करनी है।"

"क्या?"

"रास्ते में नेपू की माँ के साथ भेंट हुई थी।"

"नेपू?"

"हाँ, नेपू को बचाना ही होगा। पुलिस बेकार ही नेपू के सिर दोष मढ़ रही है। वह उस दिन की मारपीट में शामिल नहीं था।"

"अच्छा, देखूँगा।"

दो प्रसिद्ध समाजविरोधी गुंडा-दलों में आमने-सामने संघर्ष हुआ था, जिसमें एक पक्ष के दो नेता मारे गए थे। श्मशान का गुर्गा जिन लोगों का आश्रित था उन पर पुलिस का पहले से ही खार था।

पुलिस क्यों राबर की मदद कर रही है (राबर श्मशान के इलाके का कंट्रोलर है और उसने कई खून किये हैं), क्यों वह उस्ताद के (निहत) दल को मार रही है, यह तो ईश्वर जानता होगा, या पुलिस जानती होगी।

नेपू इन मामलों में जरा भी शामिल नहीं था, फिर भी वह फँस गया है। पुलिस का सिद्धान्त है कि अगर गुंडा-दल रहे तो दो नहीं, एक रहे, जिससे वह निष्कंटक होकर सामाजिक जीवन को छिन्न-भिन्न कर सके।

अगर दो दल हों और दोनों ही युद्धरत हों तो बड़ी मुश्किल है। अतएव तत्परता दिखाने के लिए उस समय पुलिस उस्ताद के दल को पूरी तरह नष्ट करने पर आमादा थी। अभ्र नेपू को पहचानता है।

"मैं जरा घूमकर बाहर देख आता हूँ।"

"उसे हमें बाहर भेजना होगा।"

"अच्छा, देखूँगा। वह क्या इलाके में ही है?"

"हाँ, है।"

"आपको यह सब कैसे मालूम?"

"जानना पड़ता है भाई, जानना पड़ता है।"

"वह नागरिक समिति के पास क्यों नहीं जाता?"

"अरे भाई! वे तो और भी खार खाए बैठे हैं उससे।"

"ये भी कमाल के लोग हैं।"

"तुम्हीं सोचो, यह एक मानवीय समस्या है। केवल दूर की बातें देखने से काम नहीं चलेगा। अपने घर के आसपास की समस्याओं की तरफ भी नजर रखनी होगी।"

मणि दा मुस्कराते हुए अभ्र को देखते रहे।

अभ्र ने कहा, "ठीक है, अभी मैं चलता हूँ।"

चार

डलहौजी स्क्वायर में अभ्र मिनी बस से उतरा। एक पुरानी इमारत के पूरे दुतल्ले पर बेरीवाला का दफ्तर है, हालाँकि उसे इतनी जगह की जरूरत नहीं है, मगर बहुत पहले की ली हुई चीज है, उसे कौन छोड़े?

अभ्र जब बेरीवाला के दफ्तर में घुसा तब वह एक फोन नीचे रखकर दूसरा उठा रहा था।

"आल डेड।"

"तीनों के तीनों?"

"हाँ, ये कलकत्ते के फोन हैं।"

"हद है।"

"यह तुमने देखा?"

"क्या?"

बेरीवाला ने एक पत्रिका अभ्र के सामने रख दी। नाम था—'यू एंड आई एंड...'

"इसमें क्या देखना है?"

"कवर स्टोरी।"

सोने की चोरबाजारी की कहानी थी। ढेर सारी तस्वीरों के साथ गैरकानूनी ढंग से देश के अन्दर लाए गए सोने की जब्ती की रोमांचक कहानी थी।

लेखिका थी—निनी किरमानी।

"कुछ समझ में आ रहा है? यह भी कपूर को लिखना चाहिए था। बहुत पहले उससे कहा था। यह लड़की लिखकर आगे निकल गई और कपूर..."

"शायद नहीं लिख सका।"

"नहीं, यह बात नहीं है।"

गुस्से से बेरीवाला की आवाज बदल गई। शब्द मुँह से ऐसे निकल रहे थे, जैसे मुँह में काँच रखकर वह दाँतों से चबा रहा है।

"कपूर की वर्तमान गर्ल-फ्रेंड है निनी।"

"वाकई?"

"तुम क्या सोचते हो?"

"हो भी, तो इससे क्या प्रमाणित होता है?"

"कपूर मुझे बेवकूफ बनाना चाहता था। उसके न बताने से भी,...अरे, तुम निनी को नहीं पहचानते। सोफिया लॉरेन और ब्रिजित बार्दो का मिलाजुला भारतीय संस्करण है वह लड़की। सुनहरी तिब्बती पोशाक में वह भयंकर रूप से शराब पीती जाती है, पर होश नहीं गँवाती। आँखों में रहस्य भरे हुए वह मौके की तलाश में रहती है और अचानक बैग से कैमरा निकालकर फोटो खींच लेती है।"

निनी किरमानी...

इस बार को लेकर निनी किरमानी तीन बार...

"क्या कहूँ?"

"दरअसल केडिया सीमेंट की रिपोर्ट के समय से ही..."

"वह लेख तो उसने बहुत अच्छा लिखा था।"

"पर वह टेंपो बनाए न रख सका।"

अचानक अभ्र को सन्देह हुआ, कहीं यह सारा मामला गढ़ा हुआ तो नहीं है? बेरीवाला ने नि:श्वास भरकर कहा, "निनी किरमानी का खूँटा बहुत

मजबूत है। वरना एक के बाद दूसरा अखबार वह छोड़ती जा रही है और हर बार बड़े अखबार में जा रही है, मगर उस पर जो विश्वास करे उसका भगवान ही मालिक है...।"

"मैं तो कुछ भी नहीं जानता।"

"चलो, चलते हैं।"

बेरीवाला का घर अलीपुर में है। यह कलकत्ता का एकमात्र इलाका है जो अभी बहुत छिन्न-भिन्न नहीं हुआ है। लम्बा ड्राइव-वे, ढेर सारे पेड़, उनके बीच एक चार तल्ले की इमारत। इस इमारत का दूसरा तल्ला बेरीवाला का है।

अकेले आदमी के लिए उसमें बहुत जगह है। एक बहुत बड़ा ढका हुआ बरामदा है और विशाल बैठकघर। बैठकघर में हाथ से खींचा जाने वाला बहुत बड़ा पुराने जमाने का पंखा झूल रहा है। ढेर सारे पैसे खर्च करके बेरीवाला ने उसे खरीदा है। वह किसी काम नहीं आता। केवल अलंकार के लिए है। पूरा घर एयरकंडीशंड है।

जिस कमरे में वे बैठे थे, उसमें छह फीट की लम्बाई की काठ की एक नंगी दीपधारिका की मूर्ति है। दीवार पर नेपाल से लाई गई भद्रकाली की अनेक मूर्तियाँ टँगी हैं। इनमें से एक घोड़े की पीठ पर नंगी बैठी शिकारी औरत का चित्र है, जिसके हाथ में बर्छा है। यह सब देखकर अभ्र को भीतर-ही-भीतर असुविधा होने लगी।

"कम्पनी काल के मकानों के अलावा दूसरे मकानों में रहना मुश्किल है।"

"कैसे कहूँ? ९९ प्रतिशत लोग तो दूसरी तरह के मकानों में ही रहते हैं।"

"तुम्हारा मकान...?"

"केवड़ातल्ला श्मशान की उल्टी ओर है।"

"तुम्हारा अपना मकान है?"

"नहीं, किसी के साथ रहता हूँ।"

"पुरुष?"

"वृद्ध तथा अवकाश प्राप्त तथा अविवाहित पत्रकार मणि घोषाल।"

"दि ग्रेट मणि दा?"

"तुम उन्हें पहचानते हो?"

"उन्हें कौन नहीं पहचानता?"

"तुम लोग क्या कलकत्ता में बहुत दिनों से हो?"

"तीन पुश्त से?"

"इतने पहले से?"

"मेरे परदादा यहाँ थियेटर कम्पनी चलाते थे। उनकी शराब की एक दुकान भी थी। मेरे पिता ने शराब की दुकान बेचकर होटल खोला। मैंने कुछ भी नहीं किया।"

"कर तो रहे हो।"

"यह मेरा निजी व्यवसाय तो नहीं।"

"यह क्या तुम्हारा अपना मकान है?"

"मकान तो ट्रस्ट का है। मेरे पिता अपनी सम्पत्ति का ट्रस्ट कर गए थे। ट्रस्ट ने यह फ्लैट मुझे लीज पर दिया है।"

"ऐसा भी कहीं होता है?"

"किया जाए तो होता ही है।"

"पारसी समाज के बारे में हम बहुत कम जानते हैं।"

"कम क्या, कुछ भी नहीं जानते। खैर, छोड़ो। काम की बात बाद में करेंगे। पहले यह देखो।"

कुछ तस्वीरें थीं।

ये तस्वीरें सम्भवतः पीतल की एक नग्न यक्षिणी मूर्ति की भिन्न-भिन्न दिशा से खींची गई तस्वीरें थीं। मूर्ति अद्‍भुत थी।

"पूजा देसाई ने दी है?"

"हाँ।"

"जाली न हो तो बहुत अच्छी है।"

"क्या तुम्हें जाली लग रही है?"

"मैं इस बारे में कुछ नहीं जानता। फिर भी इतना कह सकता हूँ कि भारत में चीजें आसानी से इतनी नहीं मिलतीं कि फरमाइश करते ही पाई जा सकें।"

"और यह आदिवासी देवी?"

"यह भी तो फोटो है।"

"कौन आदिवासी?"

"कहते हैं संथाल है।"

संथाल, मुंडा, हो आदि आदिवासी जातियाँ क्या मूर्तिपूजा करती हैं? अभ्र की जानकारी के अनुसार आदिवासी जातियाँ मूर्तिपूजा नहीं करतीं।

"मवान, क्या वे पूजा करते हैं?"

"कोई प्रतीक चुन लेते हैं। जैसे पेड़।"

"किन्तु..."

"मैं विशेषज्ञ तो नहीं हूँ। तुम्हें कुछ लोगों का नाम बता सकता हूँ। तुम उन्हें दिखा लेना।"

"पूजा देसाई अगर असली मूर्ति की नकल को असली कहकर डॉलर में बेच सकती है..."

"तुम्हें फिर कहानी की महक मिल गई?"

"हाँ।"

"तुम लोग यहाँ इतने दिनों से हो, यह मैं नहीं जानता था। होटल, शराब की दुकान आदि की तस्वीरें हैं तुम्हारे पास?"

"सब हैं। वे तस्वीरें बोर्न ऐंड सेफर्ड द्वारा खींची गई थीं।"

"मुझे भूख लग रही है।"

"हाँ, पहले लंच, फिर काम।"

बेरीवाला का खाने का घर भी एक हॉल जितना बड़ा था। इस कमरे में सिर्फ ग्रेटा गार्बो और चार्ली चैपलिन की ब्लो-अप तस्वीरें थीं।

एक चुस्त-दुरुस्त वेटर-कम-बटलर था। बेरीवाला स्कॉच की चुस्की लेते हुए खाना खाता है।

"तुम क्या पानी नहीं पीते?"

"उफ! कलकत्ते का पानी।"

पहले भोजन होगा, सूप, रोस्टेड चिकन और झींगा मछली, फ्रूट-सलाद, फिर बेरीवाला के स्टडी रूम में कॉफी।

पुराने जमाने की चमड़े से मढ़ी ऊँची कुर्सी में बेरीवाला जैसे डूब गया।

"कितनी स्टोरी करोगे?"

"क्या-क्या करना है?"

"पूजा देसाई का मूर्ति-व्यापार, कलकत्ते का पारसी समाज...।"

"तुमने इसलिए तो मुझे नहीं बुलाया।"

"नहीं, ब्ल्यू फिल्म के लिए बुलाया है।"

"समाज के किस स्तर को उठाऊँगा?"

"समाज के ऊँचे लोगों को।"

"कलकत्ता के आसपास के इलाके?"

"उन्हें बाद में लेना।"

"तुम क्या समझते हो, मामला जमेगा?"

"हाँ, जमेगा। बहुत बड़ी-बड़ी मछलियाँ जाल में आएँगी।"

"सब छापोगे?"

"एक-एक शब्द।"

"ऐसा कर सकोगे?"

"हाँ, ऐसा कर क्यों नहीं सकता! अब तक बहुत तेल दे चुका, अब और नहीं।"

"बहुत घूमना होगा।"

"कुछ काम मैंने कर रखा है।"

"जैसे?"

"दूँगा, सब तुम्हें दूँगा।"

"पैसे?"

"पाँच अंकों में। खर्च अलग से।"

"अच्छी बात है।"

"पैसों का क्या कर रहे हो?"

"लड़की के लिए जमा कर रहा हूँ।"

"यह काम तुम्हीं कर सकते हो।"

"क्यों?"

"वाह, तुम निम्न मध्यवित्त की तरह रहते हो। तुम्हारा जीवन भी सीधा-

सादा है। समाज के निचले तबकों तक तुम्हारी पहुँच है। तुम्हारे जैसे पत्रकार कितना बदल जाते हैं!"

"मुझे शायद उतनी तमीज नहीं है।"

"नहीं-नहीं, और कोई बात है।"

"हाँ, वह बात है—मणि दा।"

"मणि दा!"

"हाँ, उनसे मैंने बहुत कुछ सीखा है।"

"गाड़ी के बिना तुम्हें असुविधा नहीं होती?"

"एकदम नहीं।"

"इस कलकत्ता में..."

"कलकत्ते को मैं प्यार करता हूँ।"

"हाँ, कलकत्ता आदमी को..."

"कलकत्ता एकमात्र बड़ा शहर है, जहाँ आदमी रह सकता है।"

"कितना गन्दा!"

"इतनी गन्दगी, इतनी अव्यवस्था, इतने गुंडे, इतनी भीड़भाड़—इन सब के बावजूद कलकत्ता, कलकत्ता ही है।"

"मैं रिटायर करते ही यहाँ से फूट लूँगा।"

"कहाँ?"

"दार्जिलिंग में एक छोटा-सा घर।"

"और सर्दियों में?"

"पूरे साल वहीं रहूँगा, और मरने का वक्त आएगा तो जाकर कहीं पहाड़ पर सो रहूँगा। चिड़ियों ने खाया तो खाया, नहीं तो वहीं बर्फ में जमकर ममी बन जाऊँगा। बुरा नहीं है।"

"मैंने और मणि दा ने अपनी अन्तिम यात्रा बहुत संक्षिप्त कर ली है। पुल पार करते ही श्मशान।"

"श्मशान। गुंडों की स्टोरी।"

"अब चलता हूँ।"

"अरे, अभी तो चार ही बजे हैं।"

"एक बार घर जाना होगा।"

घर जाने को कहकर अभ्र बाहर निकला, पर घर गया नहीं।

बस स्टाप पर उसे देखकर एक दुबला-पतला युवक, जिसके बाल सफेद हो रहे थे और आँखों के नीचे गड्ढे थे, आगे बढ़ आया। उसके चेहरे पर एक क्षमा-प्रार्थना जैसा भाव था।

"अभ्र दा। आप बहुत दिन जिएँगे। अभी-अभी आप की ही बात सोच रहा था।"

"मैंने आपको पहचाना नहीं?"

"अरे! मैं सीतांशु हूँ।"

"हिमांशु का छोटा भाई?"

"हाँ।"

"सीतांशु! यह क्या रूप बना रखा है तुमने? और इस समय यहाँ क्या कर रहे हो?"

"एक प्रेस में काम करता हूँ...।"

हिमांशु की बात याद आते ही और बहुत-सी बातें याद आती हैं। अभ्र जब कॉलेज में पढ़ता था तभी से हिमांशु उन लोगों का नेता था। हिमांशु में स्वाभाविक रूप से नेता बनने के गुण थे। अभ्र और उसके दोस्तों ने चुपचाप उसे अपना नेता मान लिया था।

हिमांशु उन सभी से उम्र में बड़ा था। राजनीति करने के लिए सालोसाल परीक्षा नहीं देता था, एक ही क्लास में पड़ा रहता था। उसे आदमी की गहरी पहचान थी। अभ्र से राजनीति नहीं होगी, यह वह जानता था इसीलिए उसने कभी उसे राजनीति में नहीं घुसने दिया।

हिमांशु के साथ हमेशा यमुना को देखा जाता था। जितनी सुन्दर वह देखने में थी उतना ही गम्भीर था उसका समर्पण भाव।

यमुना अपना घर छोड़कर हिमांशु के घर रहने लगी। हिमांशु के फेफड़े में रोग की काली छाया पड़ गई थी। उसी की सेवा के लिए यमुना अपना घर छोड़कर चली आई थी।

अभ्र जैसे अनेक लोग, भले ही वे राजनीति न करते हों, हिमांशु के प्रति

श्रद्धा रखते थे, उसे प्यार करते थे और जितनी उनकी सामर्थ्य थी उतना उसकी मदद करते थे।

उन दिनों अनेक लोगों ने यह सब किया था। अभ्र ने भी। दवाइयाँ, फल, हार्लिक्स आदि खरीदकर वह उसके घर पहुँचा आता था।

हिमांशु ने एक दिन कहा था, "यमुना भी अद्भुत लड़की है। अपना घर छोड़कर हमेशा के लिए चली आई।"

यमुना ने हँसकर कहा था, "तो इसमें ताज्जुब करने की क्या बात है। लीजिए, दवा खाइए।"

यमुना उसे कभी-कभी हिमांशु कहकर पुकारती और हमेशा आदर के साथ बोलती। निश्चय ही हिमांशु छद्म नाम रहा होगा। उन दिनों क्रान्तिकारी राजनीति करने वाले अनेक लोगों ने अपने नाम बदल लिये थे, हालाँकि जब चौधरी जैसे लोग मंच पर उतर आए तब कोई भी छद्म नाम उन्हें बचा नहीं सका।

हिमांशु की ऐसी हालत भी न थी कि वह विदेश चला जाता या किसी और शहर भाग जाता। तपेदिक ने उसे खोखला कर दिया था।

दो वर्षों तक उनकी कोई खोज-खबर नहीं मिली, फिर एक दिन अचानक यमुना आई।

"उन्हें अस्पताल में भर्ती करा सकते हैं?" उसने कहा।

उन दिनों इमरजेंसी लगी हुई थी। फिर भी अभ्र और उसके मित्रों ने अपने परिचित डॉक्टरों की मदद से हिमांशु को अस्पताल में भर्ती करने की व्यवस्था कर दी थी। उन्होंने उसे भुवाली ले जाने का निश्चय किया था। पश्चिम बंगाल से बहुत दूर हिमालय की गोद में, पर सर्वशक्तिमान पुलिस ने उन्हें तीन-चार दिन का समय भी नहीं दिया था।

सीतांशु की उम्र उस समय बीस या बाईस साल की होगी।

अभ्र ने जबरदस्ती उसे परीक्षा में बिठाया। यमुना उन दिनों घर पर ही थी। उन दोनों की अपनी माँ नहीं थी, विमाता थी। हिमांशु सीतांशु और उनकी बहन के साथ विमाता का सम्बन्ध अत्यन्त सौजन्यपूर्ण था। वे यमुना को भी बहुत मानती थीं। इस परिवार का खर्च चलाने के लिए यमुना ने नौकरी कर ली।

बहुत दिन बीत गए। अभ्र से उनका कोई सम्पर्क न रहा। सीतांशु का

चेहरा-मोहरा भी उसे याद न रहा। याद भी होता तो उसे पहचानना मुश्किल होता, क्योंकि उसका पूरा शरीर अत्यन्त दुबला हो गया था और काला पड़ गया था। अभ्र उसकी तरफ देख भी नहीं पा रहा था।

"कहाँ जा रहे हो सीतांशु?"

"आज अस्पताल से मेरी पत्नी को छुट्टी मिलने वाली है। उन्हें लेने जा रहा हूँ। इन दिनों हमें आपकी बहुत याद आ रही थी। आप भइया की कितनी मदद करते थे।"

"किस अस्पताल में हैं तुम्हारी पत्नी?"

"कैंसर अस्पताल में।"

"उन्हें अस्पताल से छुट्टी मिल रही है—इसका मतलब?"

"वह बचेंगी नहीं। डॉक्टरों के लिए भी अब कुछ करने को बाकी नहीं है। वह खुद भी घर आने के लिए बहुत रो रही हैं।...और फिर पैसे भी..."

"तुमने कुछ खाया है?"

"घर जाकर खा लूँगा।"

"सुबह से कुछ भी नहीं खाया न?"

"नहीं।"

"चलो, मैं भी चलता हूँ।"

"मेरे साथ जाएँगे?"

"हाँ, सीतांशु। चलो, बस से चलते हैं। इस समय टैक्सी पाना मुश्किल है।" बस पकड़ने के पहले हाजरा के मोड़ पर एक परिचित होटल में अभ्र ने सीतांशु को भरपेट भोजन कराया। इन सब दुकानों में और इन सब सड़कों पर अभ्र ने अपने जवानी के कई साल बर्बाद किये हैं। तब उसे नींद आती थी। कुछ ही घंटों की, पर स्वाभाविक और सुन्दर नींद आती थी उसे।

वे सब दिन पता नहीं कहाँ चले गए! और कितने ही प्रिय नाम, कितने ही प्रिय चेहरे, कितने ही प्रिय पलछिन अपने साथ ले गए। उन्हें फिर कौन वापस ले आ सकता है?

खाते-खाते अचानक सीतांशु ने बेहद संकोच के साथ कहा, "अभ्र दा, मेरी पत्नी वही यमुना हैं, जिनका भाई साहब के साथ..."

यमुना! वही यमुना! गोरा रंग, स्वास्थ्य से दिप-दिप करता चेहरा। जब वह हिमांशु की ओर देखती होती तो उसे देखकर अभ्र अपना होश खो बैठता।

"तुमने...तुमने यमुना से ब्याह किया?"

"यह बहुत लम्बी कहानी है, अभ्र दा। भइया तब भी जीवित थे। पर इधर-उधर छुपकर अपनी जान बचा रहे थे। यमुना को लेकर माँ बहुत नाराज होती थी। यमुना ने खुद ही कहा कि मैं उससे शादी कर लूँ। उस अशान्ति से बचने का और कोई उपाय नहीं था।"

"और हिमांशु..."

"भइया ने खुद उन्हें कहा था। यह भइया का ही प्रस्ताव था और वह राजी हो गई थीं। भइया ने मुझसे कहा था—सीतू, अतीत तो अतीत ही होता है। वर्तमान नहीं हो सकता। तुम वर्तमान के साथ न्याय करो। उसके तकाजे पूरा करो। हमारा ब्याह हुआ था तो भइया बहुत खुश हुए थे। मुझे यह घड़ी दी थी।"

"यमुना तो तुमसे..."

"प्राय: तीन-चार साल बड़ी है। अभ्र दा, आप ही तो मुझे लेकर भइया के पास गए थे। उनसे मेरी क्या बात हुई थी, यह तो आपको नहीं मालूम, पर उन्होंने जो कहा था, उसमें मुख्य बात यही थी।"

अभ्र की आँखों के सामने अतीत फिर से मूर्तिमान हो उठा। आदमी का मन बड़ा अजीब होता है। वह कुछ भी छोड़ नहीं पाता। सभी तरह की स्मृतियों को जमा करता रहता है। अतीत उसे पीछे ले जाकर तिलजला में पहुँचा देता है।

आज कलकत्ता अपने हाथ-पाँव फैला कर तिलजला को भी निगल गया है। कलकत्ता! तुम बड़े होते-होते आखिर कहाँ जाकर ठहरोगे? बकखाली या सुन्दरवन में? जहाँ काकद्वीप आन्दोलन के कृषक नेता समुद्र के रास्ते आन्ध्र भागने की कोशिश करते हुए पकड़े गए थे।

उन दिनों तिलजला कुछ और ही था। अभ्र के मित्र व्रजविलास वसु ने सारी व्यवस्था की थी। उसके भाई ने कहा था कि उसने हिमांशु को भुवाली के टी. बी. अस्पताल में भर्ती करने की सारी व्यवस्था कर ली थी।

चौधरी से वे कुछ भी नहीं कहते थे। वह जब-तब आता रहता और इन लोगों के पीछे अपने आदमी लगाए रखता। चौधरी के उड़ाकू दस्ते ने हिमांशु

के कंकाल-शेष शरीर को अपने कब्जे में किया था। गोली मारने की कोई जरूरत नहीं थी, फिर भी सरकारी बन्दूक की एक गोली हिमांशु के ऊपर खर्च की गई थी।

उस दिन सीतांशु को कमरे में छोड़कर अभ्र और व्रजविलास बाहर टहल रहे थे।

लगता है, वह कितनी पुरानी बात है। बहुत-बहुत पुरानी बात और आज...

"सीतांशु। हिमांशु के पास जब मैं तुम्हें ले गया..."

"उसी दिन शाम को यमुना के साथ हमारे ब्याह की रजिस्ट्री हुई।"

"यमुना...कैंसर...उसे कब हुआ यह रोग?"

"बच्चा होने के बाद से ही वह सूखती जा रही थी। स्कूल से इतनी छुट्टी लेनी पड़ती थी कि तनख्वाह भी बहुत कम मिलती थी। पहले डॉक्टर कुछ समझ नहीं पाए, पर जब यह रोग पकड़ में आया..."

"और फिर घर से उसे तुम कहाँ ले जाओगे?"

सीतांशु ने चकित होकर अभ्र की ओर देखा और कहा, "अभ्र दा, वह तो बचेगी ही नहीं। एकदम अन्तिम साँस गिन रही है। घर जाना चाहती थी। अगर मैं न ले जाता तो उसे दुख होता इसलिए..."

"और तुम्हारा बच्चा?"

सीतांशु अजीब ढंग से हँसा।

"वह माँ के साथ मामा के यहाँ है।"

"तुम्हारी माँ अपने भाई के घर है?"

"हाँ, वहीं पर कुछ दिन..."

"तुम क्या अभी उसी पुराने मकान में हो?"

"नहीं-नहीं, वह मकान बहुत सस्ते किराये पर था, सिर्फ चालीस रुपये। मकानमालिक ने उल्टे दस हजार रुपये देकर मुझे दूसरे मकान में चले जाने को कहा...छोड़िए, वह बहुत लम्बी कहानी है।"

"तुम लोगों का काम कैसे चलता था?"

"मैं रातदिन ट्यूशन करता था। मेरी बहन बुली सप्लाई ऑफिस में नौकरी पा गई है। व्रजविलास भैया ने उसे यह काम दिलवाया है।"

"भइया के मारे जाने के बाद माँ एक दिन अपने भाई के घर चली गई। वहाँ काफी सम्पत्ति है। माँ ने मदद की और बुली का ब्याह कर दिया। यमुना ने ही जबरदस्ती पिकनिक गार्डेन में एक कमरे का फ्लैट बुली के लिए खरीदकर उसकी गृहस्थी बसा दी थी।"

"पिकनिक गार्डेन का पता मुझे दो।"

"लीजिए।"

लिखते-लिखते अभ्र ने पूछा, "यमुना को किस टाइप की ल्यूकेमिया है?"

सीतांशु चौंक पड़ा। फिर उसने पूछा, "आप मुझसे कुछ पूछ रहे हैं?"

"हाँ सीतांशु, तुम्हीं से पूछ रहा हूँ। यमुना को किस टाइप की ल्यूकेमिया है?"

सीतांशु सोच-सोचकर, रुक-रुककर आश्चर्य से भरे स्वर में बोलने लगा, उसकी दोनों आँखें जैसे दीवार पर लिखा हुआ कोई लेख पढ़ रही हों। दीवार पर कुछ भी नहीं है। सिर्फ एक कैलेंडर है जिसमें काली की तस्वीर है और एक ताखा पर गणेश की मूर्ति रखी है। जिस पर कागज की फूलमाला टँगी हुई है।

"यमुना को...मनोसाइटिक...इस तरह का कैंसर ज्यादा नहीं पाया जाता। इसमें शायद कुछ सप्ताह से कुछ महीने के अन्दर...चार महीने भी नहीं बीते... डॉक्टर कहते हैं, अब कुछ नहीं किया जा सकता। आप ही बताइए, हमारी जैसी आर्थिक स्थिति का आदमी क्या कर संकता है! डॉक्टर का कहना है, विदेश ले जाने का भी कोई लाभ नहीं। यमुना मरना नहीं चाहती। जीने की कितनी ललक है उसमें...उसे विश्वास ही न था कि वह अचानक..."

"सीतांशु उसे घर कैसे ले जाओगे?"

"क्यों? टैक्सी में।"

"नहीं, टैकसी में नहीं, उसे कष्ट होगा। रुको, मैं एम्बुलेंस की व्यवस्था करता हूँ।"

"प्राइवेट एम्बुलेंस? वह तो बहुत पैसे लेगा।"

अभ्र ने अपने एक डॉक्टर मित्र को फोन किया।

"जैसे भी हो, एक एम्बुलेंस तुम कैंसर अस्पताल भेजो। मैं वहीं मिलूँगा।"

"क्या बात है? किसे क्या हुआ है?"

"मेरे भाई की औरत सख्त बीमार है।"

"अच्छा, देखता हूँ।"

"जल्दी भेजना। मैं इन्तजार करूँगा।"

सीतांशु के आँखों में विस्मय था। यमुना मर रही थी, इससे भी वह अवाक था। अभ्र प्राइवेट एम्बुलेंस मँगा रहा है, इससे भी वह अवाक है।

अवाक पृथ्वी, तुमने अवाक कर दिया। पता नहीं कब से सीतांशु देख रहा है कि उसके पाँव की नीचे जमीन नहीं है। वह जिस जमीन पर भी पाँव रखता है, वही खिसक जाती है।

"सीतांशु और कुछ खाओगे?"

"नहीं अभ्र दा, अब पेट में जगह नहीं है।"

"इस होटल की कचौड़ी और सामने वाली दुकान का पान हिमांशु को बहुत पसन्द था...चलो, पैदल ही चलते हैं।"

हाजरा के मोड़ से चितरंजन कैंसर अस्पताल कितनी दूर है ही। जेब में हाथ डालकर अभ्र ने टटोला, चौधरी की विवाह-वार्षिकी और सेंउती की समस्या को ध्यान में रखकर उसने दो सौ रुपये जेब में रख लिये थे। अजीब बात है! किसके लिए रखा हुआ पैसा किसके काम आता है। एक समय ऐसा भी था कि हिमांशु बेहद दराज, बेहद बेसुरे गले से गाने गाता और सिर पीछे करके जोर से हँसता, लम्बे डग रखता हुआ चलता था।

दोपहर में बेरीवाला, और अब सीतांशु-अभ्र को लगा कि अगर मणि दा साथ में होते तो उसे बड़ा बल मिलता। हालाँकि मणि दा भी कुछ कर नहीं सकते थे, फिर भी उनके साथ में रहने से ही मन को बड़ा भरोसा रहता है।

यमुना को अस्पताल से लेकर लौटने में काफी वक्त लग गया। उसे देखकर अभ्र की समझ में नहीं आ रहा था कि वह क्या कहे। सामने एक नारी-कंकाल था, सिर पर बालों का एक गुच्छा भी नहीं, पर आँखों में अस्वाभाविक उज्ज्वलता थी। सीतांशु ने स्नेह से पुकारा, "यमुना!"

यमुना की आँखों में कोई पहचान नहीं उभरी।

"ये अभ्र दा हैं, याद नहीं आ रहा क्या?"

यमुना ने आँखें बन्द कर लीं।

"अभ्र दा! यह सिर्फ दर्द कम करने के इंजेक्शन के सहारे जी रही है।... पुकारने पर भी कोई जवाब नहीं दे पाती...।"

सीतांशु ने जैसे क्षमा माँगते हुए कहा। अभ्र ने उसे खाना खिलाया है। एम्बुलेंस मँगाया है, उसके साथ जा रहा है, जो अभ्र इतना कर रहा है, उसे मरते समय भी यमुना को जैसे पहचान लेना उचित था। इसके लिए सीतांशु लज्जित था।

"सीतांशु, चुप करो। हे भाई, गाड़ी जरा धीरे चलाइए। बहुत धीरे। हचका लगने से रोगी को कष्ट होगा।"

"अभ्र दा! आज आप न मिलते तो..."

सीतांशु की आँखों में आँसू थे। वह चुपचाप बाहर की ओर देख रहा था। एक पल बाद अभ्र ने धीरे से कहा, "अगर मेरी याद आ रही थी तो मेरी खोज क्यों नहीं की तुमने? मुझे पहले से क्यों नहीं बताया? कुछ होता या न होता, कोशिश तो की जाती।"

ऑफिसों में छुट्टी हो गई थी। लोग रास्तों पर उमड़ आए थे। जैसे नील गगन में कोई बंशी बज रही थी—छुट्टी, छुट्टी, छुट्टी। यमुना को स्थायी छुट्टी मिलने वाली थी। सीतांशु को छुट्टी नहीं है। निकट भविष्य में मिलने वाली भी नहीं है। उसे यमुना के छोटे बच्चे को जिन्दा रखना होगा, पाल-पोसकर बड़ा करना होगा।

एम्बुलेंस के दोनों ओर कलकत्ते का जनसागर उमड़ रहा था। भवानीपुर में जैसे जमीन कोड़कर पाताल रेल के यात्री ऊपर आ रहे थे, एम्बुलेंस हाजरा रोड से होता हुआ, बालीगंज, फिर बंडेल क्रॉसिंग पार करके क्रमशः तिलजला पहुँचा।

सीतांशु का फ्लैट आ गया।

मोड़ पर 'हम दो हमारे दो' का बोर्ड लगा हुआ था। अभ्र ने मन-ही-मन कहा—माननीय भारत सरकार। जितने दिन सेक्स के अलावा भारत के अगणित मानव आनन्द का दूसरा रास्ता नहीं पाएँगे, उतने दिनों तक समाज के निचले तबकों में शिशु जन्म का विस्फोट होता ही रहेगा।

"दुतल्ले का फ्लैट है। इस जरा-सी जमीन में यमुना ने कितने फूल-पौधे लगा रखे हैं। उसे फूल-पौधों का बहुत शौक है।"

सीतांशु ने घर का ताला खोला। अभ्र ने बहुत सावधानी से स्ट्रेचर को कमरे में ले जाकर यमुना को बिस्तर पर सुलाया। यमुना की आँखें भी बन्द थीं।

"सीतांशु! यहाँ कोई डॉक्टर है?"

"अब डॉक्टर! ग्लूकोज भी तो ले नहीं पा रही हैं। नाक से नली लगाकर देने पर इतनी तकलीफ होती है कि क्या कहूँ। मोहल्ले में एक डॉक्टर हैं। पहले उन्हीं की दवा हो रही थी।"

"क्या सभी तरह के भोजन मना है इनको?"

"वही ग्लूकोज देने को कहा है। पर मुझे तो नहीं लगता कि यह ग्लूकोज ले सकेंगी। जब बचेंगी ही नहीं तो फिर...देखता हूँ, डॉक्टर जो कहेगा वही करना होगा।"

अपना पता और फोन नम्बर लिखकर देते हुए अभ्र ने कहा, "आज रात दस बजे के बाद से मैं घर पर ही रहूँगा। फोन करना। कोई जरूरत होगी तो मैं तुरन्त आ जाऊँगा।"

"हाँ, ठीक है। बुली आज आएगी। यहीं रहेगी अब।"

"ठीक है। कल सवेरे मेरे पास आना।"

"अच्छा, अभ्र दा!"

"इस हालत में कुछ भी नहीं किया जा सकता।"

"अस्पताल के डॉक्टर ने क्या करना होगा, सब कुछ लिखकर दिया है।"

पता नहीं क्या सोचकर सीतांशु ने दीवार पर टँगी एक तस्वीर उतारकर यमुना के पास रख दी और खिसियानी हँसी हँसते हुए बोला, "मेरे और बच्चे के साथ उनकी यह तस्वीर है। अगर देखना चाहें...।"

यमुना को देखकर यह सोचना भी कठिन लग रहा था कि तस्वीर में जो औरत है और जो औरत बिस्तर पर लेटी है—दोनों एक ही हैं। तस्वीर में एक सुखी, स्वस्थ और तृप्त स्त्री है, एक माँ है। और बिस्तर में जो औरत लेटी है वह तो जैसे मनुष्य ही नहीं लगती। कैंसर द्वारा चूसकर फेंका गया एक हड्डियों का ढाँचा मात्र है। कैंसर, जिससे विज्ञान पराजित है, जिसके सामने मनुष्य की सारी चेष्टाएँ व्यर्थ हैं।

"तुम रात में क्या खाओगे?"

"बुली आएगी तो कुछ बना लेगी।"

एक छोटा-सा कमरा, एक पतला-सा बरामदा, रसोईघर और बाथरूम सब कुछ बड़े यत्न के साथ सजाया हुआ है। खिड़कियों पर पर्दे हैं, टेबल पर जो कपड़ा है उसके चारों ओर लेस लगा हुआ है। रसोईघर दूर से ही चमक रहा है।

"सब कुछ इन्हीं का सजाया हुआ है। शाम को रोज खुद बाजार जाती थीं, पैसे बचाकर चीजें खरीदती थीं। यह पाँवपोश भी इन्होंने ही बाजार से रस्सी लाकर बनाया था। पता नहीं कहाँ से सीखा था यह सब।"

अभ्र को लगा कि मेज पर रखी टाइमपीस, दीवार पर लटकते कैलेंडर और प्लास्टिक के फूल, मिट्टी का घोड़ा, सभी जैसे समझ रहे हैं कि इस कमरे में एक कोने में बैठी हुई मृत्यु उपयुक्त क्षण की प्रतीक्षा कर रही है। कमरे में एक पालना पड़ा है।

तभी एक प्रौढ़ महिला ने कमरे में प्रवेश किया।

"क्या, ले आए?"

"हाँ, मौसी!"

"मैं बैठी हूँ। तुम हाथ-मुँह धो लो। बहू अभी चाय बनाकर ले आती है।"

"नहीं-नहीं, हम खाकर आए हैं।"

"तुम भी कैसी बातें करते हो? पिछले कई दिनों से..."

"विश्वास करो मौसी, हम खाकर आए हैं।"

"इन्हें तो पहचाना नहीं।"

"भइया के दोस्त हैं। बड़े प्रसिद्ध पत्रकार हैं। आज अगर यह नहीं होते तो पता नहीं क्या होता!"

अभ्र ने दुखी स्वर में कहा, "तुमने मुझे पहले खबर नहीं दी। यही बात मुझे साल रही है। मुलाकात अगर न हो तो क्या सम्बन्ध नहीं रहते?"

"कई बार मन में आया कि आपके पास जाऊँ फिर सोचा, इतने व्यस्त और बड़े आदमी को तंग करना ठीक नहीं है।"

"अच्छा, अब मैं चलता हूँ।"

प्रौढ़ महिला ने कहा, "ठीक है बाबू, तुम निश्चिंत रहो। मैं इन लोगों के सुख-दुख में..."

और महिला आँखों से आँचल लगाकर रोने लगी।

"मौसी, और इनके घरवालों ने हमारे लिए जो किया है..."

"चुप करो, भैया, चुप करो। यमुना तो हम लोगों का सहारा थी। हमारी बहू को मिर्गी आती थी। यमुना ने ही उसे ले जाकर डॉक्टर को दिखाया और ऐसी भद्र औरत को ऐसा असाध्य रोग हुआ! कितनी भाग्यशालिनी थी। पति, पुत्र सभी के साथ सुख से भरा संसार था। पति की इतनी सेवा करती थी, भगवान भी बड़ा निर्दयी है...।"

"मौसी, अब ये सब बातें रहने दो।"

"क्या करूँ भैया, मुझसे देखा नहीं जाता तुम्हारा दुख। इतनी लिखी-पढ़ी, सज्जन और नौकरीपेशा औरत है तुम्हारी! उसके होंठों पर हमेशा हँसी खेलती रहती थी, तुम्हारे पैरों की आवाज सुनकर वह पहचान जाती थी, भगवान को भी ऐसे ही लोगों को कष्ट देने में मजा आता है।"

अभ्र ने फिर कहा, "अच्छा सीतांशु..."

"एक मिनट रुकिए, लालटेन जला लूँ।"

"अरे भाई, लोड शेडिंग तो होगी ही।"

"हाँ, वह तो रोज की बात है। जब तक मौसी बैठी हैं, मैं दौड़कर मिट्टी का तेल ले आता हूँ।"

"मिट्टी का तेल रखा हुआ है। तुम हाथ मुँह धोओ, कपड़े बदलो, बुली आने वाली है, वह मेरे घर से ले आएगी।" मौसी ने कहा।

अभ्र वहाँ से निकल पड़ा। उसके कलेजे में जैसे कोई हथौड़ा चला रहा हो। बेरीवाला के कलकत्ता से सीतांशु के कलकत्ता में आना और फिर जलि के कलकत्ता में लौटना होगा। पत्रकार को निर्लिप्त रहना चाहिए। पर कैसे, कैसे?

सीतांशु ने पहले से यमुना की बीमारी की बात क्यों नहीं बताई? उसने मुझे क्यों नहीं मौका दिया कि मैं यमुना को बम्बई भेजकर उसकी अच्छी तरह चिकित्सा करवाता?

हिमांशु...यमुना...सीतांशु...किसी के लिए क्यों कुछ किया न जा सका?

एक चाय की दुकान में घुसा अभ्र। एक प्याला चाय का आर्डर दिया।

एक पल बाद गन्दी प्याली में काली चाय आ गई। दुकान का मालिक रेस की किताब में डूबा हुआ था।

चाय पीते हुए एक वृद्ध ने बड़े आग्रह से झुककर अभ्र से पूछा, "सीतांशु की बहू को ले आए?"

"जी! जी हाँ।"

"मैं उनका पड़ोसी हूँ।"

"ओह!"

"शायद बचेगी नहीं?"

"जी नहीं।"

"बड़े दुख की बात है। अभी उसकी उमर ही क्या है? पति से थोड़ी बड़ी है तो क्या हुआ! बहुत अच्छी औरत है। जिन्दा रहती तो उसका बड़ा नाम होता। जानते हैं, हवा में प्रदूषण, पानी में प्रदूषण, खाने में प्रदूषण, दवा में मिलावट, ऐसे चक्रव्यूह में तो अभिमन्यु भी नहीं बचता। इन्हीं सब कारणों से कैंसर होता है क्या?"

"पता नहीं!" कहकर अभ्र चुप हो गया।

"हमारी घरवाली के पेट में कैंसर है। अब मुझे देखिए, एकदम ठीक-ठाक हूँ। उमर तो कम नहीं हुई, अस्सी साल का हूँ। आप देखकर समझ सकते हैं। अभी भी बाजार जाता हूँ, राशन लाता हूँ, शरीर चल रहा है। समझे न? आपकी उमर अभी कितनी है। हमारी उमर में आपका क्या हाल होगा?"

बूढ़े सज्जन की आँखों में और बातचीत में आनन्द उमड़ रहा था। एक पाशविक आनन्द। यमुना मर रही थी, उनकी घरवाली मर रही थी, पर वे जिन्दा हैं, जिन्दा रहेंगे, इसीलिए उनकी आँखों में वह आनन्द है। जिन्दा बचे रहना कितना मूल्यवान है!

"क्या करते हैं आप?"

"पेंशन मिलती है, खाता हूँ, ताश खेलता हूँ, मजे में ही हूँ। मेरी घरवाली की दवा-दारू का भार बच्चों पर है। मेरे ऊपर कोई भार नहीं है।"

फिर एक पल रुककर बोले, "लोग कहते हैं, मैं अमानुष हूँ। क्यों? क्योंकि मैं अपनी घरवाली के पास नहीं जाता, उसके पास बैठता नहीं, मगर

मैंने बच्चों को पढ़ा-लिखाकर आदमी बना दिया। उनके लिए घर बनवा दिया, तो अपनी बूढ़ी माँ को कौन देखेगा? जवान बेटे या बूढ़ा बाप? माँ के लिए थोड़ा करना पड़ रहा है, बेटों की मस्ती में बाधा पड़ रही है, इसीलिए बाप को कहते हैं अमानुष। पेंशन का पैसा उन्हें न दूँ तो शायद रोटी भी न मिले। अमानुष तो वे हैं मैं नहीं। माँ के लिए इतना कर क्यों रहे हैं? मकान जो उसके नाम है। सभी की आँखें उसी मकान पर और उसके साथ लगी चार कट्ठा जमीन पर हैं।"

दुकानदार ने रेस की किताब पर आँखें लगाए ही कहा, "अरे दादू, क्यों बकवास किये जा रहे हैं। अपरिचित आदमी को पकड़कर। अपने लड़कों की निंदा करना क्या अच्छा लगता है?"

"अरे, तुझे क्या? चाय देता है, पैसा लेता है। कोई मुफ्त नहीं देता। मेरा जो मन करेगा, करूँगा, तेरे को क्या?"

"अच्छा, लीजिए, बिस्कुट खाइए। आपकी जो मर्जी हो कीजिए।"

अभ्र उठ खड़ा हुआ।

"यह तो बताते जाइए कि अमानुष कौन है। मैं या मेरे बेटे?"

बूढ़े ने अभ्र से पूछा।

"अमानुष कोई भी नहीं है, समझे दादू। यह समय, ये हालात आदमी को निर्मम बना रहे हैं।"

दुकानदार ने कहा, "अरे नहीं, नहीं, बाबू, इनके बेटे बड़े सज्जन हैं। उन्होंने ही तीनतल्ला मकान बनवाया है। माँ की भी देखभाल करते हैं। इन्हें भी मना करते हैं कि इधर-उधर बकबक न करें। अरे दादू! कितनी पेंशन पाते हो तुम? चार सौ इकतीस रुपये, यही न। और तुम्हारा बड़ा लड़का जो कस्टम में है, वह एक घंटे में इतने रुपये कमा लेता है।"

"तो उससे हमें क्या?"

बूढ़ा बिस्कुट चबाते-चबाते बोला।

चाय वाले को पैसे देकर अभ्र बाहर आ गया। शाम के सात बज रहे थे। अब उसे टैक्सी लेकर जलि के घर जाना है। यमुना को देख आया। अब जलि को देखना है।

अभ्र किसके साथ किसे मिलाए? सीतांशु के साथ बेरीवाला को या यमुना के साथ जलि को? इस अमानुष बूढ़े के साथ सीतांशु की पड़ोसन को? नहीं, इन्हें मिलाया नहीं जा सकता। सीतांशु की दुनिया और बेरीवाला की दुनिया एकदम अलग है।

अभ्र कैसे दिन-रात चक्र की तरह घूमते हुए कलकत्ते के जीवन में एक दुनिया से दूसरी दुनिया के बीच दौड़ लगाता रहेगा।

मणि दा, अकेले मणि दा जानते हैं कि इन दोनों दुनियाओं में मेल कहाँ है?

यमुना, हिमांशु, सीतांशु, तिलजला। अपरिचित तिलजला और पिकनिक गार्डेन। कलकत्ता जैसे एक वेश्या है। उसे जैसा ग्राहक मिलता है वैसा ही दाम लेकर वह अपने को बेच रहा है।

मैदान, पार्क, चिड़ियाघर, पेड़—सब कुछ बेचकर कलकत्ता बहुमंजिली इमारतों का जंगल हो जाना चाहता है।

पाँच

बालीगंज सरकुलर रोड का एक समय का अभिजात रूप अब बदल गया है। अभिजात वह अब भी है, पर अब वह अचानक धनी हो गए व्यक्ति का आभिजात्य है। अब वहाँ अनेक बहुमंजिली इमारतें हैं, तरह-तरह के फैशनेबुल मकान हैं।

अभ्र ने सुना है कि एक जमाने में यहाँ प्रत्येक मकान के साथ एक बड़ा-सा बाग होता था, जिसमें ढेर सारे पेड़ होते थे। किसी-किसी मकान में टेनिस भी खेली जाती थी।

उन दिनों बग्घी में बैठकर घूमना एक विलास था। बड़े दिन में सजी-धजी चौरंगी आदमी का मन लुभाती थी। तब इतने आदमी भी न थे।

उस तरह का आभिजात्य आधुनिक युग में टिकने वाला न था। अब तो घमंड से सिर ऊँचा किये एक और उद्धत उच्च वर्ग का समय आ गया है। उच्च वर्ग, निम्न वर्ग, इनमें अभ्र कहाँ है।

अभ्र जब जलि के घर पहुँचा तो उसे देखकर लगा, कोई बाघिन चहलकदमी कर रही है। वाकई, जलि ने चीते के चमड़े के छापे वाला हाउस कोट पहन रखा था। उसके छोटे कटे हुए बाल, बिखरे हुए थे। बाल इतने काले थे कि साफ पता चल रहा था कि वे स्वाभावकि नहीं हैं। उन पर रंग चढ़ा हुआ है।

बड़ी कोशिश से जलि अपने चेहरे को कोमल और चिकना बनाए हुई थी। उसके एक हाथ में घुँघरुओं वाली लकड़ी के कड़े थे और कमर में चाँदी की करधनी। दोनों अँगुलियों के नाखून नुकीले और गहरे लाल रंग के थे।

"आखिर आ ही गए तुम।"

"माफ करना, थोड़ी देर हो गई।"

"यह उचित नहीं था।"

"तुम्हें इतना पसीना क्यों हो रहा है?"

"मैंने नहाया नहीं।"

"तो नहा आओ।"

"ठीक है। तुम कुछ खाओगे?"

"नहीं, पानी पिला दो।"

"मोती! पानी!"

मोती पानी ले आया।

"मैं नहाकर आती हूँ।"

अभ्र खिड़की के पास बैठ गया और बाहर देखने लगा। बालीगंज सरकुलर रोड के 'नीड़' नामक इस मकान के ग्यारहवें तल्ले से नीचे की दुनिया बहुत अवास्तविक लग रही थी।

जलि के फ्लैट की सजावट भी बड़ी अजीब थी।

विशाल बैठक की दीवाल पर मैथुनरत घोड़ों की एक बहुत बड़ी तस्वीर थी। उसकी उल्टी दिशा में दीवार पर एक नंगी, गर्भवती रमणी, एक पहाड़ का तकिया लगाए समुद्र में सोई हुई थी। एक ओर कोने में दीवान पर कुछ तकिये पड़े हुए थे।

कमरे के दूसरे कोने में एक पत्थर की कंकाल यक्षिणी थी। एक तीसरी दीवार पर साइकिल चलाती हुई एक सुन्दर लड़की का ब्लो-अप था। नीचे लिखा था—'यू गो आल दि वे।' जलि की कोई मॉडल होगी।

मूँगे की तरह लाल रंग का टेलीफोन, झूलते हुए फानूस में बिजली के बल्ब जल रहे थे और काठ के जालीदार पार्टीशन के उस पार डाइनिंग टेबल थी। सोफे के पास पड़े सेंट्रल टेबल पर बहुत-सी फैशन सम्बन्धी पत्रिकाएँ पड़ी थीं।

एक कैलेंडर भी था, जो देखने योग्य था। कृषक दम्पती।

इस कैलेंडर में जो युवक-युवती तरुण कृषक दम्पती बने हुए हैं वे किसी और होर्डिंग में भिन्न प्रकार की पोशाकों में टी. वी. के सामने कारपेट पर लेटे हुए हैं। एक तीसरी जगह सिगरेट के विज्ञापन में भी वे दोनों ही भिन्न पोशाक में घनिष्ठ भाव से खड़े मुस्करा रहे हैं।

उन्हें बार-बार नये-नये रूपों में देखा जा सकता है। कैलेंडर से होकर टेलीविजन, सिनेमा से होते हुए सड़क के किनारे की होर्डिंग तक, उनकी जबरदस्त माँग है। इन दिनों मॉडलिंग बहुत बढ़िया लाइन है।

तुरन्त नहाकर आई जलि ने कमरे में प्रवेश करते हुए कहा, "ड्रिंक्स?"

"नहीं, मैं नहीं लेता।"

"मैं भी हमेशा नहीं लेती, पर आज जरूरत महसूस हो रही है।"

दोबारा मोती का प्रवेश। मेम साहब के लिए जिन और नीबू और साहब के लिए नीबू का पानी।

"यह नया नौकर है?"

"हाँ, भुवन को रखना मुश्किल था। काम कर नहीं पाता था। मलेरिया अलग से हो गया था...।"

"क्या सभी नौकर पुरुष ही थे?"

"नहीं, दो औरतें भी रखी थीं, पर दोनों को भगाना पड़ा। ठीक से काम नहीं कर रही थीं।"

"सेंउती कहाँ है?"

जलि ने कोई जवाब नहीं दिया। थोड़ी देर जिन की चुस्कियाँ लेती रही, फिर बोली, "रुको, बताती हूँ।"

"बताओ न।" अभ्र ने दोबारा पूछा।

"पता नहीं।"

"क्या मतलब?"

"मतलब कुछ भी हो सकता है।"

जलि कडवी हँसी हँसती है।

"भीतर के कमरे में चलो।"

"भीतर के कमरे में?"

"तुम्हारी लड़की के कमरे में।"

"चलो।"

"तुम बहुत थके हुए दीख रहे हो।"

"हाँ।"

सेंउती के कमरे में बिस्तर उल्टा पल्टा; कपड़े, अंडर गारमेंट्स, जूते, चप्पलें इधर-उधर बिखरी हुईं, कई ऐश ट्रे सिगरेट के टुकड़ों से भरे हुए, आईने पर लिपस्टिक से माँ के नाम अश्लील गाली लिखी हुई थी। दो-तीन बँधे हुए पैकेट पड़े हुए थे, जिनमें वे किताबें थीं जिन्हें अभ्र ने बेटी को उपहार में दिये थे।

"कमरा ऐसा क्यों है?"

"इस कमरे में किसी को घुसने का अधिकार नहीं।"

"स्कूल नहीं जाती?"

"मैं तो जानती थी कि जाती है, पर अब जाना है कि नहीं जाती।"

"कब से गायब है?"

"परसों से।"

"पहले क्यों नहीं बताया।"

"यहाँ-वहाँ जितनी जगहें जानती थी वहाँ ढूँढ़ रही थी, कहीं नहीं मिली। अभ्र ये सिगरेट नहीं हैं, ये हैं हशीश; मारिजुआना किक्स, ड्रीम्स, ओब्लीवियन, और कितने भी नाम हैं, जिन्हें मैं नहीं जानती।"

"कितने दिनों से वह इन्हें ले रही थी?"

"लगता है, कम-से-कम तीन महीने से ज्यादा भी हो सकते हैं।"

"किन लोगों के साथ मिलती-जुलती है। कहाँ जाती है?"

"स्कूल के दोस्तों के साथ बहुत दिनों से उसका मेल-जोल नहीं है। पार्क स्ट्रीट, बालीगंज पार्क, मेफेयर—बाकी जगहों को मैं भी नहीं जानती।"

"वह क्या पूरी तरह एडिक्ट हो चुकी है?"

"मुझे ऐसा ही लगता है। पार्क स्ट्रीट के बोनी मल्होत्रा के साथ जिन दिनों वह 'डेट' कर रही थी..."

"सेंउती की उम्र कितनी है?"

"सोलह वर्ष तीन महीने।"

"इसी उम्र में वह 'डेट' करती थी?"

"कैसी बात करते हो अभ्र? आजकल तो सभी लड़कियाँ डेट करती हैं।"

"सभी समाजों में नहीं।"

"हमारे समाज में करती हैं।"

"माँएँ नजर भी तो रखती हैं उन पर।"

"मैं भी रखती थी। जल्दी घर लौटने को बोलती थी।"

"बोनी मल्होत्रा नाम है?"

"हाँ।"

"कहाँ रहता है?"

"समुद्र अपार्टमेंट में।"

"उसका बाप क्या करता है?"

"कार डीलर है।"

"और माँ?"

"ब्यूटी पार्लर चलाती है।"

"सेंउती और बोनी की उम्र क्या एक है?"

"नहीं।"

"बोनी मल्होत्रा क्या करता है?"

"उसका एक पॉप ग्रुप है। शायद।"

"पॉप नहीं, मैड।"

"वह तो बाइस-तेईस साल का है।"

जलि ने आँखें नीची करके कहा।

"उनके गाने सुनकर सेंउती जैसे पागल हो गई। बोनी ने उसे कहा तुम भी आना..."

"और तुमने जाने दिया?"

"उस समय भी मैं कुछ समझ नहीं पाई थी। बीच-बीच में सेंउती बोनी के वहाँ जाती थी, पर नौ बजे के पहले लौट आती थी।"

"कितने दिनों से स्कूल नहीं जा रही है?"

"कोई तीन महीने से। मुझे बाद में पता चला।"

"स्कूल तो तुम्हारे घर के पास ही है?"

"है तो, पर मैं उसे छोड़ने-ले आने नहीं जाती। उसे मैं आत्मनिर्भर बनाना चाहती थी। मैंने उसे क्या नहीं दिया।"

"सब दिया है, पैसे से जो भी खरीदा जा सकता है, वह सब।"

"मैंने उसे ज्यादा वक्त नहीं दिया। तुम यह मत भूलो कि मेरी मॉडलिंग एजेंसी मुझे काफी व्यस्त रखती है। मैं समझ नहीं पाई कि..."

जलि ने एक पेग और जिन डाल लिया।

"मैं समझ ही न पाई कि सेंउती क्या चाहती है। उसे पैसे की कोई कमी न थी। बाद में माँ की एजेंसी उसे ही चलानी थी..."

"जलि! इस परिवेश में, इच्छानुसार पैसे, गाड़ी, नौकर-चाकर, इसे आत्मनिर्भर बनाना नहीं कहते।"

"हाँ, बोलो-बोलो, जो मर्जी हो कह डालो।"

"सुना है तुम यूरोप गई थीं?"

"हाँ।"

"वह कहाँ थी?"

"मल्होत्रा लोगों के वहाँ।"

"कितने दिन?"

"एक महीने?"

"यह तो तीन महीने पहले की बात है।"

"हाँ।"

"वापस आकर उसे तुमने किस हालत में पाया?"

"उद्धत, मूडी, एकदम चुप रहती थी। उसके कमरे में जो आते थे सब मैड ग्रुप के लड़के-लड़कियाँ होते थे।"

"जिस दिन वह गई उस दिन कुछ हुआ था?"

इस प्रश्न के जवाब में जलि ने जिन का गिलास मुँह में लगाया तो अभ्र ने कहा, "रुक जाओ। अब मत पीओ।"

"अच्छी बात है।" जलि ने शराब की गिलास नीचे रख दी।

"यह मामला इतना गम्भीर है कि दिमाग ठंडा रखकर बातचीत करने की जरूरत है।"

"हाँ, उस दिन एक घटना घटी थी। मैं चार बजे वापस आई। माला और सुनीता। जरा सोचो मैं उनमें से दोनों को दो सौ रुपये हर महीने देती हूँ। खाना, कपड़ा, रहने का कमरा, बाथरूम, अलग से दिया है, ये सब मैं क्यों देती हूँ? इसलिए कि वे सेंउती की सेवा करें।"

"क्या हुआ था?"

"सेंउती के कमरे में उद्दाम नृत्य चल रहा था। माला और अनिता बैठकर देख रही थीं।"

"तुमने क्या किया?"

"मेरे सिर में जैसे आग जलने लगी थी। हरेक को खींचकर धक्का देकर मैंने बाहर कर दिया। माला और अनिता से सख्ती से बात की तो पता चला कि कई दिनों तक सेंउती खाना नहीं खाती। मैंने उन्हें निकाल बाहर किया।"

"और सेंउती को?"

"वह तो पागल हो रही थी। वह भी बाहर निकली जा रही थी। मैंने उसे पकड़कर बाथरूम में नहलाना चाहा तो मालूम है उसने क्या किया!"

"क्या किया?"

"उसी हालत में वह बाहर आ गई...और यह देखो।"

जलि की पीठ पर एक लम्बा प्लास्टर लगा हुआ था।

"पेननाइफ से उसने..."

"वह शायद होश में न थी।"

"उसके मुँह से फेन निकल रहा था। आँखें लाल-लाल थीं। मुझे उसने कुत्ती कहा। मैंने मोती को भेजकर डॉक्टर को बुलवाया। डॉक्टर ने इन्जेक्शन देकर उसे सुला दिया।"

"डॉक्टर ने क्या कहा?"

"उन्होंने नर्सिंग होम में डालने को कहा।"

"कब?"

"उसी दिन। सब व्यवस्था की गई। दूसरे दिन भोर में उसे मैं नर्सिंग होम ले जाने वाली थी कि सवेरे उठकर देखा कि वह गायब है।"

"कहीं खोज की है?"

"भरसक सभी स्थानों पर आश्चर्य! इस फ्लैट की पल्लवी राय ने कहा, तुम्हारी लड़की के साथ मैं अपनी लड़की को बहुत पहले से मिलने-जुलने नहीं देती थी और न ही मैं उसका हालचाल जानती हूँ।"

"अन्य सब स्थानों पर लोगों ने क्या कहा?"

"हाउसिंग ऑफिस में कई फ्लैटों के मालिकों ने सेंउती के बारे में अत्यन्त जघन्य बातें कहीं।"

"और बोनी मल्होत्रा ने क्या कहा?"

"उसने भी बहुत जघन्य गाली दी। उसने कहा वह अपनी माँ के पास गई है। और माँ का ठिकाना मेरे लिए मालूम करना सम्भव नहीं।"

"माँ!"

"हाँ, यही उसने कहा...पिछले दो दिनों से मैं सिर्फ भाग रही हूँ यहाँ से वहाँ। आज मैंने सोचा तुम्हारा मिलना-जुलना और परिचय का दायरा बहुत बड़ा है।"

"उसकी एक तस्वीर दो। और जहाँ-जहाँ जा सकती है उसकी एक लिस्ट।"

"पुलिस को दोगे?"

"देखता हूँ।"

"नहीं, नहीं, पुलिस को मत देना, बड़ी बेइज्जती होगी। मेरी एजेंसी भी... नहीं वो काम मत करना।"

"सुनो, मेरी बात सुनो। पुलिस को नहीं दूँगा मगर जरूरत पड़ने पर मैं उनकी मदद लूँगा। तुम्हारा नाम बदनाम होता हो, तो हो। सेंउती का नाम और मेरा नाम...तुम निश्चिंत रहो। तस्वीर दो।"

"एकदम हाल की तस्वीर चाहिए? रुको लाती हूँ।"

एक मिनट बाद वह तस्वीरों का एक लिफाफा लेकर आई और बोली, "लो, ये उनके ग्रुप के कुछ फोटो हैं।"

"और लिस्ट?"

"लिखकर देती हूँ।"

अभ्र तस्वीरें देखने लगा। बेहद बेतुके कपड़ों में अर्धनग्न यह लड़की क्या उसी की बेटी है? गले की हड्डियाँ बाहर निकली हुईं, आँखों में उग्रता और मुँह पर एक अद्‍भुत हँसी।

"उसके बाल क्या ऐसे हैं?"

"नहीं, ये तो नकली बाल हैं।"

"उसकी ऐसी तस्वीर नहीं है, जिसमें असली बाल हों?"

"लाती हूँ।"

"तुम्हारी पीठ पर क्या सीरियस घाव है?"

"नहीं इतना सीरियस नहीं।"

"ठीक है, मैं चलता हूँ।"

"अभी जाओगे?"

"हाँ, और सुनो। नम्बर एक—कोई भी जरूरत हो तो फोन करना। और नम्बर दो—अगर वह अचानक आ जाए या कोई बहुत जरूरी बात हो तो इस दूसरे नम्बर पर फोन करना।"

"यह डॉक्टर सरित कौन है?"

"सरित स्पेशलिस्ट है। उसका नर्सिंग होम है। उसका मकान और चैम्बर पास ही हैं।"

"वह अगर..."

"नहीं, वह कुछ नहीं कहेगा।"

"अगर मेरे साथ कोई होता तो मुझे थोड़ा ढाढ़स होता।"

"जलि, अगर सम्भव होता तो आज मैं रुक जाता, मगर सेंउती के लिए ही मुझे तुरन्त निकलना होगा।"

"जानते हो रात कितनी है?"

"साढ़े दस बजे हैं। कोई ज्यादा रात नहीं है। चलता हूँ।"

"सुनो,...वह...जिन्दा तो होगी?"

"यही तो हमें सोचना है और खोज करनी है।"

"मैंने क्यों वरुण की बात नहीं सुनी...मैंने क्यों उसे हॉस्टल में नहीं डाला।"

जलि बड़बड़ाने और रोने लगी।

"मंजुलि! इतना विचलित मत होओ।"

"क्या कहा तुमने? तुमने मुझे मंजुलि कहकर बुलाया?" आँखों में आँसू भरे जलि ने उसकी ओर देखा।

"हाँ, सुनो, यह बात और किसी से मत कहना। अगर सेंउती जिन्दा होगी तो चाहे जो भी हो मैं उसे ले आऊँगा।"

"हम उसकी दवा कराएँगे और उसे स्वस्थ होने में मदद करेंगे। मेरी असिस्टेंट रूपा एजेंसी का काम देख लेगी। मैं उसे लेकर पहाड़ पर चली जाऊँगी।"

"तुम क्या सोचती हो पहाड़ी जगहों पर ड्रग्स नहीं मिलते?"

"वहाँ भी?"

"सभी जगह पर एक निश्चिंत समय पर...।"

"अच्छा देखो। पुलिस को यह सब मत बताना।"

"तुम निश्चिंत रहो।"

अभ्र बाहर आ गया। लिफ्ट में वह सोच रहा था कि अगर यह सब लिखा जाए तो निनी किरमानी मार्का स्टोरी बनेगी। उस तरह की कहानी को हर तरह का पाठक पसन्द करता है।

कहीं कोई रेडियो गा रहा था—'समझौता गमों से कर लो।'

अब समझौता करने ही तो जा रहा है अभ्र। चौधरी के घर वह नहीं जाता पर अब जाएगा।

जाए या न जाए?

जाना ही होगा। पर क्या खाली हाथ?

हाँ, खाली हाथ। वक्त नहीं है।

"टैक्सी।"

चौधरी के फ्लैट के दरवाजे पर फूलों से 'स्वागतम्' लिखा हुआ था। अन्दर जाने पर उसने देखा चौधरी गा रहा था—

मन लेके हे मनमोहन
दर्द न देना, हे मनमोहन, दर्द न देना।

गाना गाते-गाते वह जितनी बार मुँह फाड़ता है उसकी पत्नी रमोला उसके मुँह में फिश फिंगर डाल देती है।

अभ्र ने ऊँचे स्वर में कहा, "बधाई, बधाई, बधाई।"

गाना रुक गया। चौधरी ने मुँह में रखी फिश फिंगर को निगलते हुए कहा, "तुम साले हो न असली हरामी।"

"सावधान! महिलाओं के सामने ऐसी गन्दी बातें।"

"जानते हो मैं एयर मार्शल सुब्रत मुखर्जी की तरह गले में मछली का काँटा फँस जाने से सुरधाम पहुँच गया होता।"

"नहीं, ऐसा नहीं हो सकता। तुम्हारे जैसे पापी इतनी जल्दी नहीं मरते।"

"इतनी देरी करके आने का मतलब?"

"तुम्हारे साथ एक जरूरी काम है, भाई।"

"अच्छा बैठो तो।"

"बात अत्यन्त गोपनीय है।"

चौधरी उठकर उसके पास आ गया। और बोला, "पहले खाना खा लो। अब जरा भी देर की तो तुम्हारी भाभी नाराज हो जाएगी।"

पता नहीं किसने पूछा, "तुम रमोला से डरते हो?"

"पत्नी से केवल मूर्ख नहीं डरते।" चौधरी ने कहा।

"तुम भी?"

"भाई! मैं असली बंगाली हूँ। बाहर बाघ और घर में चूहा।"

रमोला ने 'आ-हा' कहकर प्रेम से उसकी पीठ पर थपकी दी। और दूसरे कमरे में चली गई। उधर से गाने की एक पंक्ति सुनाई पड़ी—

तुमी जे आमार।
(तुम्हीं मेरे हो।)

चौधरी ने कहा, "उस कमरे में वीडियो चल रहा है। एक पुरानी फिल्म 'हारानो सुर' चल रही है। उत्तम-सुचित्रा। वाह, क्या पिक्चर है।"

"जरा इधर आना।"

अभ्र ने गला नीचे करके कहा, "एक मामले में फँस गया हूँ। रुकना सम्भव नहीं है। पर जेब एकदम खाली है। पचास रुपया दे दो।"

"अभी लाया।"

धोती सँभालते-सँभालते चौधरी गया और पैसे ले आया। अभ्र को देते बोला, "बात क्या है?"

"कल तुम्हारे दफ्तर आऊँगा।"

"कुछ बात तो बताओ?"

"वक्त नहीं है। एक खबर के पीछे लगा हुआ हूँ। कल बात करूँगा।"

"खाओगे नहीं?"

"नहीं भाई, आज माफ करो। मैं खुद तुम दोनों को किसी दिन पार्क स्ट्रीट में खिलाऊँगा।"

"मगर देख लेना, रमोला नाराज हो जाएगी।"

"मेरी ओर से क्षमा माँग लेना।"

"तुम्हें देखकर बड़ा अजीब लग रहा है।"

"हाँ, अभी मेरे ऊपर से आँधी गुजर रही है।"

अभ्र नीचे उतर आया। चलो, बड़ी आसानी से पिंड छूट गया। पॉकेट भी एकदम खाली हो गया था। उसने तुरन्त टैक्सी पकड़ी।

रात को ग्यारह बजे वह घर पहुँचा।

मणि दा ने उसे देखते ही कहा, "पाबदा के सम्मान में मैं भी बिना खाए बैठा हूँ। झटपट आ जाओ।"

"अभी आया।"

सेंउती की तस्वीरों और पतों की लिस्ट अभ्र ने दराज में रख दी। वे क्या उसकी ही लड़की की तस्वीरें हैं? उसे लग रहा था जैसे उन तस्वीरों को छू कर वह गन्दा हो गया है, जैसे उसने अपनी किशोरी बेटी को किसी अश्लील अवस्था में देख लिया है।

ब्ल्यू फिल्म! यह भी तो ब्ल्यू फिल्म ही है। माँ आज यूरोप में है तो कल दिल्ली। लड़की पर कोई अनुशासन नहीं। कोई देख-रेख नहीं। कुछ वेतनभोगी नौकर, अबाध स्वाधीनता और अपार पैसा।

जलि आजकल खुद को लेकर इतना व्यस्त रहती है कि उसके लिए सेंउती को समय देना मुश्किल है।

अगर अभ्र की मौसी की तरह पेट के रोगी अभ्र के लिए रोज उपले की आग पर मिट्टी की हंडिया में भात पकाना होता, और सर्दी लग जाने पर सारी रात उसके सिरहाने बैठकर उसकी देह में गरम तेल की मालिश करनी होती तो पता नहीं जलि क्या करती। समय बदलता है, समाज बदलता है, और इसके साथ आदमी भी बदलता है। गरीब लोग दो मुट्ठी भात का जुगाड़ करने में इतने व्यस्त रहते हैं कि बाल-बच्चों की तरफ ध्यान नहीं दे पाते। फिर भी उनके अन्दर एक विचित्र-सा हिंसक प्रेम होता है। मारपीट करेंगी, गालियाँ देंगी, पर अपनी छाती का दूध भी पिलाएँगी।

उच्च वर्ग में माँ-बाप दोनों अपने जीवन की जरूरतों तथा दबावों में इतने व्यस्त रहते हैं कि बच्चों की तरफ एकदम ध्यान नहीं दे पाते। सिर्फ पैसे देते हैं। वह एक तरह का घूस देना है बच्चों को। एक सेंउती के लिए जितने पैसे खर्च हो रहे हैं, उतने में सीतांशु के बच्चे जैसे 10 बच्चे पढ़ सकते हैं।

पर सेंउती की इन तस्वीरों में जो गन्दगी है, जो अश्लीलता है, उसके लिए अभ्र भी जिम्मेदार है। क्यों, जलि ने क्यों सब कुछ नष्ट-भ्रष्ट कर दिया? वह क्या चाहती थी?

वह जो कुछ चाहती थी वह सब कुछ पा लेने के बाद भी आज वह क्यों इतनी छिन्न-भिन्न, इतनी असहाय है।

सफलता, गर्व करने लायक पति, देखने लायक मकान, ईर्ष्या उत्पन्न करने लायक कैरियर और ब्यूटी पार्लर में जाकर देह को सुंदर बनाने और उम्र को दबाए रखने का अभियान।

जलि तुम दिल्ली गई थीं, तुम क्या समझती हो रंधावा की बात अभ्र को नहीं मालूम? जब तुम यूरोप गई थीं तब भी तो तुम अकेली न थीं।

तुम अपनी इच्छाएँ पूरी करोगी तो सेंउती मनमानी करके उच्छृंखल क्यों न होगी? बोनी मल्होत्रा को तुम कितना जानती हो कि उसके पास सेंउती को छोड़कर महीनों के लिए तुम चली गईं? तुमने अभ्र से क्यों नहीं कहा? लड़की को उसके पिता के पास क्यों नहीं छोड़ा?

अभ्र ने स्नान किया, नहाने से देह तो साफ हो गई पर मन में जो गन्दगी लगी थी उसे वह कैसे साफ करता।

हिमांशु कहता था, "संघर्ष कभी समाप्त नहीं होता। कम्युनिस्ट जब सोचता है कि वह अपने लक्ष्य पर पहुँच गया है, लड़ाई खत्म हो गई है, तभी वह मरता है। असफल होता है।"

हिमांशु बृहत्तर और महत्तर संघर्ष की बात करता था। हिमांशु के 'लड़ाई' शब्द में सीतांशु और उसके जैसे दूसरे लोग भी शामिल थे।

जो जीवित हैं, उन्हीं को लेकर समस्या है। यमुना, सीतांशु और उन लोगों जैसों की समस्या एक तरह की है।

सेंउती और उन जैसे लोगों की समस्या दूसरी तरह की है। ऐश्वर्य से उद्धत पश्चिमी देशों के तरुणों को लेकर ऐसी समस्या होती है तो समझ में आता है कि ऐसा क्यों हो रहा है। पर ताज्जुब है कि इस अन्नहीन, दरिद्र देश के समाज के एक भाग की भी वही समस्या है।

आखिर जलि की इच्छाएँ इतनी दुर्निवार क्यों थीं? क्यों इतना कुछ एक साथ वह पा लेना चाहती थी?

नहीं जलि, अपनी इच्छाओं को इतना बगटूट होने देना ठीक नहीं, इससे बहुत कम में भी शान्ति के साथ जिया जा सकता है। तुम देख नहीं पाईं कि

ढेर सारे लोग कार्पोरेशन के स्कूलों में अपने बच्चों को पढ़ाकर तृप्त होते हैं। किसी रविवार को घर में गोश्त पका कर ही वे अत्यन्त प्रसन्न हो उठते हैं। और छुट्टी के दिन खाने-पीने की चीजें लेकर अपने बच्चों के साथ चिड़ियाघर में घूमते हुए वे कितनी तृप्ति और कितने सन्तोष का भाव लिये होते हैं।

नहाने के बाद अभ्र खाने की टेबल पर आ बैठा। मणि दा के चेहरे पर ऐसा भाव था जैसे बहुत बड़ी लड़ाई जीत कर आए हों।

"ऐसी पाबदा मछली किस्मत वालों को मिलती है। श्रद्धा के साथ खाना, समझे?"

"पहले नींद की गोली खा लेता हूँ।"

"देख रहे हो? मछली का रूप कितना सुन्दर है? आहा! जैसे अभिनय फिल्म में साधना बोस।"

"मणि दा! वह साधना बोस आजकल नहीं चलती।"

"आजकल क्या चलता है?"

"मैं नहीं जानता।"

"अरे भाई, मैंने भी साधना बोस को कैसे जाना? पुलिस पीछे लगी हुई थी, हम भाग रहे थे। भागते-भागते एक सिनेमा हॉल में घुस गए। वहीं साधना बोस को देखा। ओह! क्या रूप था। और क्या अभिनय था।"

"छोड़िए, एकदम पुतली की तरह भावहीन चेहरा था उसका।"

"जानते हो, क्रीम की शीशी पर उसकी तस्वीर होती थी।"

"छोड़िए, मछली खाइए।"

"देखो तो प्लेट की दोनों ओर मछली, हरी मिर्च, और गर्म भात। हमारी बहू खाना पकाने और परोसने में एकदम द्रौपदी की तरह चतुर है; क्यों?"

"हाँ, अपूर्व है।"

"सोचता हूँ एक दिन झींगा ले आऊँ और बहू से कहूँ कि सरसों के तेल में नारियल के साथ बनाए।" खाओगे तो ब्रह्मानन्द को प्राप्त हो जाओगे।"

"कुमुद क्या अभी भी जगा हुआ है?"

"इस समय कुमुद और कुमुदनी के बारे में सोचना मना है। इस समय तो पाबदा पर ध्यान दो। वो सब बातें बाद में होंगी।"

"उसके रहस्य का पता लगाया आपने?"

"हाँ, लगाया है। अभी तो तुम खाना खाओ।"

"कब पता लगाया आपने? आप तो एक के बाद दूसरे फंक्शन में सभापति बने फिर रहे थे, आप भी क्या वैताल हो गए हैं?"

"अरे भाई, वैताल नहीं, जिम कारबेट हो गया हूँ।"

"जिम कारबेट? मणि दा, आज मेरा पूरा दिन बड़ी परेशानी में बीता है। अब अगर आप इस तरह मजाक करेंगे तो मेरा क्या होगा?"

"जिम कारबेट ने कहा था कि तुम अपने जीवन का प्रत्येक दिन ऐसे बिताओ जैसे वही तुम्हारे जीवन का अन्तिम दिन हो अर्थात हमेशा व्यस्त रहो। मैं वही करता हूँ।"

"गोपेश्वर नश्कर होते तो क्या करते?"

"तुम एक काम करो, यह मछली का मूड़ा तुम अच्छी तरह चबाकर खाओ।"

"जी अच्छा।"

"चलो, आराम से बैठकर कुछ बातें करेंगे।"

मणि दा जब बाजार जाते हैं तो रोज सवेरे एक सिगरेट खरीदते हैं और रात में खाना खाने के बाद आराम से उसे बैठकर पीते हैं। कभी उन्होंने दूसरी सिगरेट नहीं खरीदी। पैकेट का तो सवाल ही नहीं उठता। उनका मानना है कि प्रलोभन को अपने से दूर रखना चाहिए।

एक पल बाद मणि दा ने सहसा कहा, "अभ्र! तुम शराब पीते नहीं, सिगरेट पीते नहीं। कैसे पत्रकार हो?"

"मुझे इन चीजों का अभ्यास नहीं है। कभी-कभार ले लेता हूँ। मुझे कभी आदत नहीं पड़ी। दूसरे इसी गलतफहमी में रहते हैं कि मैं अन्दर से बहूत मजबूत हूँ।"

पर हिमांशु का मन बड़ा मजबूत था। सिगरेट छोड़कर बीड़ी पीने लगा था वह, जब वह गाँव गया था। उन दिनों पुलिस गाँव वालों से पूछती थी तुम्हारे इलाके में या बाबू कौन आया है? यहाँ पाँच सौ एक बीड़ी कौन-कौन पीता है?

अब तो सिगरेट की तरह पैकेट में फिल्टर वाली सादा बीड़ी भी मिलने लगी। जो बुद्धिजीवी सेमिनार वगैरह में भाग लेने हरदम विदेश जाते हैं वे कहते हैं कि इस तरह की बीड़ियाँ पीकर विदेशी लोग बहुत खुश होते हैं।

"कुमुद को क्या हुआ है?" अभ्र ने पूछा।

"तो सुनो, मगर सुनते ही नाराज मत होना। कुमुद ने इस घर में नेपू को शरण दे रखा है। इसीलिए वह हमेशा डरा हुआ रहता है।"

"कौन नेपू? उस्ताद के दल का गुंडा नेपू? वह क्या कुमुद के कमरे में है?"

"हाँ, आज भी नेपू की माँ आई थी।"

"आज भी का क्या मतलब? इसका मतलब है कि पहले भी आती थी?"

"हाँ, आती थी।"

"क्या कहती है?"

"कहती है नेपू को कहीं बाहर हटा देना होगा। यहाँ रहा तो वह मारा जाएगा।"

"नेपू इस घर में है, यह बात क्या आप समझ गए थे?"

"यह नहीं समझा था कि नेपू है, पर यह जरूर समझ गया था कि कोई है।"

"क्यों, यहाँ क्यों रहेगा?"

"यहाँ क्यों है यह समझना कोई मुश्किल तो नहीं, कहीं भाग नहीं पाया, इसलिए किसी तरह हमारे घर में घुस गया।"

"मगर मणि दा क्या हम इन सब मामलों में अपने हाथ गन्दा करना चाहेंगे? मैं ज्यादातर बाहर रहता हूँ। अकेले आप घर में रहते है।...छि:-छि:! कुमुद ने यह या किया? वह है कहाँ?"

"अभ्र, लगता है तुम नाराज हो रहे हो...भागे हुए आदमी की स्थिति बड़ी अजीब होती है। वह यह बात सोच ही नहीं पाता कि जहाँ जा रहा है वहाँ के लोगों को वह कितनी मुश्किल में डाल रहा है। अधिकांश लोग अन्ततः अपने बारे में ही सोच पाते हैं।"

"नेपू, एक गन्दा खतरनाक गुंडा..."

"अभ्र, तुम जरा नेपू की स्थिति पर विचार करो। डर के मारे वह चूहे की

तरह बिल खोज रहा है...उसके दिमाग में इस समय सिर्फ एक बात है कि वह कैसे इस इलाके से निकल जाए...।"

"निकल भी गया तो नेपू तो नेपू ही रहेगा। भला आदमी तो नहीं हो जाएगा। खैर, मुझे क्या। आप ऐसी बात कर रहे हैं, जैसे आप खुद कोई बहुत बड़े रिंग लीडर हों। आपने यह भी सोचा है कि उसे आप कैसे यहाँ से निकालेंगे?"

"हमारी जिम्मेदारी केवल उसे बस या ट्रेन में बैठा देने भर की है। बाकी व्यवस्था उसकी माँ कर लेगी।"

"उसकी माँ कोई मंत्री या पुलिस अधिकारी लगी हुई है?"

"अरे भाई, तुम तो सभी बातों में...उसकी माँ का कोई रिश्तेदार पुरी में है। उसका एक होटल है। वह वहाँ जाकर कुछ कर लेगा।"

"तो आप उसे बाहर निकालकर बस या ट्रेन पकड़ाएँगे?"

"अब समझ गए न। कितना आसान रास्ता है।"

"यह रास्ता जरा भी सहज या आसान नहीं है मणि दा, पर आपको कौन समझाए? कलकत्ता के असली मालिक विभिन्न अंचलों में पैर जमाये हुए गुंडे हैं। लगता है इन गुंडों को कभी भी इस देश की जमीन से उखाड़कर फेंका नहीं जा सकेगा। किसी कवि के लिए भले ही यह कहना आसान हो।"

"कवि बेचारा क्या करे। जो भी राजनीति करते हैं उन्हें गुंडों की जरूरत पड़ती है। कोई नाम और यश के लिए गुंडे पालता है तो कोई अपने पार्टी के कार्यकर्ताओं को गाँव-गाँव में गुंडा बनाकर छोड़ देता है। देश को आतंक, संत्रास और धमकी से चलाना है उन्हें।"

"इन गुंडों को सभी चाहते हैं। चाहे वह थाना हो, कस्टम हो, प्रशासन हो काला बाजारिये हों, उद्योगपति हों, या ट्रेड यूनियन के लोग। सभी को इनकी मदद चाहिए। नेपू कैसे इस भयंकर जाल को काट कर निकलेगा? एक अदृश्य मकड़े के जाल में सब कुछ ढका हुआ है। उसके जहर से सब कुछ नीला हो रहा है। इस नीले अन्धकार जगत से नीला नेपू कैसे निकलेगा? क्या आप उसे यहाँ से निकाल पाएँगे?"

"निश्चय ही।"

"ठीक है, आपको इस उमर में अब रिंग लीडरी करने की जरूरत नहीं। वह अब है कहाँ?"

"कुमुद के कमरे में। चौकी के नीचे।"

"कमाल है, नेपू जैसा गुंडा इस घर में है। इस समय राबर के दल को थाना मदद दे रहा है, क्योंकि उसके पीछे बड़े-बड़े बाघ-सिंह हैं। उस्ताद का दल इस समय खारिज कर दिया गया है। नेपू इस घर में है अगर यह बात राबर के दल को पता चले और वे इस मकान को घेर कर बमबाजी शुरू कर दें तो क्या यहाँ रहने वाले सभी निर्दोष लोगों की जान खतरे में नहीं पड़ जाएगी? यह बात भी सोची है आपने?"

"क्या इसीलिए डरे हुए नेपू को राबर के दल या पुलिस के सामने डाल दिया जाए! भले ही वह नेपू कितना भी बड़ा गुंडा क्यों न हो।"

"अब समझा।"

"कुमुद उसे बुलाकर नहीं लाया। उसे चाकू दिखाकर नेपू उसके कमरे में घुस आया है। बेचारा कुमुद क्या करता?"

"आप उसे बेचारा कह रहे हैं। उसने इतनी बड़ी गलती की है।"

"बेचारा नहीं है तो और क्या है? कुछ कह पा नहीं रहा है। डर से रात-दिन मरा जा रहा है।"

"इस मकान में और कितने ही लोग रहते हैं, अगर उन्हें पता चल जाए? अगर चम्पक को ही पता चल जाए?"

"किसी को पता नहीं है। नेपू की माँ तक को इसका पता नहीं है वह सिर्फ इतना जानती है कि उसका लड़का इसी इलाके में है।"

"आप भी तो कम नहीं हैं।"

"अंकगणित की बात है, अभ्र मुझे कैसे पता चला जानते हो? अंकगणित से। आजकल कुमुद अपने कपरे में ताला बन्द करके निकलता है। पहले तो कभी ऐसा नहीं करता था। रात में चोरी से लिफाफे में खाने-पीने की चीजें खरीदकर अपने कमरे में लाता है। पहले उसे ऐसा करते नहीं देखा गया, जरूरत भी नहीं थी। और फिर रात में उसके बाथरूम में पानी गिरने का शब्द सुनता हूँ। पहले कभी नहीं सुना। इन सब का योगफल है नेपू?"

"बड़े ठंडे दिमाग से इतना भयानक जोड़-घटाना कर रहे हैं आप?"

"माथा गरम करने से होगा भी क्या?"

"कितनी भयानक परिस्थिति है।"

"कल परसों के बीच..."

"थोड़ा समय और चाहिए।"

"नहीं अभ्र, समय एकदम नहीं है। कुमुद से अब और बर्दाश्त नहीं होगा। अगर उसने किसी से कह दिया तो राबर के दल को पता चल जाएगा और राबर कुमुद को जिन्दा जला देगा।"

"वह क्या विदेशी माफिया है?"

"अरे भाई, माफिया ऐसा क्या करता है, जो तुम्हारे अपने देशवासी नहीं करते? भारत फिर से विश्व परिषद् में बराबरी का आसन ग्रहण करने जा रहा है। यहाँ गुंडा नहीं है, पाप कर्म नहीं हैं, तो पूरे देश में जो कुछ हो रहा है वह क्या ऐसे ही हो रहा है?"

"एक मिनट रुकिए, सोचने दीजिए। नेपू कुछ दूध का धुला नहीं है। वह हमारे सिर सारा दोष मढ़कर हमें मुसीबत में..."

"सो तो है। वह छुरी लिए पड़ा हुआ है। दाँत पीस रहा है जैसे पागल कुत्ता।"

"पागल कुत्ते को जो पकड़ने जाता है, वह उसे भी काट लेता है।"

"तुम कुमुद की हालत पर गौर करो। जो आदमी खस्सी को कटता नहीं देख सकता उसकी चौकी के नीचे नेपू जैसा गुंडा।"

"ओफ! जितने झमेले हैं सभी को क्या एक ही दिन आना था? अब समझ में नहीं आ रहा है कि किसे छोड़ूँ और किसे निपटाऊँ...।"

"क्या हुआ? जरा खुलासा करो?"

"नहीं, इस समय नहीं, कल इस पाप को काटते हैं, फिर देखेंगे।"

"इसे पाप मत कहो...।"

"चुप भी रहिए। इस समय मैं बड़ी मुसीबत में हूँ। अगर नेपू यहाँ और दो दिन रह गया तो मैं पागल हो जाऊँगा।"

"करोगे क्या?"

"करके दिखाता हूँ।"

अभ्र ने कहा और उसने कुमुद के दरवाजे पर दस्तक दी। दरवाजा खोलकर कुमुद बाहर आया और अभ्र उसके कमरे में घुसा।

"ऐ नेपू, निकल बाहर।"

चौकी के नीचे भयानक अँधेरा था। उस अँधेरे में से पहले छुरी निकली फिर उसके पीछे पीले चेहरे वाला दाढ़ी-मूँछ बढ़ाये एक क्रूर तरुण का चेहरा।

"निकल बाहर।"

भयानक क्रोध से पागल अभ्र ने नेपू का हाथ मरोड़कर छुरी उसके हाथ से ले ली। फिर खींचकर उसे खड़ा किया और एक जोरदार थप्पड़ उसके मुँह पर मारा।

"सूअर का बच्चा। तूने हमारे घर को अपना अड्डा समझ रखा है? चाकू दिखा रहा है? तेरे जैसे कितने गुंडों को मैंने सीधा किया है।"

नेपू चुप।

अभ्र का एक और थप्पड़ उसके मुँह पर पड़ा।

"बाबू, पुलिस को मत देना।"

"उचित तो वही है।"

नेपू को घसीटते हुए अभ्र अपने कमरे में लाया। बाथरूम का दरवाजा खोलकर लात मारकर उसे अन्दर धकेल दिया और बोला, "पहले दाढ़ी-मूँछ साफ कर, फिर अच्छी तरह से नहा। साफ कपड़े दे रहा हूँ, पहन ले।"

"मुझे कहाँ ले जाओगे, बाबू?"

"जहन्नुम में।...नहीं, बाथरूम का दरवाजा खुला रहने दे। मैं देखता रहूँगा।"

सारे दिन का थका अभ्र अनेक तरह की ग्लानियों और लज्जाओं से पीड़ित। यमुना को देखकर, अपनी अक्षमता देखकर उसे क्रोध हुआ था, दूसरी ओर सेंउती के लिए उसके मन में भयानक व्याकुलता और तीसरी ओर जलि के ऊपर भयानक क्रोध। पर इस समय उसने इन सभी चिन्ताओं को दबा दिया।

उसकी नसों में भयानक साहस और उत्तेजना भर उठी। एक बार अभ्र फिर से वही अभ्र बन गया जो पुलिस की नजर बचाने के लिए रात के ग्यारह बजे उड़ीसा के समुद्री तट से मछली मारने की नाव लेकर रात बीतते-बीतते बारदिता गाँव पँहुच गया था। नहाकर एकदम नंगा नेपू उसके सामने खड़ा हो गया।

"ले, ये कपड़े पहन।"

"ये कपड़े मुझे नहीं दोगे।"

"पहन नहीं तो अभी लात मारकर कचूमर निकाल दूँगा।"

"ये तो दादू की शर्ट है।"

"पहन जल्दी, सूअर का बच्चा।"

नेपू ने शर्ट और पाजामा पहन लिया। अभ्र ने कहा, "इस कमरे में सो जा। भोर में मैं तुझे ले चलूँगा।"

"कहाँ?"

"हाबड़ा, फिर पाँच साल तक अगर तूने इधर रुख किया तो देखना। अगर तुझे मैंने इस इलाके में देख लिया तो मैं थाना पहुँचाए बिना नहीं मानूँगा।"

नेपू खड़ा-खड़ा रोने लगा।

"खबरदार अगर रोया तो! कुमुद!"

"जी, बाबू।"

"जा, अपने कमरे का दरवाजा बन्द करके सो जा।"

"अभ्र!" यह मणि दा थे।

"मणि दा! आप भी जाकर सो रहिए।"

"मैं...मैं..." नेपू कुछ कहना चाहता था।

"एकदम चुप। खबरदार जो मुँह खोला।"

फिर उसने चाकू अपनी आलमारी में रखकर ताला बन्द कर दिया और कुमुद से कहा, "देखना तो बेटा, इसने और कोई हथियार तो नहीं रखा तुम्हारे कमरे में?"

"अब कुछ नहीं है बाबू, विश्वास करो।" नेपू ने कहा।

"सूअर, तेरे जैसे आदमी पर विश्वास। मुर्दा फूँकने आए लोगों को डरा-धमकाकर जो पैसे छीनता है ऐसे आदमी पर कौन विश्वास करेगा।"

"क्या करता? अगर ऐसा नहीं करता तो उस्ताद मुझे ही मार डालता।"

"तुम्हें अपने उस्ताद के पास ही चले जाना चाहिए। तुम्हारे जैसे आदमी को जिन्दा रहने की जरूरत नहीं है। जाओ उस कमरे में सो जाओ। मैं भोर में तुम्हें उठा लूँगा।"

बहुत से सामानों से भरे स्टोर रूम में अभ्र ने उसे धकेल दिया।

उसके लिए उस कमरे में मुश्किल से जगह थी। फिर स्टोर का दरवाजा बन्द करके अभ्र ने उसमें ताला लगा दिया।

मणि दा अभी भी वहीं खड़े थे।

"एक रिंग लीडर यहाँ खड़े हैं। अब जाइए, सोइए न। बहुत कर ली रिंग लीडरी।"

"पाबदा मछली के भोज वाले दिन का यह कैसा समापन है?"

"आप जाएँगे या आपको ले जाकर जबरदस्ती बिस्तर में सुलाना होगा।"

"जा रहा हूँ, जा रहा हूँ।"

"दरवाजा बन्द करके सोइएगा।"

"अच्छा। तुमने जैसे हाथ-पाँव चलाना शुरू किया है इस समय तो तुम्हीं से डर लग रहा है।"

"उसे क्या मालूम? वह क्या मारने लायक है? उसके शरीर में है ही क्या? शराब और गांजा ने उसे एकदम खोखला कर दिया है। हूँ! चला है गुंडा बनने।"

"तुम समझते क्यों नहीं अभ्र? ये लोग मजबूर होकर से सब करते हैं।"

"मणि दा, मैं आपके हाथ जोड़ता हूँ, अब आप जाइए। आधी रात को मानवतावाद का यह भाषण मुझे असह्य लग रहा है।"

"भोर में मुझे भी..."

"ओह, तो अभी एडवेंचर का शौक बाकी है। ठीक है, आपको भी ले चलूँगा। सवेरे बारीपदा के बस में इसे बिठा देंगे।"

"पैसे भी तो लगेंगे।"

"अभी तो मैं दे दूँगा। पर आपको इस गुंडे की माँ से हमारे पैसे वापस लेने होंगे।"

"ठीक है।"

"क्या उसके पास पैसे होंगे?"

"होंगे क्यों नहीं? पैसों के बँटवारे को लेकर ही तो यह झमेला चल रहा है। उस्ताद के पैसे उसी के पास रहते थे। इसीलिए राबर उसे ढूँढ़ रहा है। दूसरा कोई कारण नहीं है।"

"समझा। अच्छा अब आप जाइए।"

"नेपू को तुमने स्टोर में...।"

"उसे तो अब तक पेट फुलाए आदिगंगा में मर कर उतराना था। उससे तो यह कमरा बुरा नहीं है। उसमें एक रात रहने से वह मर नहीं जाएगा।"

"वाकई, अभ्र, तुमने आज खेल दिखा ही दिया।"

"मणि दा, ड्रग्स से सम्बन्धित लेख लिखते समय ऐसी परिस्थिति कई बार झेलनी पड़ी थी।"

मणि दा चले गए।

अभ्र को लग रहा था आज उसे नींद आएगी। गहरी नींद, वह बाथरूम में घुसा।

नेपू के गंधाते कपड़ों को उठाकर उसने कागज में लपेटा और आलमारी के ऊपर रख दिया।

शावर खोलकर उसके नीचे खड़ा हो गया। उसकी बन्द आँखों के सामने सेंउती का चेहरा उतराने लगा। बिखरे हुए नकली बालों के नीचे उसकी आँखों में कितनी वहशत झाँक रही थी।

जलि, तुमने क्या सोचा था कि तुम लड़की को समय नहीं दोगी, साहचर्य नहीं दोगी, सिर्फ घूस दोगी, और इसी से वह सुधर जाएगी? पल जाएगी?

समाज के एक स्तर पर सीतांशु जैसे लोग फँसे हुए हैं। समाज की सुरंग में जैसे लोग और ऊपरी हिस्से में तुम लोग। तुम लोगों ने तो अपने लिए खुद फंदे बनाए हैं।

अभ्र अपनी जवानी में एक कहानी लिखना चाहता था जिसका नायक भी ऐसा ही था।

वह चित्र बनाता था घर में बैठकर। चित्र बनाते-बनाते एक मकड़ा उसके दरवाजे-खिड़कियों पर जाल बुनता रहा।

चित्र बनाते-बनाते उसने एक समय पाया कि एक दानवी आकार का मकड़ा जाल बुनकर उसे बन्दी बना गया है।

जलि, तुम लोग भी अपने ही बनाए हुए जाल में बन्दी हो गई हो।

तुम तो सीतांशु नहीं हो। नेपू भी नहीं हो।

काफी देर बाद नहाकर अभ्र बाहर आया। गीले शरीर पर तौलिया लपेटकर वह पंखे के नीचे लेट गया और सो गया।

नींद की पृष्ठभूमि में 'राम नाम सत्य है' का संगीत बजता रहा। आज भी अधिकांश लोग वहाँ मुर्दा फूँकने रात में आते हैं। जाओ, तुम लोग राबर के फंदे में जाकर फँसो। कलकत्ता नगर तिलोत्तमा अप्सरा बनकर तुम्हारे जेब काट लेगा। अभ्र सोता रहा। रात के अन्तिम प्रहर में उसकी नींद खुली।

उस बीच मणि दा उठ गए थे और तैयार होकर बैठे थे।

अभ्र ने स्टोर रूम खोला। उसने नेपू को अपनी हवाई चप्पल दी और कुमुद से कहा, "हमारे लौटने पर ही दरवाजा खोलना और चम्पक के आने से पहले अपने कमरे को अच्छी तरह साफ कर लेना।"

नेपू के कपड़े उसके कन्धे से लटके बैग में थे।

नीचे आकर उन्होंने टैक्सी पकड़ी और टैक्सी वाले से हाबड़ा चलने को कहा।

नेपू बीच में बैठा, उसकी एक तरफ अभ्र और दूसरी तरफ मणि दा। हाबड़ा स्टेशन के पास से बारीपदा के लिए बस चलती है। नेपू को उसमें बिठाकर उसे अभ्र ने सब कुछ समझा दिया। उसे कुछ पैसे दिये। नेपू चुपचाप बैठा रहा।

"सहज भाव से जाना।"

"हाँ।"

"पुरी वाला बस..."

"मै पकड़ लूँगा।"

"कभी गए हो?"

"नहीं, सुना है।"

मणि दा ने कहा, "अच्छी तरह रहना।"

"माँ से कह दीजिएगा..."

अभ्र ने कहा, "तुम्हारी माँ क्या पैसे लेकर कहीं भाग जाएगी?"

नेपू फिर चुप हो गया। इतने सवेरे भी बस में काफी लोग थे। बस जाने के बाद अभ्र और मणि दा एक चाय की दुकान में जा बैठे।

"केवल चाय।"

“समोसा भी लीजिए न।”

“ठीक है। ले लूँगा। चलो आपरेशन नेपू तो खत्म हुआ।”

“आप चिन्ता न कीजिए, वहाँ भी वह गुंडा दल जुटा लेगा। इन लोगों को मौत के मुँह से कौन बचा सकता है?”

“कितने पैसे खर्च हुए?”

“टैक्सी का भाड़ा लेकर 113 रुपये। उसकी माँ से वसूल कर लीजिएगा। एक बात और। उससे कहिएगा कि वह हमारे घर मेहरबानी करके अपनी कृतज्ञता जताने नहीं आएगी।”

“हाँ, तुम ठीक कहते हो।”

“वह आएगी तो उसके पीछे-पीछे पुलिस भी आएगी। और पुलिस को देखते ही कुमुद सब कुछ बक देगा।”

“ठीक है।”

“और आपसे निवेदन है कि भविष्य में इलाके के गुंडों के मामले में आप एकदम नहीं पड़ेंगे। आपको अपनी उम्र का ज्ञान नहीं है। किस इलाके में हैं, इसका भी ध्यान नहीं है। अगर राबर को पता चल गया तो हम लोगों की खैर नहीं।”

“हाँ, यह बात तो है।”

“क्या मैं कुमुद को थोड़ा धमकाऊँ?”

“हाँ, वह भी जरूरी है।”

“कितने दिन नेपू था उसके कमरे में?”

“यही कोई दस दिन तो होगा ही।”

“लगता है, काफी दिनों से वह श्मशान में इन लोगों के साथ सट्टा-वट्टा खेलता था। वहीं नेपू के साथ उसका परिचय हुआ होगा। और उसी सूत्र से नेपू की हिम्मत हुई होगी इस घर में घुसने की। अपनी अंकगणित से जोड़-घटा लीजिएगा।”

“तो फिर तो...”

“मणि दा! आपकी मर्यादा को उसने चोट पहुँचाई है। आप उसे कह दीजिए वह यहाँ से चला जाए।”

"तुम उसे एक मौका और नहीं दोगे?"

"अभी उसे चले जाने को कहिए। बाद में सब कुछ शान्त हो जाने पर भले ही वापस आ जाए। कहिए छुट्टी लेकर देश चला जाए।"

"वही अच्छा होगा।"

"क्या देख रहे हैं?" थोड़ी देर चुप रहने के बाद अभ्र ने मणि दा से पूछा।

"देख रहा हूँ कितने लोग हैं। यहाँ का जीवन कितना गतिमान है।"

"अब गतिमान जीवन न देखिए। घर चलिए। इस गतिमान जीवन को पहले एक बार रवीन्द्रनाथ ने देखा था और अब आप देख रहे हैं। घर जाकर 'निर्झर का स्वप्न भंग' तो आप लिख नहीं पाएँगे। पर पढ़ जरूर लीजिएगा। कलकत्ता से नेपू की विदाई का गीत भी हो सके तो लिख लीजिएगा। चलिए उठिए।"

"अभ्र तुम बहुत चिड़चिड़े होते जा रहे हो।"

"जेनरेशन गैप।"

"चलो।"

उन्होंने घर के लिए बस पकड़ी।

घर लौटकर कुमुद को डाँट पिलाने की ड्यूटी मणि दा ने पूरी की।

"तुम यहाँ से चले जाओ। चाहे देश जाओ या किसी मेस में जाकर रहो।"

"यहाँ पर आप लोगों को..."

"उसके लिए तुम्हें कुछ सोचने की जरूरत नहीं है। नेपू के साथ दोस्ती करते समय तुमने यह नहीं सोचा कि मुझे कितनी आफत में डाल रहे हो? तुम्हें पता नहीं था कि वे गैंग के गुंडे हैं। इसके बाद वे इस घर पर बम फेकेंगे तो क्या होगा? मैं यहाँ अकेला रहता हूँ।"

"हाँ बाबू।"

"तुम आज ही चले जाओ। ऑफिस में कह देना तुम्हारा बाप बीमार है। तुम देश जा रहे हो।"

अभ्र ने कहा, "चम्पक ने पहले भी किया है, कुमुद को जब चेचक हुआ था तो खाना भी वही पकाती थी। कुछ दिन कर देगी फिर हम कोई व्यवस्था कर लेंगे।"

"तुम कहीं जा रहे हो?"

"हाँ, मुझे आज बहुत काम है। सुनिए, आपका बैंक तो सवेरे खुल जाता है। एक हजार रुपये होंगे?"

"हाँ, हैं, बल्कि ज्यादा ही हैं। बारह सौ तिहत्तर रुपये।"

"एक हजार का चेक मुझे दे दीजिए। मैं आपके एकाउंट में एक हजार का चेक डाल दूँगा।"

"अचानक इतने रुपयों की तुम्हें क्या जरूरत पड़ गई?"

"जरूरत है। आप को बाजार भी तो जाना है?"

"हाँ, हाँ, पहले बाजार हो आता हूँ।"

"नेपू की माँ को जरा डाँट दीजिएगा।"

"जरूर।"

"और अगर आज भी वह कहे कि पैसे नहीं हैं इन्तजाम करके दे जाऊँगी तो उसे कहिएगा कि आपको पैसे नहीं चाहिए, अब कभी वह इस घर की तरफ रुख न करे।"

"और तुम्हारे पैसे?"

"मैं समझ लूँगा भगवान को प्रसाद चढ़ा दिया। आजकल श्मशान समाज-विरोधियों का अड्डा होता जा रहा है।"

"अजीब प्रगति है। श्मशान में मुर्दा जलाने जाइए तो भी आपका शोषण होगा।"

"होगा ही। बिजली से मुर्दा जलाना सस्ता पड़ता है। चारों ओर से लोग मुर्दे लेकर केवड़ातल्ला आ रहे हैं। सीधे-सादे लोगों को मूड़ना बहुत आसान है।"

इस बीच श्मशान विशेषज्ञ चम्पक ने कमरे में पोंछा लगाते-लगाते कहा, "हमारी लड़की के ममिया ससुर मरे थे टाइफाइड से। बिरादरी वालों ने पुलिस में रपट कर दिया कि मर्डर केस है, बस डोम की छुरी लग गई उन्हें।"

"श्मशान में डोम नहीं रहता क्या?"

"आजकल कालू डोम के कुल के लोग इस श्मशान में ड्यूटी देते हैं। मामूली डोम नहीं हैं वे। हरिश्चन्द्र राजा के डोम हैं वे लोग। उन्हें ब्रह्म डोम कहते हैं। समझे?"

"और जो डोम ईसाइयों के कब्रगाह में रहते हैं, उन्हें कौन-सा डोम कहते हैं?" मणि दा ने पूछा।

"उन्हें सुद्दर डोम कहते हैं।"

"तुम मरोगी तो मैं तुम्हें गोबरा में दफनाऊँगा।"

"छि:-छि:, ऐसी बात मुँह पर भी न लाइएगा। मेरी कितनी साध है कि मरने के बाद खटिया पर लेटकर नाचते-नाचते जाऊँ। बाबू, मैं मरूँ तो मेरी लाश पर कम-से-कम दस रुपये की खोई फेंकना और काठ की चिता पर चलाना।"

"अरे वाह! तुमने कहा और मैंने कह दिया। तुम जो कहोगी वह नहीं होगा।"

"अच्छा ठीक है। यहाँ से हटो। फर्श को कितना गन्दा कर रखा है।" अब एक घंटा घिसना होगा मुझे।"

"मैं भी बाजार जाता हूँ।"

"मणि दा, आज जरा बाजार जल्दी निपटा लीजिए।"

"हाँ, हाँ, कल की पाबदा मछली..."

"देखिए, पाबदा-वाबदा छोड़िए। आज कहीं जाने की जरूरत नहीं है। घर में ही रहिएगा।"

"असम्भव, आज तो स्कूल में कविता प्रतियोगिता है।"

"पर जरा सावधान रहिएगा।"

सभी हाल में मस्त रहने वाले मणि दा बाजार चले गए। अभ्र ने सोचा कि वह किसी दिन कप्तान से कहेगा।

कप्तान पुराना गुंडा है। अभ्र की कोशिश से ही उसे मछली ढोने के वैन का लाइसेंस छह साल पहले मिला। इस बीच उसने राजनीतिक नेताओं से हाथ मिलाकर एक कोल्ड स्टोरेज बना लिया है और झींगा मछली पालता है।

"गुरु! तुमने परनामी नहीं ली अभी तक।" कप्तान ने एक दिन अभ्र से कहा था।

"लूँगा, लूँगा, तुम घबड़ाते क्यों हो।"

"तुम फिर से शादी बनाओ गुरु। (कप्तान ने तीन शादियाँ कर रखी हैं।) मछली का खर्च मेरी ओर से रहेगा।"

"तुम चिन्ता मत करो। ब्याह न भी करूँ तो भी प्रणामी नहीं छोड़ूँगा।"

"बार्डर के डाकुओं के बारे में अखबार में लिखो, गुरु, मैं तुम्हें सब बता दूँगा।"

"लिखूँ कैसे? तू भी तो मारा जाएगा। उन्हीं में से एक तू भी तो है?"

"आहा! आहा! समझे नहीं। मुझे छोड़कर लिखना।"

"अच्छा, देखा जाएगा...।"

खोजी पत्रकारिता करते समय अभ्र का ऐसे ही कितने लोगों से परिचय हुआ है। उनमें से कइयों से उसकी एक तरह की दोस्ती हो गई है, अभ्र इन दोस्तियों का मान रखता है। ऐसे लोगों को प्रश्रय देता है। पता नहीं कौन कब काम आ जाए।

पहले अभ्र को तिलजला जाना होगा।

छह

तिलजला का मकान एक खास तरह की प्रतीक्षा में स्तब्ध खड़ा है। शिशु के जन्म के लिए भी आदमी बहुत उद्वेग और आग्रह से प्रतीक्षा करता है। (निश्चय ही अगर शिशु वांछित हो।) वह एक तरह की प्रतीक्षा होती है। अवांछित शिशु के लिए कोई प्रतीक्षा नहीं करता। पर माँ उसकी प्रतीक्षा करने को बाध्य है। मृत्यु जब सामने हो तब भी आदमी प्रतीक्षा करता है। कभी-कभी यह प्रतीक्षा बहुत विचित्र होती है। जलि के दादा की मृत्यु के समय की प्रतीक्षा अभ्र को याद है। सभी लोग मृत्यु का स्वागत करने को तैयार थे, पर साँस चल रही थी। खाट, फूल, नया कपड़ा, रस्सी से लेकर एक दर्जन रिश्तेदार स्त्री-पुरुष वहाँ मौजूद थे। और थोड़े से किराये के लोग भी थे, जो गाँजा, शराब, पैसों के बदले मृतक को कन्धे पर लादकर श्मशान की ओर दौड़ेंगे।

'रीं, रीं, रीं, रीं' करके रोने वाली कुछ महिलाएँ भी रोने को तैयार खड़ी थीं। कुछ दूसरी औरतें शव-यात्रियों के लौट आने पर चबाने के लिए नीम के पत्ते, छुलाने के लिए आग और लोहा और मुँह मीठा कराने के लिए तैयार बैठी थीं।

सभी कह रहे थे कि उनके नाती को कैसे सँभाला जाएगा। उसे बहुत लगेगी। पर अभ्र ने देखा था उनका वह प्रिय नाती रसोईघर में खड़ा बड़े आराम

से थाली में मछली-भात लेकर खा रहा था। अभ्र पर नजर पड़ी तो उसकी माँ ने कहा, "आप अभी हैं...लगता है सब सामान फेंकना होगा।"

अभ्र ने देखा कि 91 वर्ष के वृद्ध उल्टी साँस चलने के बावजूद सात-आठ घंटा जिन्दा रहे इस बात को लेकर लोग कितने खिन्न हो रहे थे।

वह एक दूसरे किस्म की प्रतीक्षा थी।

तिलजला के मकान में उससे भिन्न प्रतीक्षा है। यमुना बचेगी नहीं। बच सकती ही नहीं। उसकी मृत्यु के लिए ही प्रतीक्षा हो रही थी। पर सभी चित्रलिखे से चुप बैठे थे। वनलता (बूनी) यमुना के पास बैठी थी।

वनलता के सिर पर बहुत थोड़े से बाल थे। वह कितना भी प्रयास करती बाल न बढ़ते थे, न घने होते थे। इसका उसे बड़ा दुख था।

बाल थे यमुना के। नहाने के बाद वह अपने बालों को पंखे के आगे बैठकर सुखाती थी। उसके बाल उसे चारों ओर से ढक लेते, जैसे कृष्ण पक्ष की रात उतर आई हो।

"बूनी!"

"जी, अभ्र दा।" कहते-कहते बूनी रो पड़ी। फिर आँखें पोंछ लीं।

"रोओ मत बूनी।"

"कितने दिनों बाद आपको देखा है।...सिर्फ आपके बाल पक गए हैं। बाकी सब कुछ एकदम पहले जैसा है।"

"तुम भी तो एकदम नहीं बदलीं।"

"आप को देखकर बहुत भरोसा हो रहा है। छोटे भइया कह रहे थे, आपने बहुत किया। हमारा और कौन है ही, भइया के पास न पैसा है न ज्यादा दोस्त-मित्र। ठीक से नौकरी भी नहीं कर पाते। दौड़-भाग में ही रह जाते हैं...।"

"सीतांशु कहाँ गया?"

"डॉक्टर के पास गए हैं। पता नहीं कैसी एक जोर की हिचकी आई थी भाभी को। डॉक्टर के पास जाकर भी क्या होगा? सोच रही हूँ भाभी और कितना कष्ट पाएँगी।"

"हाँ...अब तो..."

"शुरू-शुरू में तो उन्होंने सोचा भी न था कि वह बचेंगी नहीं। अस्पताल

में पड़ी-पड़ी कितनी बातें किया करती थीं। कहती थीं, बूनी तुम देखना मेरा घर ठीक रहे। तुम्हारे भइया को वक्त पर खाना मिल जाए, अजेय को भी किसी तरह की परेशानी न हो। भाभी ने ही बेटे का नाम अजेय रखा था।"

"बच्चा तो तुम्हारी माँ के पास ही है?"

"हाँ, यह भी एक आश्चर्य की बात है। बड़े भैया की मृत्यु के बाद माँ ने हमसे कोई सम्पर्क नहीं रखा। पर छोटे भइया के बच्चा पैदा होने के बाद माँ ने फिर से सम्बन्ध जोड़ लिया। वह यमुना भाभी को पहले भी पसन्द करती थीं।"

"देखने आई थीं?"

"हाँ, एक दिन आई थीं।"

एक पल की चुप्पी के बाद बूनी ने गहरी साँस लेकर कहा, "छोटे भइया, यमुना भाभी और मेरे बीच कितना गहरा सम्बन्ध था इसे मैं कैसे बताऊँ, बड़े भइया की याद आती है। अगर वे जिन्दा होते..."

"बूनी। आज मुझे बहुत काम है...।"

"अभ्र दा। व्रज दा की भी बहुत याद आती है। उनसे भी फिर कभी मुलाकात नहीं हुई।" अभ्र की बात को अनसुनी करते हुए बूनी कहती गई।

"मेरे साथ भी तो सीतांशु की मुलाकात अकस्मात् हो गई, वरना मैं भी कहाँ कुछ जानता।"

"अभ्र दा। आपने एक बात पर गौर किया। छोटे भइया का चेहरा आजकल बड़े भइया जैसा हो रहा है। पहले ऐसा नहीं लगता था। पर अब हँसते हैं। गर्दन मोड़ कर देखते हैं, तो बड़े भइया की बहुत याद आती है।"

"बूनी, सीतांशु तो अभी भी नहीं आया। मैंने सीतांशु से कह रखा है। वह जानता है कि मैं पैसे लाऊँगा। ये थोड़े से रुपये हैं, तुम रख लो।"

"ये तो बहुत ज्यादा पैसे हैं, अभ्र दा।" बूनी फिर रो पड़ी।

"खबरदार! अगर रोईं तो।" अभ्र ने उसको डाँटा।

"सौ रुपये के लिए उस दिन हम लोगों को...यमुना भाभी का हार बेच देना पड़ा। छोटे भइया कर्ज में सिर से पाँव तक डूबे हुए हैं।"

"बूनी! हिमांशु तो मेरा भी दोस्त था। उसके भाई के लिए क्या मैं इतना भी नहीं कर सकता?"

"दादा, अगर भैया होते..."

अभ्र सोचने लगा—तब तो सब कुछ और ही होता, बूनी। शायद हिमांशु और यमुना एक दिन शादी करते, अगर हिमांशु पुलिस के हाथ न पड़ता, मारा न जाता। कितने लोग आज भी बचे हुए हैं। अगर हिमांशु आज जिन्दा होता तो वह कैसा होता? हताश या और कुछ? शायद वह भी दूसरों की तरह बदल जाता। अपने को धार में बहने के लिए छोड़ देता। नहीं, नहीं, हिमांशु सुविधापरस्त नहीं हो सकता था। वह शायद नया रास्ता ढूँढ़ता, पर अभ्र को क्या अधिकार है कि वह इस तरह से सोचे, उसे किसी को सुविधावादी कहने का क्या अधिकार है?

हुगली नदी पर जब दूसरा पुल बन रहा था...गुंडों को उनका चढ़ावा नहीं मिला था, इसीलिए जिन दिनों मेट्रो रेल बन्द थी...जिन दिनों पुरी के समुद्र में उठने वाली लहरों की तरह पैसों का ज्वार गरीब आदमी को छू कर पीछे हट जाता था...वह समय बहुत विध्वंसकारी था। ऐसे समय में जब आदमी के रक्त को वह रहस्यमय मकड़ा अपने जहर से नीला किये दे रहा था, ऐसे समय में मनुष्य के मन को जिन्होंने प्रतिबद्ध बनाया था, ऐसे समय में जो लोग जिन्दा रहने के लिए संघर्ष कर रहे थे, उन अग्नि कणों जैसे ज्वलंत युवकों को किस अधिकार से अभ्र सुविधावादी कहेगा?

मणि दा कहते हैं, "अभ्र आज भी आदर्शवाद बचा हुआ है। आज भी लड़ाई चल रही है, आज भी ऐसे आदमी बचे हुए हैं, जो समझौता नहीं करते। —सिर्फ देखने वाली आँख चाहिए।"

हिमांशु अगर जिन्दा होता तो क्या होता यह सोचने का कोई फायदा नहीं। मोटी बात यह है कि वह आज नहीं है, आज सीतांशु है, बूनी है, और यमुना है, पर वह भी तो जा रही है। मरे हुओं की अपेक्षा जिन्दा आदमी हमेशा महत्त्वपूर्ण होता है।

"बूनी! मैं चलता हूँ।"

"अभ्र दा। कई रोज पहले, जब यमुना भाभी को होश था, अचानक छोटे भइया को देखकर उन्होने पुकारा—हिमांशु। उस दिन छोटे भइया बहुत रोये। उन्होंने कहा—बूनी, वह अभी भी भैया को नहीं भूली है। मैंने कहा—भूलेंगी

कैसे? मगर तुमको वह देवता की तरह श्रद्धा करती हैं।...छोटे भइया की चप्पलों की आवाज सुनकर अस्पताल में वह कहती थीं—लो, तुम्हारे छोटे भइया आ गए।"

अभ्र सोच नहीं पा रहा था कि वह क्या कहे। उसका साहित्यिक मित्र तीर्थ अगर इन लोगों को जानता तो एक बहुत बड़ा उपन्यास लिख डालता। पर आजकल उससे सम्बन्ध प्राय: टूट-सा गया है। सिर्फ पत्र-पत्रिकाओं में उसकी रचनाएँ और उसका नाम देखता है अभ्र।

स्त्री-पुरुष सम्बन्धों के चिरंतन त्रिकोण में तीर्थ को गहरा विश्वास है। दो पुरुष, एक स्त्री, दो स्त्रियाँ और एक पुरुष, इसी तरह के समीकरणों को लेकर तीर्थ कितने दिनों से साहित्य की राजधानी एक्सप्रेस चला रहा है।

दो का मिलन हुआ तो तीसरा बर्बाद हो गया, ऐसा नहीं लिखता वह। वह मामले को बहुत जटिल और मनोरम कर देता है। लड़की एक नम्बर पुरुष के साथ प्रेम करने के बाद दो नम्बर के पुरुष से ब्याह करती है, फिर भी अपने घनिष्ठ क्षणों में वह दो नम्बर के पुरुष में एक नम्बर के पुरुष को देखती है।

इसके बीच-बीच में दो जन्मों की कहानी, कुछ राजनीतिक दाँव-पेंच, बंगाल से बंगालियों को आउट करने की साजिश, जैसी और भी ढेर सारी चीजें होती हैं।

तीर्थ बहुत नामी और दामी लेखक है। तीर्थ की किताबों के विज्ञापन दुर्गा पूजा से पहले चारों ओर दिखाई पड़ने लगते हैं। तीर्थ की पत्नी अदिति अपने पति के गर्व में फूल कर शरीर और मन दोनों से कुप्पा हो रही है पर अखबारों में अपनी जवानी की तस्वीरें ही छपवाती है।

पत्नी के चले जाने पर साधारण आदमी बहुत टूट जाता है, उसकी छोटी सी दुनिया में जैसे नापाम बम गिर गया हो या भोपाल की गैस फट पड़ी हो। पत्नी के न रहने पर भी रोजमर्रा के छोटे-छोटे काम, छोटी-छोटी जिम्मेदारियाँ रह जाती हैं। राशन खरीदना, सुबह की चाय, दोपहर का लंच, मच्छरदानी टाँगना, कपड़े धोना—इनमें से कोई भी चीज छोड़ देने पर जीवन नहीं चलता।

इनका तो एक शिशु भी है।

"बूनी, बच्चे का क्या होगा?"

"मेरे पास ही रहेगा। और क्या होगा।"

"तुम भी तो काम पर जाती हो।"

"नौकर रखना होगा।"

"सीतांशु अकेला नहीं हो जाएगा?"

"छोटे भइया कहते हैं कि यमुना भाभी बहुत दिनों से कह रही थीं, कि हम लोग भी इधर ही चले आएँ। कहती थीं हमारा परिवार ही कितना है। पास-पास रहना ही ठीक होगा। उन्हें बहुत साध थी..."

"ऐसा करने में अच्छा होगा।"

"अभ्र दा, आपका घर किधर है?"

"इसी तरह का एक सरकारी फ्लैट किराये पर लिया है।"

"अभ्र दा, हमें ऐसा एक फ्लैट नहीं मिल सकता?"

"कभी कोशिश की थी?"

"हाँ, पपिहा के पापा (निश्चय ही बूनी अपने पति की बात कर रही है) कोशिश कर-करके हार गए हैं। कितनी दौड़-भाग! कितनी हैरानी! सी. आई. टी. या पता नहीं किस जगह एक आदमी ने कई सौ रुपये भी हजम कर लिये।"

"तुम अपने पति को लेकर एक बार मेरे पास आना।"

"अभ्र दा, आपका परियच है?"

"परिचय निकल सकता है, कम-से-कम कोशिश तो कर सकता हूँ। तुम आना!"

"हाँ, आऊँगी...इस बार यमुना भाभी ने पिछली दुर्गापूजा पर कहा, चलो सब मिलकर दीघा घूम आते हैं। खर्चा भी कम और आनन्द भी पूरा आएगा।"

"तुम लोग गए थे?"

"हाँ, बहुत मजा आया था...एक दिन यमुना भाभी ने मुझसे कहा था कि मैं उनके लिए आम का अचार ले जाऊँ। मुँह फीका-फीका रहता था। कुछ अच्छा नहीं लगता था। बचपन से यमुना भाभी ने हमारे लिए कितना किया था, मगर मैं अभागी उन्हें आम का अचार तक नहीं खिला सकी। घर में था नहीं, बाजार से आज लाऊँगी, कल लाऊँगी करती ही रह गई।"

"अच्छा बूनी मैं चलता हूँ।"

"छोटे भइया से क्या कहूँगी?"

"कहना, कि ज्यों ही...मुझे खबर कर देगा। मैं घर में न रहूँ तो मणि दा फोन उठाएँगे। जो भी खबर हो उन्हें दे देना। खबर न मिली तो मुझे दुख होगा।" अभ्र को अपनी बातें सुनकर खुद धक्का-सा लगा। यमुना अभी जिन्दा है। अभी से वे लोग उसकी मौत के बारे में बात करने लगे हैं।

अभी भी, मौत की छाया में भी, आदमी जीवन को बनाए रखने की चेष्टा में लगा हुआ है। मौत की प्रतीक्षा करते उस घर में भी खाना पक रहा है। कोई पड़ोसी महिला चूल्हे पर कुछ चढ़ा गई थी। शायद उतारने आई थी। उन्होंने अभ्र को नमस्कार किया। परिचय हुआ तो बोली, "भाई और बहन-बहनोई के अलावा इनका है ही कौन। भगवान ने आपको भेज दिया, बड़ा अच्छा हुआ। सोचती हूँ, इन लोगों को जल्दी से कुछ खिला दूँ, बाद में तो मुँह में कुछ डालना मुश्किल होगा।" कहकर महिला ने गहरी साँस भरी।

"प्राण पता नहीं कहाँ अटके हैं। उसे देखकर बहुत दुख होता है, पर है बड़ी भाग्यवान। पति-पुत्र के होते हुए माँग में सिन्दूर भरे जा रही है।"

अभ्र को याद आया यमुना के सिर में न एक भी बाल है और न सिन्दूर। फिर भी भद्र महिला जो सुन आई हैं वही कहती जा रही हैं।

अभ्र जल्दी से बाहर आ गया।

यमुना अब बचेगी नहीं। मरने के बाद उसे श्मशान ले जाएँगे। वहाँ भी इन्हें पता नहीं क्या भोगना पड़े। गुंडों ने श्मशान पर भी कब्जा कर लिया है। जैसे प्रेत-प्रेतिनी तांडव कर रहे हों। पता नहीं इन पाँच सौ रुपयों में भी यमुना का दाहकर्म ये लोग कर पाएँगे या नहीं।

पैसे पाकर बूनी की आँखों में और स्वर में कितनी कृतज्ञता थी।

पाँच सौ रुपये किसी के लिए कुछ भी नहीं हैं और किसी के लिए एक खजाने की तरह हैं। कभी पैसों की कीमत थी। आज तो ये ठीकरे हो रहे हैं। अभ्र के दादा को आज से सत्तर या अस्सी वर्ष पहले एक सौ पच्चीस रुपये मिलते थे। उन्होंने दादी को लिखा था—सोच नहीं पा रहा हूँ कि इतने रुपये का क्या करूँगा। दादा उन दिनों रंगपुर में रहते थे। रंगपुर की मिट्टी अत्यन्त उर्वर है। चीजें इतनी सस्ती थीं कि क्या कहा जाए।

आज वह दिन नहीं है।

अभ्र के लिए पैसों की कोई कीमत न थी। पर कल शाम से उसकी निगाह में पैसा महत्त्वपूर्ण हो गया है। उसने सोचा था कि वह लड़की के लिए पैसे इकट्ठा करेगा, पर लड़की ने तो अपने बाप को काट कर फेंक दिया है।

कितनी कीमती किताबें घूम-घूम करके इकट्ठा की थीं और कितने प्यार से उसके जन्मदिन पर भेजी थीं। पर बेटी ने किताबों के उन पैकेटों को खोला तक नहीं। एक बार लड़की के जन्मदिन पर उसने उसे तीन सौ रुपये दिये थे। जलि ने उसे टेलीफोन किया था। टेलीफोन पर उसकी आवाज में कितना व्यंग्य और कितना मजाक छिपा हुआ था।

जलि ने कहा था, "सुनो अभ्र, तुम्हारी बेटी की दुर्गापूजा शॉपिंग में आजकल पाँच हजार रुपये लगते हैं। तुम्हारे तीन सौ रुपयों से उसका क्या होगा।"

मैंने कहा, "अपने दोस्तों को कुछ खिला-पिला देगी।"

"क्या कह रही हो जलि? पाँच हजार रुपये?"

"उससे कम में भला कुछ होता है? तुम्हारी लड़की बहुत नकचढ़ी है। एक-एक ड्रेस के लिए हजारों रुपये खर्च हो जाते हैं।"

यह अच्छा नहीं है जलि, यह अच्छा नहीं है, कुमुद के बाप ने लिखा था कि उसकी बड़ी साध थी कि उसके पास एक हजार रुपये हो जाते तो एक पोखरी खरीद लेता, पर सारा जीवन उसके पास एक हजार इकट्ठा न हो सका। और वह सारा जीवन मछली खाने के लिए तरसता रहा है।

और यमुना को जब खून चाहिए था तब सीतांशु ने कर्ज लेकर कैसे उसके खून की व्यवस्था की यह वही जानता है। उन रुपयों के लिए उसे कितने दिन अपना खून जलाना पड़ेगा यह कोई नहीं जानता।

हिमांशु का भाई सीतांशु। उसके लिए कुछ करना सार्थक है। अभ्र के मन में जो आदर भावना है, जो श्रद्धा है वह हिमांशु के प्रति है, क्योंकि अभ्र जो नहीं कर सका उसे हिमांशु ने कर दिखाया।

अभ्र और उसके साथी दूर से मुग्ध विस्मय के साथ हिमांशु का मुँह देखते रहते थे और जब कभी वह उनको कोई काम बता देता था तब वे अपने को धन्य मानते थे। किसी के लिए शेल्टर की व्यवस्था करना, किसी के घर खबर

दे आना, किसी लापता व्यक्ति का पता लगाना—ऐसे ही काम हिमांशु अभ्र और उसके साथियों से करवाता था।

70 का दशक।

तीस साल पहले से ही सुना जा रहा था कि क्रान्ति आ रही है, आ रही है, आ रही है।

आते-आते क्रान्ति ने इतनी देरी की कि जिन लोगों ने अपने घरों में लेनिन, स्टालिन, गोर्की, जोया, तानिया, टीटो आदि नाम रखे थे अपने लड़के-लड़कियों के, उन्होंने बदलकर अरुण, प्रभा, रुचिरा, अभिक, कौशिक, जैसे नाम रख लिए।

1967 में ही जिन बूढ़े, अभिज्ञ, आदर्शच्युत नेताओं ने अपने को समझदार और सही बताया था वे बूढ़े हो चुके थे। उनके पास तरुणों को देने के लिए कुछ नहीं था।

आज तुम उन्हें गलत कहो, विभ्रमित कहो, सारे दोष मारे गए लोगों के सिर डाल दो, पर सत्तर के दशक ने तरुणों को निश्चय ही एक स्वप्न दिया था। उन्हें गाँव की मिट्टी के साथ एकाकार कर दिया था। कम-से-कम उन लोगों ने यह नहीं सोचा था कि राजनीति करके वे नेता होंगे, मंत्री होंगे और करोड़ों की सम्पति जमा कर लेंगे।

उनसे अगर गलती हुई है तो उसका दाम भी उन्होंने चुकाया है।

मणि, अभि, हिमांशु, सत्यकाम—अनेक नाम हैं, उनकी एक लम्बी लिस्ट है, जिनके बारे में आज खोद-खोदकर लेखक और संवाददाता कितनी ही कहानियाँ निकाल रहे हैं। ये सब उन दिनों स्कूल में पढ़ते थे।

लिखो, लिखते चलो, पर सारी बातें कभी भी लिखी नहीं जाएँगी; लिखी नहीं जातीं।

तीर्थ ने कम कोशिश नहीं की। वह कोशिश क्यों करता है? उस आन्दोलन में कुछ भी नहीं हुआ, यह प्रमाणित करने के लिए केन्द्र और राज्य सरकारें बेजार हैं। झूठ की इस धारा में तैरकर तीर्थ को क्या मिलेगा? सम्मान? पैसे?

भाई तीर्थ, अगर उसके पीछे सचाई न हो तो कोई भी सम्मान अन्त में अपमान ही बनता है।

यह सब क्यों सोच रहा था अभ्र? क्यों वह श्मशान की बात नहीं सोचता? कहा भी है, जिसे तुम श्मशान में अपने साथ पाते हो, वही तुम्हारा असली मित्र है। यमुना ने अन्तिम दिनों में सीतांशु को हिमांशु कहकर पुकारा था। आसन्न मृत्यु जब मस्तिष्क को आच्छन्न कर लेती है क्या तभी अतीत सामने आता है और वर्तमान खो जाता है?

इस प्रश्न का उत्तर कौन देगा, कौन जानता है? 'श्मशान' शब्द उसके कानों में लगातार बज रहा है।

श्मशान के इलाके में जाने पर वह राबर और उस्ताद के कारनामों के बारे में ठीक-ठीक जान सकेगा।

कालीघाट की काली माता के नाम पर एक समय 52 बीघे की भू-सम्पत्ति थी। वह सब कहाँ है? उन जमीनों पर बहुत कुछ हुआ है। जैसे आज केवड़ातल्ला श्मशान में हो रहा है। केवड़ा शब्द का अर्थ जन भाषा में जो क्यों न हो आमतौर पर 'केया' फूल की गन्ध से पूर्ण जल को केवड़ा कहा जाता था। एक समय पान की ऊँची दुकानों पर केया फूल की पंखुरियों में मोड़कर पान को बर्फ में सजाया जाता था।

क्या कभी वहाँ पर कोई घाट था जहाँ पर केया फूल या केवड़ा के पेड़ खरीदे और बेचे जाते थे? कलकत्ता अपने आंचलिक नामों में कितने ग्राम, इलाके, पुरानी गतिविधियाँ छिपाए हुए है, कौन कह सकता है। श्मशान की रक्षा का भार एक समय काली माता ने सर्वशक्तिमान पुलिस को दे दिया था और आजकल उन्होंने वह अधिकार दे दिया है राबर, पेंगो और बेदुइन के गुंडा दल को।

माँ हमारी भोली-भाली,
उनके हजारों चेले हैं।
उनके आँगन में खेले हैं।

जो शवयात्री जितना अभागा और गरीब होता है उतना ही अधिक उसके साथ राबर का दल खेल दिखाता है।

अभ्र ने अपनी आँखों से तो नहीं देखा पर उसने सुना है कि राबर को

अगर गुस्सा आ जाए तो वह छह फीट का हो जाता है, वैसे उसकी लम्बाई साढ़े पाँच फीट है।

समाजविरोधी दुनिया में कोई अपने असली नाम से नहीं जाना जाता। जिसका असली नाम गोपाल घटक था वह अब हो गया राबर, जिसका नाम प्रणय सरकार था वह बन गया पेंगो और जो त्रिविक्रम दलुई था वह बन गया बेदुइन। उनके नाम और उनकी भाषा सब कुछ साधारण लोगों से भिन्न होती है।

उस्ताद केवल बम फेंकता था और माल गायब करता था। उस्ताद और प्राय: उसके सभी चमचे खूनी संघर्षों में मार भगाए गए थे, क्योंकि राबर ने समय को खरीद लिया था।

समय को खरीदने के कितने ही कठोर नियम हैं। जितना हो सके विपक्षी दल के गुंडों को खत्म करो। जितनों को हो सके दूसरे इलाकों में खदेड़ दो। यह संसदीय राजनीति नहीं है। यह संसदीय राजनीति तो नहीं है पर यहाँ जो भी चाहता है अपना दल बदल सकता है।

दल बदलने पर भी उस आदमी को सन्देह की दृष्टि से देखा जाता है और एक दिन उसे खत्म कर दिया जाता है।

यह अत्यन्त दुख की बात है कि राबर के दाहिने हाथ भक्तों और भूतों विषैली शराब पीकर अपनी प्रेमिकाओं के साथ गुंडों के स्वर्ग में पधार गए थे। अखबारों में पहले दिन उन्हें समाजविरोधी लिखा गया, पर तीसरे ही दिन वे समाजकर्मी माने गए।

इसी कारण राबर नेपू को जितना दंड देने की जरूरत है उतना नहीं दे पा रहा है, इसीलिए वह नेपू को ढूँढ़ रहा है। नेपू को उन्होंने मरे हुओं की लिस्ट में डाल दिया है। वह आज भी इसी इलाके में है और जिन्दा है यह कैसे हो सकता है? कलकत्ता पर इस समय समाजविरोधियों का कब्जा है। वे जो करेंगे वही होगा। अभ्र सोच रहा है, सोचता जा रहा है।

पर इस समय वह सब सोचने का वक्त नहीं है। घड़ी देखो, अब सेंउती की बात सोचो, बोनी मल्होत्रा की बात सोचो, पार्क स्ट्रीट की बात सोचो, बेरीवाला ने जो सूची दी है उसके बारे में सोचो।

कहीं से सोहराब को फोन करना होगा।

अभ्र जिन दिनों ड्रग्स पर काम कर रहा था उन दिनों सोहराब जैसे बहुत से लोगों के साथ उसका परिचय हुआ था। वे परियच आज भी ताजा हैं। अपराध-जगत विश्वास पर जिन्दा है। वे उन्हीं के साथ सम्पर्क रखते हैं, जो विश्वास की मर्यादा नहीं तोड़ते।

अभ्र ने कभी भी उनके विश्वास की मर्यादा का उल्लंघन नहीं किया था। पहले के अपराधी और समाजविरोधी भी अपने बीच कुछ नियम और नीतियाँ मान कर चलते थे।

जेलों में बन्द डाकू बलात्कार के अपराधियों से घृणा करते थे और राजनीतिक बन्दियों को सम्मान देते थे।

जो लोग कभी देश के हालात को बदलने का सपना देखते थे वे ही आजकल बलात्कार और हत्या के अपराधियों को राजनीतिक शरण देते हैं। इस देश की राजनीति ने आजकल जो स्वरूप ग्रहण किया है उससे बहुत कम ही राजनीतिक लोग जेल जाते हैं। आजकल राजनीति करने वाले क्रिमिनल केसों में जेल जाते हैं। आजकल राजनीति और समाजविरोधी ऐसे हाथ में हाथ डालकर चलते हैं कि उनमें फर्क करना मुश्किल हो उठता है।

पुराने समाजविरोधी अपने-अपने इलाके के सम्राट होते थे। मगर फिर भी उनके कुछ नियम होते थे। थाने के साथ भले ही उनका समझौता हो पर कोई बाहरी आदमी आकर अगर शैतानी करता था तो उसकी खैर नहीं।

विश्वास, जुबान की इज्जत यह सब समाजविरोधियों में तभी तक था जब तक राजनीतिज्ञों ने समाजविरोधियों को प्रशिक्षित करके पब्लिक के बीच नहीं छोड़ दिया।

अभ्र का पुराने और रीति-नीति मानने वाले समाजविरोधियों से परिचय था। उन्हीं दिनों इसका सोहराब से परिचय हुआ था और एक बार उसने सोहराब को बचाया था। उन दिनों सोहराब खूनियों को पालता था और कलकत्ता में देह बेचने के व्यापार ने एक नया रूप ग्रहण किया था। पैसों वालों का काला पैसा देह-व्यापार में लग रहा था, पेशेवर खूनियों के पालन-पोषण में, रेलवे का माल चोरी करने में, मादक पदार्थों की बिक्री और ब्ल्यू फिल्मों में लग रहा था।

अपराधियों का पुराना स्कूल अब अपराध-जगत के बाहर खदेड़ा जा रहा था। उनका कार्यक्षेत्र सिमटता जा रहा था। उन्हें यह अच्छा नहीं लग रहा था, किसे लगता है, पर मजबूरी थी।

कलकत्ता के जेबकतरों के बादशाह ने कहा था अभ्र से, "दादा, मैंने धन्धा छोड़ दिया है। अब इस धन्धे में इज्जत नहीं है। जिस धन्धे में भले घरों की औरतें उतर पड़ी हों, बाबू लोग उतर पड़े हों, वहाँ अब हम जैसों का काम नहीं है और फिर सस्ते और नकली गहने पहनने लगे हैं लोग। जान पर खेल कर हमें नकली गहने नहीं चुराने हैं।"

कलकत्ते की विख्यात वेश्या मालकिन सावित्री ने कहा था, "भद्र घरों की लड़कियाँ अब कोठी लेकर पेशा कर रही हैं, बड़े-बड़े होटलों में जा रही हैं, पैसे लेकर पार्टियों में जा रही हैं ऐसे में हम लोग अपना पेशा कैसे चलाएँ? पहले हमारी लाइन के भी कुछ नियम थे। वेश्या होने के लिए सधवा होना जरूरी था। चाहे तुम किसी पेड़ से शादी कर लो या सिल-पत्थर से, बिना शादी किये तुम इस लाइन में नहीं आ सकतीं। पर अब हमारा सब कुछ चला गया।"

उन्हीं दिनों किसी पुरानी रंजिश के कारण किसी ने सावित्री का खून कर दिया। सोहराब इस मामले में निर्दोष था, मगर वह जरूर पकड़ा जाता क्योंकि खूनी ने वहाँ एक रूमाल छोड़ा था, जिस पर सोहराब का नाम कढ़ा हुआ था। उसके नाम पर पुराने केस भी थे। थाना भी उससे नाराज था, क्योंकि वह थाने को पैसे नहीं दे पा रहा था।

अभ्र को इसकी भनक लग गई थी। उसने सोहराब को बता दिया और उसने कमाल से बयान दिलवाया कि सोहराब उसके साथ रात भर रहा था, वे रात भर कमाल के घर शराब पीते रहे और जुआ खेलते रहे थे।

बहुत कुछ घसड़-पसड़ हुआ और बड़े-बड़े नोटों का हेर-फेर हुआ, तब कहीं सोहराब बचा। इसके बाद सोहराब एकाएक गुम हो गया। गुम होने से पहले उसने अभ्र से कहा था, "बाबू, जीवन में मैंने कभी किसी का कर्ज नहीं रखा, मगर आपका कर्ज मेरे सिर पर रह गया है। कर्ज सिर पर लेकर मर गया तो दोजख में जाऊँगा।"

"नहीं, नहीं, मैं अपना कर्ज वसूल कर लूँगा।"

"ठीक कह रहे हैं न?"

"हाँ, जरूर।"

अभ्र न जुआ खेलता है, न शराब पीता है, सोहराब के साथ बैठने का कोई बहाना नहीं है उसके पास। और सोहराब उसका कर्ज सिर पर लिए जीवन बिता रहा है। पर सोहराब घबराओ नहीं, इतने वर्षों बाद तुम्हें कर्ज चुकाने का मौका मिलेगा। तुम नाराज मत होना, शायद तुम्हें यह कर्ज सूद सहित चुकाना पड़े।

तिलजला को पीछे छोड़कर अभ्र मिनी बस से पार्क स्ट्रीट आया। पार्क स्ट्रीट में सोहराब की दो दुकानें है। एक पान की और एक मीट रोल की।

सोहराब की याद आते ही अभ्र को रुस्तम की याद आती है। रुस्तम उसका गहरा दोस्त था। वैसे रुस्तम का असली नाम रामलाल था।

नेपाल की सीमा पर जीप उलट जाने से रुस्तम की मृत्यु हो गई थी। सोहराब बहुत दिनों तक दुख से पगलाया रहा। उसने रुस्तम की माँ को ढेर सारे पैसे दिये, उसने अभ्र से एक बार नि:संकोच होकर कहा था, "बाबू, उसके साथ मेरी मोहब्बत थी।"

"मोहब्बत?"

"हाँ बाबू, आप नहीं समझेंगे।"

अभ्र ने ज्यां पाल सार्त्र की किसी किताब में पढ़ा था कि समलिंगी पुरुष पति के रूप में भी बहुत वफादार होते हैं। कोई पुरुष एक साथ एक पुरुष और एक स्त्री के साथ सेक्स सम्बन्ध रख सकता है यह बात अभ्र को बादशाह से मिलने के बाद ही मालूम हुई थी।

रुस्तम के मरने के बाद सोहराब ने बादशाह को चुना था। बादशाह को लेकर सोहराब के मन में जैसी प्रचंड ईर्ष्या थी यह देखकर समझा जा सकता था कि पुरुषों के बीच न केवल सेक्स सम्बन्ध सम्भव है, बल्कि उत्कट प्रेम भी। बादशाह और सोहराब का प्रेम बहुत सच्चा था। बादशाह को एक बार जब टायफाइड हुआ था तो सोहराब जैसे पागल हो गया था।

सात

मीट रोल की दुकान में लाल बल्ब जल रहा था। दीवारों पर गुलाब के गुच्छों के बीच ताजमहल के चित्र वाले वाल पेपर लगे हुए थे। केबिन नहीं थे। सब कुछ खुला हुआ था। लगातार कैसेट का गाना चल रहा था। प्रत्येक टेबल पर प्लास्टिक के फूल थे और काँच के नीचे विभिन्न जानवरों और उनके बच्चों की तस्वीरें थीं।

काउंटर के पीछे बैठे सोहराब के बाल मेहँदी लगाने से लाल हो रहे थे, आँखों के चारों ओर झुर्रियाँ थीं। मूँछें खूब काली थीं, जिन्हें देखकर यह नहीं लगता था कि सोहराब की इतनी उम्र हो गई है।

"क्यों सोहराब! पहचान रहे हो?"

सोहराब ने एक पल गौर से देखा फिर बोला, "हाँ बाबूजी, पहचानूँगा क्यों नहीं? बहुत दिन हो गए आपको देखे," फिर एक पल अभ्र के चेहरे को गौर से देखने के बाद सोहराब ने दोबारा कहा, "आपका चेहरा देखकर लगता है कि आपके साथ बहुत बड़ा दगा हुआ है। बहुत बड़ी चोट खाई है आपने।"

"नहीं सोहराब, उम्र हो रही है।"

"कितनी उम्र है आपकी?"

"चालीस साल।"

"मेरी उम्र 65 है।"

"मैं एक फोन करूँगा।"

"तो करिये न।"

"यहाँ नहीं।"

"तो अन्दर चलिए, अरे साबिर! काउंटर पर आ जा। बाबूजी, इसे देखते हैं, यह हमारा छोटा लड़का है।"

"अरे! यह तो बहुत बड़ा हो गया!"

"होगा नहीं? आप कितने दिनों बाद आए हैं, पता है।"

दुकान के पिछले हिस्से से ऊपर को सीढ़ियाँ गई हैं। ऊपर के तल्ले में सोहराब की अपनी रिहाइश है। सोहराब के पास अकूत पैसे हैं।

सोहराब अभ्र को अपने कमरे में ले गया। कमरा सजा हुआ था और दीवार पर एक तरफ सोहराब और रुस्तम और दूसरी तरफ सोहराब और बादशाह की तस्वीरें झूल रही थीं।

"लीजिए, फोन कीजिए।"

"तुम बैठो, कोई प्राइवेट बात नहीं है।"

"पहले कुछ खाइए तो।"

"क्या खिलाओगे?"

"नीचे जाकर देखता हूँ।"

"फोन करते समय सोहराब वहाँ नहीं था। अभ्र जानता था वह बहाना करके चला गया है।"

बेरीवाला को फोन करना चाहिए।

"अभ्र बोल रहा हूँ।"

"बोलो, अच्छा एक मिनट रुको..."

बेरीवाला ने कैसेट बन्द नहीं किया, बस थोड़ा-सा कम कर दिया। उन लोगों की बातचीत की पृष्ठभूमि में जोन बॉयेज का आश्चर्यजनक उल्लासमय संगीत नजर आता है। अभ्र को यह गाना बहुत अच्छा लगता है—

दि क्वीन ऑफ हार्स

मन-ही-मन उसने बेरीवाला को धन्यवाद दिया, बम्बई के संगीत परिचालकों ने अभी जोन बॉयेज को नहीं सुना है वरना वे उसके गाने भी मार देते। उनके हाथों से मोझार्ट, चाइकोब्स्की और रवींद्रनाथ किसी को रिहाई नहीं मिली। सब कुछ मार कर उन्होंने बम्बइया बना लिया।

यंगमेन आर प्लेंटी
स्वीट हार्ट्स फ्यू
इफ माई लव लीव मी
वाट शैल आई डू?

(नौजवान ढेर सारे हैं, प्रेमिकाएँ थोड़ी-सी। अगर मेरा प्यार मुझे छोड़कर चला जाए तो मैं क्या करूँगा?)

अभ्र का प्रिय गाना, प्रिय गायिका! जीवन में अन्त तक कौन-सी चीजें प्रिय रह जाती हैं?

"हाँ, अब बोलो अभ्र?"

"जोन बॉयज सुन रहे हैं?"

"हाँ, सुन रहा हूँ और तुम्हें भी सुना रहा हूँ। तुम कल्पना कर सकते हो, पूजा देसाई आज दो नम्बर की एक नेपाली मूर्ति मेरे सिर मढ़ने आई थी। सोचो, मेरे सिर? मैं उसे मिट्टी में मिला दूँगा।"

"इतना गुस्सा करने की जरूरत नहीं है।"

"नहीं, इस अपराध की क्षमा नहीं है।"

"अच्छा एक काम की बात कहूँ?"

"बोलो।"

"यह जो लिस्ट तुमने दी है इसे तो किसी सीक्रेट सर्विस एजेंसी ने तैयार किया है।"

"हाँ, वह तो है। कलकत्ते में पैसा फेंकने पर क्या नहीं हो सकता?"

"कौन-सी एजेंसी, बता सकते हो?"

"मैग्नेटिक आई।"

"चीफ कौन है?"

"सानीदत्त और कौन? पुलिस के रिटायर्ड आदमी के अलावा और किसी से ऐसे काम नहीं होते।"

"मैं उसके पास जा सकता हूँ।"

"जरूर। मैं फोन करके बोल दूँगा। तुम्हें पहले ही कहा है कि तुम खर्च के बारे में चिन्ता मत करना। जितना लगे लगने दो।"

"तुम ब्ल्यू फिल्म के पीछे इस तरह क्यों लगे हो?"

"ब्ल्यू फिल्म देश का सर्वनाश कर रही है, अभ्र और सभी सोच रहे हैं कि कलकत्ता से कोई तगड़ी रिपोर्ट नहीं निकल रही है। लोग सोचते हैं कि बेरीवाला खत्म हो चुका है। मैं उन लोगों को दिखा दूँगा। समाज का भी भला होगा। तुम्हें मावलंकर पुरस्कार भी मिल जाएगा। मेरी स्थिति और सुदृढ़ हो जाएगी। सह सब तो खेल का हिस्सा है, अभ्र!"

"सानी दत्त का पता बताओ।"

"बोल रहा हूँ, लिखो।"

पता लिखकर अभ्र ने फोन रख दिया। इस बीच सोहराब बाहर खड़ा इन्तजार कर रहा था। अब वह कमरे में घुसा। उसके पीछे-पीछे एक बेयरा गर्म रोल, चटनी और कॉफी लेकर आया।

"लीजिए, खाइए। आपके लिए स्पेशल बनवाया है। मैंने यह कारीगर बड़ी मुश्किल से पकड़ रखा है। होता यह है कि कारीगर ने जरा-सा नाम किया नहीं कि लोग उसे तोड़ ले जाते हैं।"

अभ्र को भूख लगी थी। वह रोल खाने लगा।

सोहराब फर्श पर ही बैठ गया और एक गहरी साँस छोड़ी।

"बाबूजी। मैंने सानीदत्त का नाम सुना?"

"बाहर खड़े-खड़े नाम भी सुन लिया?"

"हाँ, कान में पड़ गया। लीजिए, यह चटनी तो खाइए। मेरी एक बात सुनिए। सानीदत्त के पास जाने की जरूरत नहीं है। वह तो केवल नाम के वास्ते है। वह ऑफिस किसका है जानते हैं? आपके जिगरी दोस्त चौधरी बाबू का। सानीदत्त रिटायर हो गया तो उसे बिठा दिया। चौधरी रिटायर होगा तो खुद बैठ जाएगा।"

"चौधरी! नौकरी में रहते हुए ही..."

"बेनामी कारबार है। और बहुत कुछ कर लिया है। तीन-तीन फ्लैट खरीद लिये हैं। एक मोटर गैरेज चल रहा है। रिटायर होने पर भी उसके कनेक्शन तो रहेंगे ही। बड़ी-बड़ी कम्पनियाँ सिक्योरटी की माँग करती हैं। काम बहुत बढ़िया है, इधर डाकू को बोलो डाका डाले, उधर घरवाला को बोलो जागता रहे। जितना मिले खींचो।"

"तुमने यह बात बताकर मेरा बड़ा उपकार किया।"

"अभी और सुनिए, दत्त बाबू इतना हरामी है कि एक भी बात अपने पास नहीं रखेगा। सब चौधरी बाबू को बता देगा।"

"तो इसका मतलब है उनका विश्वास नहीं किया जा सकता।"

"बोलिए, मैं क्या कर सकता हूँ? आपका कर्ज तो उतारना ही होगा।" सोहराब अपने सोना मढ़े दाँत निकालकर हँसा।

"कर्ज की बात मत करो सोहराब। मैं तुम्हारे पास मदद माँगने आया हूँ। मैं बड़ी मुश्किल में फँस गया हूँ।"

"इसे ही हम कर्ज चुकाना कहते हैं।"

"सुना है तुमने हज कर लिया है?"

"हाँ, किया तो बाबू।"

"तब तो तुम्हें हाजी सोहराब कहना होगा।"

"नहीं बाबू, आपके लिए सोहराब सोहराब ही रहेगा।"

"आजकल तुम क्या-क्या कर रहे हो?"

"यह दुकान है, और दो सट्टे का कारोबार है। बाकी सब फालतू काम छोड़ देया।"

"अच्छा!"

अभ्र को हताशा हुई क्योंकि अगर सोहराब उस धन्धे में होता तो उसे उससे कुछ खबर मिल सकती थी।

"आपको क्या चाहिए बाबू, बादशाह है न। मुझे हर चीज की खबर रहती।"

"इस इलाके का हालचाल कैसा है?"

सोहराब ने शून्य में हाथ घुमाया और भौहें टेढ़ी करके कहा, "बाबूजी आसमान से ड्रग्स चारों ओर बरस रहा है। इलाका डूबा जा रहा है। जिस भी दुकान में जाइए, जिस भी होटल में जाइए, माँगते ही मिल जाएगा। वे लोग भी क्या करें, बाबूजी, न रखें तो पुलिस और कस्टम के लोग नाराज होते हैं। माल पैकेट रखकर रेड कराते हैं। जमाना बड़ा खराब हो गया है, बाबूजी।"

"इस धन्धे में पैसा भी तो है।"

"बहुत।"

"तुमने लाइन क्यों छोड़ दी?"

"क्या करूँगा पैसों का?"

सोहराब ने अपनी उँगलियाँ चटकाईं, चिकन के कुर्ते के नीचे सोने की मोटी चेन में ताबीज, उँगलियों में अँगूठियाँ। एक समय था जब सोहराब सिनेमा के आधुनिक नायकों की तरह पिस्तौल से अचूक निशाना लगाता था। पर वह सिनेमा ही था। उसकी गोली के शिकार लाश हो जाते थे।

"रुस्तम नहीं रहा लाइन भी बड़ी गन्दी हो गई। मन ने कहा क्या रे सोहराब अभी भी इस लाइन में रहेगा?"

एक पल चुप रहने के बाद सोहराब ने फिर कहा, "एक चाँदनी चौक में, एक पार्क सर्कस में और ये—तीन मकान हैं, दुकान, मकान सब लड़कों को मिलेगा लड़कियों की शादी कर दी है। बादशाह को सट्टे के कारोबार मिलेंगे। सबका चल जाएगा।"

"लड़के क्या करते हैं?"

"बाप का पैसा उड़ाते हैं।"

"तुमने लाइन छोड़ दी...?"

"हमारे जैसे लोग ही कलकत्ते में चरस, कोकीन, हेरोइन ले आए। पब्लिक तो बेईमान है, उन्होंने ये बात याद नहीं रखी, अब तो लिखे-पढ़े लोग शरीफ घर के बाबू-बीबी, इस लाइन में घुस गए हैं। छोटे-छोटे बच्चे सप्लाई करते हैं। यह सब हम लोगों के बस का नहीं है। अब तो ड्रग्स के साथ-साथ नंगी तस्वीरों का भी कारोबार चल रहा है।"

"अच्छा! दोनों कारोबार एक साथ?"

"बाबूजी, अगर भेड़ की पूँछ पकड़कर खींचेंगे तो पूरी भेड़ बाहर आ जाएगी। पहले सब धन्धे सेपरेट थे। अब तो शराब के साथ ड्रग्स, ड्रग्स के साथ वेश्या, वेश्या के साथ सट्टा-जुआ, उसके साथ नंगी तस्वीर सब मिल-जुल कर खिचड़ी हो गए है।"

कौन लोग इसमें शामिल हैं, कौन लोग ऐसी चीजें खरीदते और बेचते है सोहराब बड़े स्नेह से अभ्र को समझाने लगा।

"अरे बाबू, बहुत से लोग हैं। बाढ़ बीबी, छोकरा, छोकरी, भुक्खड़ पार्टी तो टैबलेट से काम चला लेती है।"

"और दूसरे लोग?"

"असली कारोबार तो कोठियों में चलता है। वहाँ बड़े घरों के कच्ची उम्र के लड़के-लड़कियाँ मिलेंगे। चरस और हेरोइन ऐसे नशे हैं कि उन्हें खाने वाला खाए बिना पागल कुत्ता हो जाता है। जब वे नशा करते हैं तो जो उन्हें माल खिलाता वह नंगा खेल चलाता है और सिनेमा की तस्वीर खींचता है।"

"तुम्हारे हाथ में कोई सबूत है?"

सोहराब की आँखें जैसे कहीं डूब गईं। फिर उसने कहा, " 'लगता नहीं है जी मेरा उजड़े दयार में...' बहादुरशाह जफर की गजल है ये। क्या कहूँ बच्चे-बच्चियाँ आते हैं, कोई बाबू या बीवी माल खिलाती है। एक दिन माल नहीं मिला तो बच्चे-बच्चियाँ पागल। जो भी कहा जाए वही करेंगे। फिर उन्हें माल खिलाकर बदमाशी करने को कहा जाएगा और बाबू या बीबी, सिनेमा बनाएगा फिर भारी दाम देकर बेचेगा। यदि कोई बच्चा या बच्ची नाराज हो जाए तो उसके घर उसका नंगा फोटो चला जाएगा, बस फोटो का निगेटिव खरीदो, पैसे दो। यही धन्धा है।"

ब्लैकमेल, ब्लैकमेल! हाँ, ब्लैकमेल ही तो है।

"बाबूजी, कौन माँ-बाप चाहेगा कि उनके लड़के या लड़की का फोटो, इस तरह के गन्दे फोटो पराये लोगों के हाथ में हों।" अब अभ्र के समझ में आ रहा था सेंउती किन लोगों के हाथ में पड़ गई है।

काम की परिकल्पना कितनी सुन्दर है, कितनी ठोस। तुम उन सब लड़के-लड़कियों को चुन लो, जिनके माँ-बाप गर्मियों में यूरोप का पैकेज टूर, ढेर सारे पैसे, सारी सुविधाएँ दे सकते हों, केवल समय उनके पास न हो। ऐसे बच्चों को ड्रग्स खिलाओ। जो ऐसे तरुण-तरुणियों को ड्रग्स खिलाएगा वह उनका एकमात्र मित्र होगा।

अचानक ड्रग्स बन्द।

तब लड़के-लड़कियाँ उसके पाँव पड़ेंगे, रोएँगे और जानवरों की तरह चीखेंगे। उस समय वे ड्रग्स के लिए कुछ भी करने को राजी हो जाएँगे।

हाँ, नशा करने को मिलेगा पर सिर्फ नशा ही क्यों? सेक्स भी तो चाहिए। विकृत यौनाचार चलाओ, मैं तस्वीरें खींचता जाऊँ।

यदि कोई बच्चा इस पर नाराज हो जाए तो उसे धमकी दो—तुम्हारी गन्दी तस्वीरें तुम्हारे घर भेज दी जाएँगी।

इस पर भी वह न माने तो तस्वीरें घर पहुँच जाती हैं। माँ-बाप चोरी करके भी उसका दाम चुकाते हैं। बीच-बीच में कोई बाप, कोई माँ या कोई सन्तान आत्महत्या भी कर लेती है।

"सोहराब तुम ठीक कह रहे हो?"

"एकदम।"

"तुम इस नाम को जानते हो? जरा देखना।"

"अरे यह तो समुद्र अपार्टमेंट है और यह मल्होत्रा मेम साहब। मेम साहब खुद तो ब्यूटी पार्लर चलाती है और लौंडा नम्बर वन का लफंगा और हरामी है। रात में इसी मेम साहब के घर में नंगी फिल्म दिखाते हैं।"

"सप्लाई कौन करता है?"

"सप्लाई की क्या परेशानी है? फॉरेन माल से बाजार अटा पड़ा है। आपको कितना माल चाहिए? लेकिन मैं एक बात जानता हूँ कि यह मेम साहब अपने पार्टनर के साथ बच्चे-बच्चियों की नंगी तस्वीर खींचती है और मेम साहब के घर में वे नंगी फिल्में दिखाई जाती हैं। मेम साहब तस्वीर बेचकर बच्चे-बच्चियों के माँ-बाप से पैसे भी वसूल करती है।"

"तस्वीरें कहाँ खींची जाती हैं?"

"कहीं और खींची जाती हैं। इस काम में कोई अमीर आदमी उनके साथ काम करता है। यह तो व्यवसाय है बाबूजी। कारखाना एक जगह होता है और ऑफिस दूसरी जगह होता है। और यह जरूरी भी है।"

सोहराब ठीक ही कह रहा है। यह बहुत बड़ी पूँजी का व्यापार है। अनेक दिमागी लोग इसके पीछे होते हैं। इसलिए इनके काम करने का तरीका भी बहुत चतुराई से भरा होगा। ओह! कैसे लोगों के हाथ में पड़ गई है सेंउती और उसकी जैसी दूसरी भोली-भाली लड़कियाँ? किन राक्षसों के हाथ में?

अभ्र के कदम बार-बार रुक जाते थे। पर ऐसा करने से तो काम नहीं चलेगा। मौसी कहती थीं—लज्जा, संकोच, और भय इन तीनों को छोड़े बिना कोई काम नहीं होता। उन दिनों के हिसाब से मौसी एक व्यक्तित्ववान महिला थी। एक लड़के वाला उनकी लड़की को देखने आया था। जब वह दहेज की बोली लगा रहा था, मामा कुछ बोल नहीं पा रहे थे। मगर मौसी ने कहा था, "पैसे तो नहीं दे पाऊँगी, यथासाध्य लड़की को गहने-कपड़े जरूर दूँगी, पर आप तो पहले ही पैसों की बोली बोल रहे हैं। माफ कीजिएगा, आपके घर मैं अपनी लड़की नहीं दूँगी।"

भले आदमी का मुँह काला पड़ गया। मामा का सिर नीचा हो गया। मौसी ने बाद में मामा से कहा था, "साफ बात बोलने में परेशानी क्या है? जिस आदमी की ऐसी मनोवृत्ति है उसे ऐसी ही बातें सुनाई जानी चाहिए। तुम पूछते हो मुझे डर नहीं लगा? मेरा जवाब है—संकोच, लज्जा, और भय इन्हें त्यागे बिना कोई काम नहीं होता।"

वही लड़की धोबी जाति के एक सरकारी आई. एफ. एस. लड़के से शादी करना चाहती है यह जानकर मामा उसकी शादी अपनी जाति में करने के लिए जमीन-आसमान एक करने लगे। अभ्र से बहुत बड़ी थी वह दीदी, जिन्होंने अन्त में अपने द्वारा चुने हुए उस धोबी जाति के लड़के से ही ब्याह किया।

और कुछ अभ्र नहीं जानता उनके बारे में। उसने कभी उन लोगों के साथ सम्पर्क ही नहीं रखा।

"सोहराब, ये तस्वीरें देखना।"

"हाय, हाय! छि:-छि:!"

"ये मेरी...मेरी...लड़की की तस्वीरें...।"

"बाबूजी, आप मेरे से मजाक करते हैं?"

"ऐसी बातों को लेकर भला कोई मजाक करता है, सोहराब?"

"मगर ऐसा कैसे हुआ, बाबूजी?"

"वह मेरे पास नहीं रहती थी, अपनी माँ के पास रहती थी।"

"यह तो मैं जानता हूँ, मगर आप इतने पढ़े-लिखे हैं, आप की बीवी भी पढ़ी-लिखी हैं। लड़की को जरूर ही आपने अंग्रेजी स्कूल में दिया होगा? हाय! अगर आप लोगों के घर में ऐसे हादसे हों तो फिर हम कहाँ जाएँगे?"

"क्या कहूँ सोहराब!"

"मगर मैं देखता हूँ इस तरह के कांड आप लोगों के घरों में ही ज्यादा हो रहे हैं। जो लोग ज्यादा पढ़े-लिखे हैं, ऊँचे तबके के लोग हैं उन्हीं लोगों के घर...ऐसा क्यों हो रहा है बाबूजी?"

"बस, हो रहा है। समझ लो यह भी एक नई चीज है। जमाने की गर्दिश है।"

"आप ने तो फिर शादी नहीं की?"

"नहीं, पर उसकी माँ ने दोबारा शादी की है।"

"मैंने तो आपको देखते ही कह दिया था कि आपने कोई भारी सदमा खाया है।"

अभ्र ने झुककर सोहराब का हाथ पकड़ लिया, और बोला, "सोहराब, सेंउती को हम खो बैठे हैं। वह कहीं ढूँढ़े नहीं मिल रही है। बहुत पूछताछ करने पर सिर्फ इतना पता चला कि बोनी मल्होत्रा के साथ काफी मिलती-जुलती थी। अगर तुम मदद नहीं करोगे तो..."

अभ्र की बातें सुनकर सोहराब चौंक पड़ा। अपने दोनों हाथ माथे पर रखकर वह थोड़ी देर कुछ सोचता रहा, फिर एक गहरी साँस लेकर बोला, "वह तो मैं करूँगा ही बाबूजी, इन्हीं लोगों के कारण हमारा कारोबार भी खत्म हो गया। पर इतना ही नहीं, कारोबार की इज्जत भी चली गई।"

सोहराब का मन ऐसा ही है। आजकल ड्रग्स के कारोबार ने जो रूप ले लिया है उसमें कोई इज्जत नहीं है, और आजकल उसे करने में जिस शिक्षा, ऊपरी तबके के साथ दोस्ताना और ऊँची रहन-सहन तथा व्यवहार में लचक की जरूरत है वह सोहराब के पास नहीं है।

इस काम में इज्जत नहीं है, मगर सोहराब सोचता है कि सट्टे का काम अभी भी इज्जत का काम है।

"आप अपनी लड़की का पता लगाना चाहते हैं, यही न?"

"अगर तुम मेरे लिए इतना कर दो..."

"करना ही होगा। सोहराब इस काम को पूरा करने के लिए अपनी जान लड़ा देगा। लड़की की एक तस्वीर हमें दीजिए।"

"पर देखना कोई जानने न पाए। यह तस्वीर किसी को मत दिखाना।"

"जान की कसम, लड़के की कसम। मेरे अलावा सिर्फ एक आदमी देखेगा और वह है बादशाह। पता भी तो वही लगाएगा। वह इस काम में माहिर है।"

"अगर मैं लड़की को पा जाता..."

उसके बाद क्या करेगा यह तो अभ्र ही जाने। सेंउती इस समय मादक पदार्थों की गुलाम हो चुकी है। एक तरह से वह अमानुष हो चुकी है। माँ के साथ उसका कोई सम्पर्क नहीं है। और बहुत दिनों से उससे जो दूर रहता है वह बाप कहाँ से सेंउती को ढूँढ़ निकाले और फिर उसके साथ कैसे मानवीय

सम्बन्ध बनाए? अभ्र कुछ भी नहीं जानता। आज क्या यह बात कोई सोच सकता है कि जब सेंउती छोटी थी तो कभी-कभी अपने बाप से कहती थी, "पापा, मेरे लिए एक पोलका की ड्रेस खरीद दो। दीपाली के पास है। मोना के पास भी है। सिर्फ मेरे पास नहीं है।"

सोहराब ने कहा, "इतनी चिन्ता करने की जरूरत नहीं है। लड़की मिल जाए तो उसका इलाज करवाइए, उसके बाद उसकी शादी कर दीजिए। और एक जगह मैं आपको ले जाऊँगा। एक पीर की मजार है वहाँ तावीज बनता है। एक तावीज आप पहन लीजिएगा और लड़की को पहना दीजिएगा। सब ठीक हो जाएगा।"

अपने गले में पड़े तावीज को सहलाते हुए उसने कहा, "यह बहुत जोरदार तावीज है बाबूजी, आप के साथ और लड़की के साथ फिर कभी कोई शरारत नहीं कर सकेगा, आपके ऊपर कोई आफ्त नहीं आएगी। मैंने इस तावीज को परख कर देखा है।"

"ठीक है, ऐसा ही करूँगा।"

अभ्र ने सोहराब की बात मान ली। ऐसा उसने सिर्फ इसलिए किया कि अगर मना करेगा तो सोहराब को चोट पहुँचेगी, हालाँकि इस तरह की चीजों पर उसे जरा भी विश्वास नहीं है।

"अगर उसका पता मिल जाए..."

"अगर लड़की का पता मिल जाए तो क्या आप वहाँ जाएँगे? क्या साथ में पुलिस ले जाएँगे?"

"नहीं-नहीं, पुलिस नहीं।"

पुलिस द्वारा मादक पदार्थों और अश्लील चित्रों के खुफिया अड्डों पर हमला। गुप्त सूत्रों से समाचार पाकर पुलिस ने आश्चर्यजनक तत्परता के साथ मादक द्रव्यों...ऐसा ही कुछ छपेगा अखबारों में।

"पुलिस नहीं जाएगी तब तो अच्छा है। बादशाह के साथ मैं सलीम को भेजूँगा। जो लोग ऐसे काम करते हैं वे बहुत खतरनाक होते हैं। पिस्तौल नहीं, चक्कू नहीं, और आप घुस गए तो आप समझिए, आप लौट कर नहीं आएँगे।"

"सोहराब, तुम्हारा उपकार मैं..."

सोहराब ने बीच में ही काटकर कहा, "पहले काम होने दीजिए।"

"तुम्हें तो कुछ देने की मेरी हैसियत भी नहीं है।"

"आपको कुछ देना भी नहीं है। मेरे ऊपर जो आपका कर्ज है वह उतर जाए, यही मेरे लिए बहुत है। बल्कि उल्टे लड़की वापस पाने की खुशी में या फिर उसके पहले ही मैं आपको नौरोज का सोहराब स्पेशल खिलाऊँगा। खाकर देखिएगा क्या चीज है!"

"नौरोज? कौन नौरोज?"

"इस दुनिया में नौरोज तो एक ही है।"

"पहले तो तुमने कभी बताया नहीं।"

"क्या बताता? हज करके आया तो छोटी बीवी ने 'मुझे क्या दोगें', 'मुझे क्या दोगे' कह-कह कर मेरी जान खा ली। उसने कहा, 'मैं तुम्हारे बुढ़ापे की बीवी हूँ। बड़कियों की तरह मेरे लड़का नहीं है। मुझे कोई सहारा तो चाहिए।' मैंने उसके लिए नौरोज खरीद दिया। दो लड़कियाँ हैं, और उनकी माँ है, तीनों का काम उससे चल जाएगा।"

"अच्छा सोहराब! तुम्हारे पास बहुत पैसे हैं?"

सोहराब ने निस्पृह भाव से कहा, "कलकत्ता तो पैसों का समंदर है बाबूजी, आप देख नहीं पाते, पर अगर यहाँ आदमी आँखें खोलकर चले तो पैसा अपने आप उसके पास आ जाता है।"

"अच्छा सोहराब चलता हूँ।"

"अच्छा बाबूजी, आप कुछ मत सोचिएगा। आपने सोहराब को जिम्मेदारी दे दी है, आप देखेंगे कि आपका काम हो जाएगा।"

"अब चौधरी के पास जाना होगा। पुलिस वालों को कोई पसन्द नहीं करता पर गरज पड़ने पर आदमी उनके पास जाता ही है।"

नये जमाने में चौधरी जैसे पुलिस वाले अंग्रेजी जमाने के पुलिस वालों की तुलना में कहीं ज्यादा प्रभावशाली हैं। पर इनकी इज्जत एकदम खत्म हो गई है। जरा-सा काम करते हैं और ढेर सारे काम यूँ ही छोड़े रहते हैं। नो वर्क एंड ऑल प्ले—यही उनका नियम है।

आठ

अभ्र चौधरी के ऑफिस में गया। उसका ऑफिस बहुत लम्बा-चौड़ा था। शायद वह इमारत कम्पनी शासन काल की हो। दीवारों, दरवाजों और खिड़कियों पर पीला और हरा रंग पोता हुआ था।

दरवाजा सात फुट ऊँचा और भारी पल्लों वाला था। कमरे की छत भी बहुत ऊँची थी। कमरे के अन्दर जो चीजें थीं वे जरूर आधुनिक थीं। सीढ़ियों के घुमाव पर जो थूकदानी थी उसकी उपेक्षा करके, आने-जाने वालों ने पूरी दीवार को पीक से रंग दिया था।

बरामदे में कई गमले रखे थे। जिनमें भिन्न-भिन्न किस्म के फूलों के पौधे लगे थे। कहीं पर टाइपराइटर खुट-खुट कर रहा था और दूसरे तल्ले की दीवारें यूनियन की पोस्टरों से ढकी हुई थीं।

चौधरी अपनी विशाल टेबल पर दोनों पाँव रखे बांग्ला क्विज हल कर रहा था। यह उसका एक नया शौक है। टेबल के पास की एक बुकशेल्फ पर कानून और संविधान से सम्बन्धित कुछ पुस्तकें और बांग्ला भाषा के ढेर सारे शब्दकोश रखे हुए थे।

अभ्र को देखकर उसने अपने पाँव नीचे कर लिये और अभ्यर्थना की उज्ज्वल हँसी उसके चेहरे को आलोकित कर गई।

"आओ, आओ, अभ्र, कई दिनों से तुम्हारे बारे में लगातार सोच रहा हूँ।"

"बेकार की बातें मत करो, चौधरी।"

"विश्वास करो।"

"पर अचानक तुम मेरी चिन्ता क्यों करोगे? क्या मैंने कोई अपराध किया है?"

"हाँ, किया है। हमारी विवाह-वार्षिकी पर तुमने खाना क्यों नहीं खाया?"

"अब खा लूँगा। खिलाओगे न?"

"जरूर। तुम उसे अपना ही घर समझो। रमोला हमेशा कहती रहती है—अभ्र को ले आओ, बेचारा अभ्र अकेले जिन्दगी जी रहा है। उसे देखकर मेरा मन जाने कैसा तो हो जाता है।"

"कहीं ऐसा तो नहीं है कि तुम्हारे घर जाने पर रमोला भाभी मुझे पकड़कर किसी के आँचल से बाँध देंगी? मुझे यह सोचकर भी डर लगता है।"

चौधरी खुश होकर तेल देने के अंदाज में बोला, "तुमने कोई गलत नहीं कहा। मेरी पत्नी ने पिछले कुछ वर्षों में सात-सात लड़कियों का विवाह करवाया है। अद्‌भुत औरत है रमोला। इतना काम करती है कि मैं ताज्जुब में पड़ जाता हूँ।"

"हाँ, यह बात तो है।"

"वह इतने संगठनों में काम करती है कि मेरे लिए उन्हें गिन पाना मुश्किल है। उसने अन्धे बच्चों के लिए जो आश्रम खोला है वहाँ केन्द्र की मंत्री नन्दिनी देवी आईं तो उनकी आँखों से आँसू निकल पड़े। मंत्रीजी के साथ रमोला की फोटो भी है। नन्दिनीजी अद्‌भुत महिला हैं।"

"क्या बात है। आज तुम सभी को तेल मार रहे हो?"

"आज मन बड़ा अच्छा है। आजकल अच्छा ही रहता है।"

"हाँ, क्यों नहीं, क्रॉसवर्ड पजल खेलोगे तो मन अच्छा तो रहेगा ही।"

"रमोला के लिए करता हूँ, वह अमला की बहन है। जानते हो न?"

"हाँ, जानूँगा क्यों नहीं?"

अमला की मृत्यु के बाद कुछ दिनों तक चौधरी ने खड़ाऊँ, रुद्राक्ष और गेरुआ धारण किया था। उसी पोशाक में वह पुलिस का काम भी करता था। जिसके फलस्वरूप उसके बारे में एक सत्यकथा प्रकाशित हुई थी।

इसके बाद चौधरी ने छब्बीस कविताओं की एक पुस्तक छपवाई। प्रत्येक कविता की पहली पंक्ति यों शुरू होती थी, 'तुम नहीं हो, इसीलिए आज मैं हूँ'।

बाद वाली पंक्तियों के साथ ऊपर की इन पंक्तियों का कोई सम्बन्ध नहीं था। कविताओं में सीधी-सादी अमला की सीता, सावित्री, गार्गी, मैत्रेयी, हेलेन केलर, सरोजिनी नायडू, रानी अहिल्याबाई, फ्लोरेंस नाइटिंगेल, जोन आफ आर्क जैसी छब्बीस महान महिलाओं के साथ तुलना की गई थी। पुस्तक का नाम था—'लो मेरी श्रद्धांजलि'।

अमला की मृत्यु के बाद उसने उसकी छोटी बहन रमोला से शादी की।

यह शादी पहले ब्याह से भी ज्यादा तामझाम से हुई। बहुत बड़ा भोज हुआ, उस समय रमोला एक फूल के सिंहासन पर बिठाई गई थी।

"रमोला कैसी विलक्षण है यह बात अलग-अलग अखबारों में छपे उसके लेखों से तुम जान जाओगे।"

"मैंने अभी नहीं देखा है।"

"यह जो क्रॉसवर्ड पजल हल कर रहा हूँ यह भी रमोला के लिए ही। वह कहती है, जब बाप ही बांग्ला नहीं जानते तो बच्चे बांग्ला कैसे सीखेंगे? कहती है, क्रॉसवर्ड पजल हल करो, बांग्ला सीख जाओगे। देखा तुमने, उसका दिमाग कितना चलता है?"

"वाकई!"

"यह क्रॉसवर्ड पजल भी आसान काम नहीं है। इसमें एक शब्द के साथ दूसरा शब्द मेल ही नहीं खाता।"

"यह बात तो है। फिर तुम यह झमेला अपने सिर लेते क्यों हो?"

"अरे भाई मैं प्रैक्टिस न करूँ तो अपने लड़के से हार जाऊँगा। पहले वह जरा भी बांग्ला नहीं जानता था। अब तो वह क्रॉसवर्ड पजल कर रहा है, बांग्ला फिल्में देख रहा है, बच्चों की पत्रिका में लेख भेज रहा है, उसका एक लेख एक पत्रिका में छपा है, शीर्षक है, 'राजगीर भ्रमण'। वह भी एक जीनियस है।"

"बहुत अच्छी बात है।"

"यह सब रमोला की मेहरबानी है। लड़के को ऐसा अपना लिया है कि कोई यह कह ही नहीं सकता कि सौतेली माँ है। दरअसल भारतीय स्त्री सिर से पैर तक मातृत्व से परिपूर्ण होती हैं। रमोला यदि हमारी पत्नी न होती तो निश्चय ही उसे मैं..."

"पुरस्कार देता, क्यों?"

"जरूर देता। मैं दस पुरस्कार कमेटियों का सदस्य हूँ। मेरे लिए पुरस्कार देना क्या मुश्किल है। मिसेज पॉल को मैंने ही पुरस्कार दिलवाया था।"

"अरे बाप रे! मिस पॉल वही हैं न जो गर्मी के दिनों में एक दर्जन कुत्ते लेकर दार्जिलिंग जाती हैं?"

"जाती होंगी; पर काम भी वह बहुत करती हैं।"

"पता नहीं।"

"बूढ़े कुत्तों के लिए होम बनवाने की खातिर वे इन दिनों सॉल्ट लेक में जमीन ढूँढ़ रही हैं।"

"वह सब कर सकती हैं।"

"मैं तो उनसे कहता हूँ—महिला समिति का यह मतलब नहीं है कि शिफॉन की साड़ी पहनकर दिल्ली की दौड़ लगाओ। इसके बदले कोई ढंग का काम करना चाहिए। पीड़ित महिलाओं, गिरफ्तार महिलाओं के लिए काम करो।"

"क्या वे तुम्हारी बात सुनती हैं?"

उपरोक्त मिसेज पॉल के बारे में यह कहा जाता है कि उन्होंने जिस दिन से बोलना सीखा उस दिन से उनका मुँह कभी बन्द नहीं हुआ। किसी भी विषय पर, किसी भी समय, किसी भी व्यक्ति के साथ वे लगातार बातचीत कर सकती हैं। सुना तो यहाँ तक जाता है कि वे कुत्तों के साथ भी ऐसे ही बात करती हैं और कुत्ते, बैठकर गौर से उनकी बात सुनते हैं। वे कहीं जाती हैं तो उनके कमरे में प्रवेश करने के पहले ही उनकी साड़ी में और शरीर में लगाई गई फ्रांसीसी सुगन्ध कमरे में घुसती है। किस समय कौन-सी सुगन्ध का प्रयोग करना चाहिए इस विषय में वे हॉलीवुड की नायिका सोफिया लारेन के निर्देशों के अनुसार चलती हैं।

वे अब भी अपने चेहरे को सुन्दर बनाने के लिए यूरोप जाती हैं। प्रायः चालीस साल पहले वे किसी बड़े होटल में आयोजित सौन्दर्य प्रतियोगिता में मिस कलकत्ता चुनी गई थीं। यह बात वे आज भी भूल नहीं पाती हैं।

मैंने मिसेज पॉल से कहा, "देखिए घर जो टूट रहे हैं उसके पीछे पुरुषों की गलती नहीं है। आजकल महिलाएँ बहुत असहिष्णु हो गई हैं। दहेज प्रथा के कारण बहुएँ मर रही हैं, वे भी सास के कारण। आप पुरुषों के बारे में सहानुभूति का प्रचार कीजिए, प्राचीन भारतीय आदर्शों के अनुरूप जिन्होंने अपनी गृहस्थी चलाई है उन स्त्रियों की बात कीजिए। उदाहरण के लिए आप रमोला को ले सकती हैं।"

"क्या उन्होंने तुम्हारी बात मानी?"

"आज नहीं मानी तो कल मानेंगी। अन्त में तुम देखोगे, कि भारतीय स्त्रियों को 'मदर इंडिया' फिल्म की नायिका नरगिस का आदर्श ही बचा सकेगा।"

"वाह! खूब कही!"

"मिसेज पॉल जैसी महिलाएँ जिस रास्ते पर चल रही हैं उससे हमारा भारतीय समाज छिन्न-भिन्न हो जाएगा।"

"नहीं, नहीं, उन्हें पहचानता ही कौन है? समाज के कितने लोग उन्हें जानते हैं? उनके पास इतनी क्षमता नहीं है।"

"अगर नहीं है तो वीमेंस यूनिटी से रमोला को हटाकर वे खुद कैसे उसमें घुस गईं? ये सब औरतें...तुम अपनी जलि को देखो न।"

"चौधरी, उसकी बात रहने दो।"

"उसकी बात आने पर आज भी तुम दुखी हो जाते हो और तुम्हारे जैसे पति को छोड़कर जलि..."

"वह सब रहने दो न। शायद एक पति के रूप में मेरे अन्दर ही कोई कमी थी।"

"वह सब हम जानते हैं।"

एक पति के रूप में अभ्र कैसा था यह बात चौधरी कैसे जानता है? क्या पुलिस वालों को ऐसी बातों का पता रखना होता है?

"तुम अपनी पैसे रख लो।"

अभ्र ने दो दिन पहले उधार लिए पैसे चौधरी के सामने रख दिये। चौधरी अपने धुन में बोलता जा रहा था, "वाह रे पट्ठे! तूने तो अपनी जिन्दगी बिना औरत के ही काट दी! यह भी, क्या कहते हैं..."

"पहले ये पैसे रख लो।"

चौधरी ने पैसे उठाकर जेब के हवाले किये और बोला, "कई दिनों से रमोला तुम्हारे बारे में सोच रही है, और लगभग रोज मुझसे तुम्हारी चर्चा करती है। तुमने उस दिन कुछ खाया ही नहीं।"

"कहा न, किसी दिन खा लूँगा।"

"पर कल रात क्या कारण था?"

"तुम तो जानते हो, मैं जिस इलाके में रहता हूँ..."

"हाँ-हाँ, मुझे पता है। वह राबर का इलाका है।"

"तुम पुलिस वालों भी अगर भिन्न-भिन्न इलाकों पर गुंडों के कब्जे को मान लो तो पब्लिक भला किसके पास जाए?"

चौधरी का मुँह टेढ़ा हो गया। वह बोला, "क्या करूँ भाई, यह तो सिस्टम का दोष है। चारों ओर गोलमाल है। पुलिस क्या करेगी? अगर हम राबर को पकड़ लें तो फटाफट फोन पर धमकी आने लगती है। उसने अपने विरोधियों का पत्ता साफ कर दिया है। सुना है नेपू और फटके जैसे दो-एक गुंडे अभी भी बचे हुए हैं। राबर बहुत तगड़ा लौंडा है। वह उन सभी को पार लगा देगा।"

चौधरी का स्वर ऐसा था जैसे वह किसी गुंडे का नहीं, बल्कि किसी मेधावी छात्र का वर्णन कर रहा हो।

"क्या पता चौधरी, मैं उन लोगों के नाम-ग्राम नहीं जानता।"

"नेपू और फटके, कब तक बचेंगे? उस इलाके का पुलिस ऑफिसर बड़ा जबरदस्त है। आज नहीं, तो कल, वह उन्हें घर लेगा। हमारी मुश्किल क्या है जानते हो, अगर तुम पता करो, तो तम्हें मालूम होगा कि पढ़े-लिखे भद्र लोग इन गुंडों को बचा रहे हैं। अब तुम्हीं बताओ ऐसे में पुलिस क्या कर सकती है? अगर समाज ही समाजविरोधियों को प्रश्रय दे तो..."

"उन्हें पकड़ लेना चाहिए।"

"तुमने ठीक ही कहा।"

"पुलिस राबर को क्यों नहीं पकड़ रही है?"

"पकड़ेगी, पकड़ेगी। गुंडे जितनी जल्दी उठते हैं उतनी ही जल्दी गिरते भी हैं। मेरे हाथ में पूरा अधिकार दे दो, मैं एक दिन में इन गुंडों का सफाया करके छोड़ दूँगा।"

"क्या मतलब?"

"मतलब साफ है। देश के बड़े-बड़े लोग जब सुबह-शाम देशी और विदेशी नोटों का नाश्ता कर रहे हैं तो पुलिस किसे पकड़े? किसे गुंडा कहे और किसे भद्र आदमी? देश की व्यवस्था बदल दो तो हम भी अपने हाथ दिखाएँ।"

"देश की व्यवस्था कौन बदलेगा?"

"इसके लिए किसी देवता को अवतार लेना पड़ेगा। देखो, पुलिस को तो सभी गाली देने वाले हैं; पर यह कोई नहीं देखता कि हमारे काम करने के रास्ते में कितने रोड़े हैं, कितनी असुविधाएँ हैं?"

"हमें पता चलेगा तभी तो हम दूसरों को बताएँगे।"

"नहीं, नहीं। अखबार में लिखने से नहीं होगा।"

"तो पब्लिक किस तरह जानेगी?"

"सिनेमा के द्वारा। अगर पुलिस को जनता से सहानुभूति रखने वाले नायक के रूप में पेश किया जाए तो काम होगा।"

"मैं तो सिनेमा का निदेशक नहीं हूँ।"

"अगर बनना चाहो तो पैसों की जिम्मेदारी लेने को मैं तैयार हूँ।"

"पागल हुए हो क्या?"

"बांका शशि को मैंने इतना समझाया..."

"यह बांका शशि कौन है?"

"अरे भाई जिस आदमी ने 'कबूतर की भूख' नामक फिल्म बनाई थी, अरे वही जिसमें यह गाना है,—कबूतर रे कबूतर! क्यों तू आकाश में। इस गाने का सुर मैंने ही उन्हें बताया था।"

"मैंने यह फिल्म नहीं देखी।"

"उस फिल्म के लिए पैसों का जुगाड़ मैंने किया था। बांका शशि ने मुझे वचन दिया था कि अपनी फिल्म में वह जनता के साथ सहानुभूति रखने वाले पुलिस अधिकारी को नायक बनाएगा। पर साले ने कुछ नहीं किया।"

"अब वैसी फिल्म बनाने से भी कुछ नहीं होगा।"

"होगा रे भाई, होगा, वैसी फिल्में बनें तो। अभी तो लोग 'अर्द्धसत्य' और 'आक्रोश' जैसी फिल्में देखते हैं, जिनमें पुलिस को बुरा बताया गया होता है।"

आज 'अर्द्धसत्य', 'आक्रोश' और 'दामुल' जैसी कितनी ही फिल्में बनती हैं, किन्तु जहाँ हरिजनों को जलाया जाता है, कृष्णा सिंह जैसे लोग मारे जाते हैं, या जहाँ गरीब किसान आन्दोलन करते हैं उन जगहों पर ये सब फिल्में नहीं दिखाई जातीं। जिन लोगों के जीवन में पुलिस लॉकअप में युवक की हत्या एक

सचाई के रूप में स्थापित है, जिनके लिए 'आक्रोश' का आदिवासी नायक सचाई है, उनके लिए दूसरी फिल्में हैं।

'अर्द्धसत्य' और 'आक्रोश' जैसी फिल्में शहरों के लिए हैं, दिल्ली के लिए हैं, दूरदर्शन के लिए हैं और स्वदेश तथा विदेश में अपना डंका पिटवाने के लिए हैं।"

"चौधरी, तुम छुट्टी ले लो। फिर तुम खुद ही वैसी फिल्म बनाओ। कहानी, संवाद, संगीत, फोटोग्राफी और निर्देशन सभी तुम खुद करो।"

"मजाक नहीं अभ्र, अगर मैं चाहूँ तो कर सकता हूँ। करके दिखा सकता हूँ।"

"मैं तो कह रहा हूँ कि तुम करो। हम पत्रकार लोग बकवास करते हैं, यही न?"

"नहीं, पर तुम्हारा कोई उत्तरदायित्व नहीं होता?"

"शायद होता है चौधरी। वरना पुलिस के मर्म पर प्रहार कैसे करता है पत्रकार?"

"हाँ, यह तो मानता हूँ। पर तुम लोग बचाकर हमला करते हो। अगर तुम पूरी तरह पुलिस का कच्चा चिट्ठा खोल दो तो उसमें बहुत से दूसरे बड़े लोग भी फँस जाएँगे। ऐसा खतरनाक काम करने का अखबारों का इरादा नहीं होता। वर्तमान व्यवस्था में ऐसा नहीं होता। और यह सोचना भी ठीक नहीं होगा कि भविष्य में कभी होगा। तो फिर ज्यादा हाथ-पाँव फेंकने का मतलब क्या है?"

"शायद तुम ठीक कहते हो।"

"मैं तो ठीक ही कहता हूँ। तुम तो सोलह आने नंगा करके दिखाना चाहते हो। पर तुम्हें ऐसा करने कौन देगा?"

"चारों ओर अजीब स्थिति हो रही है।"

"यह स्थिति तो बुरी नहीं है। बहुत अच्छे ढंग से चल रही है। उधर तुम खुश इधर मैं खुश। रिटायर होने के बाद मैं इस गाने की अच्छी-अच्छी तरह प्रैक्टिस करूँगा।"

"तुम्हें तो सुविधा है, रिटायर होकर कोई सिक्योरटी सर्विस खोल लोगे।"

"नहीं भाई, मैं इन सब झमेलों में नहीं पड़ूँगा।"

"अभ्र ने मन-ही-मन सोचा—तो फिर चौधरी महाशय, सानी दत्त की सिक्योरटी एजेंसी असल में किसकी है? किसके पास एक से अधिक मकान और मोटर गैरेज हैं? मगर ये सब बातें करने का फायदा क्या है?"

"खैर छोड़ो। कोई और बात करो, तुम जानते हो मैं क्या सोच रहा हूँ? रिटायर तो होना ही है। पर रिटायर होकर मैं अगर कोई ऐसा काम कर पाता जिससे लोग मेरे बारे में स्टोरी करते, तो डिपार्टमेंट में मेरी इज्जत बढ़ती और मुझे भी सन्तोष होता।"

"इस मामले में मैं तुम्हारी सहायता कर सकता हूँ।"

"कैसे? कैसे?"

"एक काम मिला है।"

"अंग्रेजी में लिखोगे न?"

"हाँ, अंग्रेजी में ही तो लिखता हूँ।"

वैसे चौधरी बांग्ला भाषा का बड़ा प्रेमी है। पर अपनी प्रशंसा सुनने के लिए उसे अंग्रेजी भाषा का सहारा चाहिए।

"तुम तो जानते ही हो, अंग्रेजी अखिल भारतीय भाषा है। इसमें लिखने से पूरे भारत में लोग जान जाते हैं। अच्छा, एक बात बताओ, क्या तुम्हें बहुत पैसे मिलते हैं?"

"बस चल जाता है।"

"पैसों का क्या करते हो?"

"जो बचते है उन्हें लड़की के लिए जमा करता हूँ।"

"केवल यही नहीं, मैं जानता हूँ कि तुम अपने पैसे मित्रों को देते हो, परोपकार में लगाते हो।"

"नहीं, ऐसी बात तो नहीं है।"

"अरे भाई, मुझे सब पता है। आज भी तुम यूनियन को..."

अभ्र ने सोचा क्या चौधरी जानबूझकर उल्टी-सुल्टी बातें कर रहा है? वह विनयेश की मदद करता है। विनयेश आज भी राजनीति करता है। एक छोटा अखबार निकालता है। कभी वह एक अच्छी-खासी नौकरी करता था। इस समय उसकी हालत खस्ता है, पैरों में घिसी हुई चप्पलें, पाजामे के पाँयचे

फटे हुए और चश्मे का काँच टूटा हुआ। वह अपने बेटे और नौकरीपेशा पत्नी को जरा भी परेशान नहीं करता। विनयेश अभ्र से केवल पाँच साल बड़ा है। रहता कहाँ है, यह भी नहीं बताता, बीच-बीच में आता है, अभ्र को कई तरह के कागज-पत्र दे जाता है और पैसे ले जाता है। सभी से पैसे भी नहीं लेता।

सुविनय को मदद देने की कोई जरूरत ही नहीं है। वह उद्योग कार्यालय से ऋण लेकर जो कारखाना बाँकुड़ा में खोले हुए है, उसमें तरह-तरह के पीतल के रिंग बनते हैं।

तो क्या चौधरी ने जानबूझकर ऐसी बातें की हैं?

"अच्छा सुनो, मैं एक काम के लिए आया हूँ।"

"फिर ड्रग्स?"

"नहीं, ब्ल्यू फिल्म्स।"

"ब्ल्यू फिल्म्स। पोर्नो।"

चौधरी की आँखों में जैसे कुहरा उतराने लगा। माथा सिकोड़े वह कुछ सोचता रहा। फिर बोला, "तुम मेरी मदद चाहते हो?"

"तुम मदद करोगे?"

"मेरा नाम रहेगा?"

"तुम अगर कहोगे तो रहेगा।"

चौधरी ने टेबल पर जोरदार घूँसा मारा। कागज, छोटी डायरी, राखदानी, डॉटपेन सब उछल पड़े। दीवार पर टँगे कैलेंडर में से बंगाली जाति के जनक स्निग्ध आँखों से देख रहे थे। एक पेंसिल लुढ़कते-लुढ़कते नीचे गिर पड़ी। कोई शब्द नहीं हुआ, क्योंकि नीचे कारपेट बिछी थी।

"ठीक है, मैं तुम्हारी मदद करूँगा। मुझे फिल्में चाहिए। मेरे साथ तुम एक इंटरव्यू बाक्स बनाकर छाप सकते हो? साला सेन समझता है कि अकेले उसी की लाइन है। मुझे कोई पूछने वाला नहीं है।"

"मगर मुझे थोड़ी जल्दी है।"

"कलकत्ते के ऊपर स्टोरी करोगे या आसपास के इलाकों पर भी?"

"पूरे पश्चिम बंगाल पर।"

"एक बात ध्यान में रखना, इस आपरेशन में बहुत-सी गर्दनें कटेंगी।"

"हाँ, कटेंगी तो।"

"तुम्हारा अपना सिर बचेगा न?"

"अभी तो बचा हुआ है।"

"मुझसे क्या चाहते हो?"

"कुछ सूत्र चाहिए। मैं अन्धेरी बन्द गली में क्यों भटकूँ? तुम तो मेरी मदद करने को हो ही।"

"जरूर। मैं ब्ल्यू फिल्मों के खिलाफ हूँ।"

"पर कुछ दिन पहले मैंने अखबार में देखा था कि ब्ल्यू फिल्म के कुछ कारोबारी पकड़े गए थे, मगर फिर भी छोड़ दिये गए।"

चौधरी का गला खीर की तरह मीठा और ठंडा हो गया।

"अरे तुम जानते हो उनका बेल किसने लिया? वारीन दा ने। वारीन दा को तो जानते ही हो। हमेशा से परोपकारी जीव हैं। इतने बड़े क्रिमिनल एडवोकेट हैं, पर अगर कोई आकर उनके सामने रो पड़े तो वे गल जाते हैं। उनमें से किसी ने निश्चय ही चालाकी करके वारीन दा से बेल के लिए अर्जी दिलवा दी थी।"

"पर अपराधी तो फंदे से निकल गए।"

"अरे भाई! वे लोग तो फिल्म बनाते नहीं, वे लोग विदेशों में तैयार चोरी से यहाँ लाए गए कैसेट खरीदते हैं, इस तरह के कैसेट आजकल तुम घर-घर में पाओगे। इसके अलावा मुझे पता है कि उन्हें वारीन दा के पास रजत बाबू ले गए थे। रजत बाबू जैसे राजनीतिज्ञ का कहा भला वारीन दा कैसे टाल सकते थे?"

"रजत बाबू ने ऐसा क्यों किया? छिः-छिः।"

"अरे भाई! यह सब तो आसपास उपनगरों में भी चल रहा है। इन्हें कितनी सुविधा है। गाँव-हाटों में किराये पर जेनेरेटर लेकर जमीन पर बिठाकर दिखाते हैं, यह है बिजनेस। एक रुपया लगाओ तो एक सौ रुपया आराम से आ जाएगा।"

"तुम लोग उन्हें पकड़ते क्यों नहीं?"

"पकड़ना तो चाहिए...पर...आदमी अगर थोड़ा सेक्स, थोड़ा मनोरजंन करता है तो...तुम तो जानते ही हो, लोग कितने टेंशन में रहते हैं।"

"तो क्या तुम ब्ल्यू फिल्मों का समर्थन कर रहे हो?"

"नेवर-नेवर। अगर तुम कलकत्ता पर केन्द्रित करो तो मैं तुम्हें लिस्ट दे सकता हूँ।"

"मुझे बहुत जल्दी है।"

"मैं तुम्हारे घर दे आऊँगा।"

"अगर देर हुई तो?"

"अभ्र, विश्वास करो, पर एक बात याद रखना ब्ल्यू फिल्मों को लेकर खोज शुरू करोगे तो उसके साथ ड्रग्स आएगा ही। ड्रग्स अगर आता है तो उसमें मेरी ही भलाई है।"

"हाँ, चौधरी। इसे लिखने के लिए मैं परिश्रम करना चाहता हूँ। इस पाप का उच्छेद तो मैं कर नहीं पाऊँगा, कितने लोग मेरा लेख पढ़ेंगे यह भी मैं जानता हूँ। फिर भी अगर जनमत तैयार हो, कम-से-कम लोग जानें, तो भी मैं मानूँगा कि कुछ काम हुआ।"

"एक आदमी का नाम तो अभी बताए दे रहा हूँ। मंटू पाल। पता...यह आदमी हरदम ब्ल्यू फिल्म खरीदता है। जो माल यह खरीदता है वह विदेशी नहीं है। कहाँ से खरीदता है, यह मैं पकड़ नहीं पाया हूँ।"

"क्या वह फिल्म दिखाता नहीं?"

"खूब दिखाता है। मंटू बहुत ऊँची चीज है। अपना बहुत बड़ा मकान है। उसके दादा उस घर में कांग्रेसी राजनीति की सभाएँ करते थे। उसका बाप समाजकल्याण की सभाएँ करता था और मंटू पोर्नो दिखाता है। उसने मकान को ऐसे बदल दिया है कि क्या कर रहा है, इसका पता ही नहीं चलता।"

"क्या करता है वह?"

चौधरी जिस समय ये बातें कर रहा था उसका चेहरा देखकर जाना जा सकता था कि वह इसमें खूब आनन्द ले रहा है।

"खरीदार आते हैं, औरतें भी तैयार रहती हैं। सब ड्रग्स लेते हैं, और धीरे-धीरे सभी डनलप-पिलो के कारपेट पर लेट जाते हैं। छत की सीलिंग पर पर्दा लगा हुआ है, जिस पर ब्ल्यू फिल्म चल रही होती है। उसे देखते-देखते, ड्रग्स से माते हुए स्त्री-पुरुष..."

"इस शहर में?"

"इसी शहर में।"

"उसे तुमने पकड़ा नहीं?"

"पकड़ना तो चाहता था पर वहाँ ऐसे लोग जाते हैं...उसका खूँटा इतना तगड़ा है कि मैं स्वीकार करता हूँ, मेरी हिम्मत नहीं होती। पर तुम अगर वहाँ जाओ तो मैं तुम्हारी मदद से, तुम्हारे बहाने से उन्हें पकड़ सकता हूँ...।"

"उन सब फिल्मों में क्या विदेशी माल चलता है?"

इसका उत्तर मत सुनना, अभ्र। अभी ही तुम्हारी छाती में हथौड़े पड़ रहे हैं। तुम इसका उत्तर मत सुनो।

"नहीं भाई, ये फिल्में कलकत्ते में खींची जा रही हैं। लाखों रुपयों का कारोबार है। कम उम्र के लड़के-लड़कियों को लेकर बनाई गई इन फिल्मों की बहुत माँग है।"

"कितनी कम उम्र के?"

पापा। फूल वाले केड्स जूते चाहिए...पापा! आज मुझे चिड़ियाखाना दिखाओगे? पापा! यह तस्वीर मेरी कॉपी में बना दोगे...

"बहुत ही कम उम्र के। चौदह से सोलह तक की यह उम्र बहुत गर्मागर्म होती है।"

"ये सब लड़कियाँ कौन हैं?"

"तुम्हारे-हमारे घर की लड़कियाँ हैं। बड़े घरों की लड़कियाँ। स्कूल में ही ड्रग्स लेने की आदत पड़ जाती है। उसके बाद उनसे कुछ भी कराया जा सकता है। उनके साथ कुछ भी किया जा सकता है।"

"इसी कलकत्ता में!"

मत बोलो चौधरी, और मत बोलो। यह वही कलकत्ता है जो जुलूसों का नगर, प्रतिवाद का नगर था! आज भी कलकत्ते में कॉलेज स्ट्रीट है, कॉफी हाउस है। कलकत्ते में कभी आन्दोलनकारी जुलूसों पर पुलिस गोली चलाती थी।

कलकत्ता! अभ्र और उसके हमउम्र लोगों का कलकत्ता!

इसी शहर में एक समय अद्वैत मल्लवर्मन कहीं किसी कमरे में बैठकर अपने फेफड़ों में यक्ष्मा के कीटाणु लेकर तितास नदी की कहानी लिख रहे थे।

इसी शहर में कितने ही तरुण-तरुणियों ने प्रेम में विभोर होकर साथ-साथ इस शहर की परिक्रमा की होगी। इसी शहर में एक समय डलहौजी में पलाश के फूल खिलते थे, इस शहर ने जैसे एक रात ऋत्विक के चेहरे पर सफेद चादर डाली गई थी उसी प्रकार इसी शहर में ही यादवपुर विश्वविद्यालय में एक पलाश का पेड़ जड़ से उखड़कर गिर पड़ने पर भी मरा नहीं, जमीन पर पड़ा-पड़ा वह अभी जीवित है और उसमें फूल खिलते हैं। इस शहर की गलियों-सड़कों पर सत्तर के दशक का क्रान्तिकारी इतिहास लिखा हुआ है। यह शहर आज भी आँचल बिछाये बाहर से आने वाले कितने ही लोगों को आश्रय देता है। ये शहर किसी भिखारी, कंगाली या गरीब को ठेलकर बाहर नहीं करता।

उसी शहर के बारे में चौधरी क्या कह रहा है?

"अभ्र! यह कारोबार मैं बन्द करना चाहता हूँ। कोई वयस्क औरत यह सब करती है तो वह जानती है कि वह क्या कर रही है, पर ये छोटी-छोटी बच्चियाँ...तुमने जवा काउल नाम की लड़की का फोटो देखा था? अखबार में छपा था? छत से कूदकर उसने...ओह! फूल जैसी सुन्दर थी वह। अभ्र, मुर्दे देख-देखकर मैं पत्थर हो गया हूँ। मुझ पर इनका कोई असर नहीं होता। खून, आत्महत्या, रोज ही होते रहते हैं। पर जवा की लाश देखकर मेरा मन भी हिल गया था। लगा था जैसे किसी ने एक सुन्दर-सी गुड़िया को जूते तले रौंद दिया है।"

"उसने आत्महत्या की थी?"

"निश्चय, पर परीक्षा में फेल होकर उसने आत्महत्या नहीं की थी।"

"तो फिर?"

"उसके बाप के पास जवा की जघन्य तस्वीरें और साथ में ब्लैकमेल करने के लिए चिट्ठी आई थी। वह चिट्ठी कोई उनके लेटरबाक्स में हाथ से डाल गया था, वह भी ऑफिस के लेटरबाक्स में।"

"उसके माँ-बाप...?"

"जवा को पता चला तो वह छत पर चढ़ गई और नीचे कूद पड़ी। उसके पिता को ऑफिस में ही हार्ट अटैक हुआ। अब वह पक्षाघात से जिन्दा ही मुर्दे की तरह पड़े हुए हैं। माँ कहती है, लड़की को तो वापस पाऊँगी नहीं, रिस्क लेकर झंझट करने से फायदा क्या? इस मामले में कुछ भी पता नहीं लगा।"

"उनका पता मुझे दोगे?"

"दे सकता हूँ, पर फायदा कुछ नहीं है। वे डाग शो करती थीं, कुत्तों की देखभाल में इतनी रम गईं कि बेटी की ओर ध्यान नहीं दे पाईं। अब तो वे जलकर राख हुई बैठी हैं। पति बीमार हैं, एक और लड़की है...।"

"कितना दुर्भाग्यपूर्ण है!"

"मैंने कितना कहा कि आप जो जानती हैं वह बताइए। आपकी जवा तो गई, पर दूसरी जवाओं की बात तो सोचिए। पर वे केवल यह कहती थीं कि नहीं, नहीं वे भयंकर लोग हैं। मुझे मालूम है कि जवा के पिता जितने निर्दोष हैं, माँ उतनी नहीं है। माँ को कुछ मालूम है। मुमकिन है कि उन्हें ब्ल्यू फिल्म का पता न हो, पर यह तो पता होगा ही कि लड़की कहाँ जाती है और किन लोगों के साथ मिलती-जुलती है।"

"मंटू पाल क्या ऐसे ही बच्चे-बच्चियों को लेकर फिल्म बनाता है?"

"मंटू बड़ा झंटू माल है, जवा की मृत्यु के बाद मैं जब उसके यहाँ गया तो उसने मुझे लस्सी पिलाई, और फर्श पर चित लिटाकर अंग्रेजी फिल्म 'ब्रिज ऑन द रिबर क्वाई' दिखाई। मैंने उससे पूछा कि चित लेटकर फिल्म देखने का क्या तुक है तो उसने बताया, कि शवासन में देखने से अच्छा रहता है।"

"सूअर का बच्चा है।"

"भाई अभ्र, वहाँ जाकर अच्छी पिक्चरें देखने की गवाही देने वाले बहुत से लोग हैं, पर जो ब्ल्यू फिल्में देखते हैं, वे भला अपना मुँह खोलेंगे?"

"यह भी एक चक्कर है।"

"चक्र नहीं दुष्चक्र। ये गुंडों से भी भयानक हैं। तुम कोई खतरा मोल न लेना। मुझे बताना।"

"अच्छा चौधरी अब उठता हूँ।"

"इस समय ऑफिस की भीड़ में भला कोई निकल सकता है? चलो, तुम्हें छोड़ देता हूँ।"

"मैं चला जाता। तुम क्यों परेशान होते हो?"

"चलो न! थोड़ा गंगा के किनारे घूमेंगे। मैदान, विक्टोरिया देखेंगे वहाँ जीती-जागती ब्ल्यू फिल्में चल रही होंगी। अरे, तुम्हें ठंड नहीं लगती?"

"मुझे ठंड वाकई नहीं लगती। दिन में कई बार नहाता हूँ। रात में सोता भी कम ही हूँ।"

"तुम बड़े प्रणम्य व्यक्ति हो। जरा इधर-उधर देखते चलो, कपोत-कपोतियों का भी कोई अन्त नहीं। और उन्हें तंग करके पैसे कमाने वालों का भी कोई अन्त नहीं।"

"थोड़ी-सी निरापद निर्जनता भी नहीं मिलती, जहाँ मनुष्य आकर शान्ति से दो पल बैठ सके।"

"निर्जनता की भी तुमने खूब चलाई। पेड़ काटकर पार्कों और मैदानों की हत्या कर दी गई है।"

"क्यों?"

"व्यवसाय, जीविका के लिए संघर्ष। बहुत-सी घरेलू स्त्रियाँ, लड़कियाँ और छात्राएँ अपनी देह से रोजगार करती हैं। जनता जीवन-रक्षा के लिए लड़ाई कर रही है। मैं कौन हूँ, इस महान लड़ाई में बाधा देने वाला? और क्यों दूँ? देखता हूँ इधर पंडाल में 'हम होंगे कामयाब' का गीत चल रहा है, पुलिस भीड़ लगाए खड़ी है, उधर पीछे के मकान में देह का कारोबार चल रहा है।"

"सच।"

"विक्टोरिया में देखते नहीं। कितनी गाड़ियाँ आती हैं और सफेदपोश बाबू लोग..."

"कलकत्ता के दोनों कान कट गए हैं।"

"हम सबने मिलकर यह काम किया है। अकेले पुलिस को दोष देने से कुछ नहीं होगा।"

"हाँ, कलकत्ता एक बूढ़ी असहाय स्त्री की तरह है। इसे नंगी करके डाल दिया गया है। असहाय कलकत्ता पड़ी हुई है और लगातार उसका घर्षण हो रहा है।"

चौधरी गाड़ी चलाते-चलाते बोलता जा रहा है, "तुम्हारी रिपोर्ट की बात जितना ही सोचता हूँ उतना ही रमोला की बातें याद आती हैं। कहती है, 'खट-खट के मर रहे हो। तुम्हें कोई स्वीकृति मिल रही है? मुझे बहुत दुख होता है।'"

"गाड़ी रोको। मेरा घर आ गया।"

"मकान तो अच्छा है, मगर श्मशान की गन्ध यह परिवेश..."

"मैंने अपनी अन्तिम यात्रा को संक्षिप्त कर लिया है।"

"क्या बात करते हो? आजकल आदमी बहुत दिन जीता है, निश्चय ही तुम काफी दिन जियोगे।"

चौधरी चला गया। अब अभ्र को शान्ति है। गहरी शान्ति। अब वह कुछ पल अकेले बिताएगा।

सेंउती रे! तू बस जिन्दा मिल जा मुझे तो मैं समझँगा कि कुछ नहीं हुआ। जैसे भी हो मैं तुझे ढूँढ़ निकालूँगा।

दरवाजे पर दस्तक देते ही कुमुद ने दरवाजा खोला।

नौ

कुमुद को देखकर अभ्र की देह में आग लग गई। उसे तो यहाँ से चले जाना था। वह यहाँ अभी तक क्यों बैठा है?

"तुम गए नहीं?"

उत्तर दिया मणि दा ने, "बताता हूँ, बताता हूँ, उसका कारण है। पहले तुम जलि को फोन करो।"

"उसने फोन किया था?"

"एक बार नहीं, तीन-तीन बार।"

"अच्छा, करता हूँ। थोड़ा पानी पी लूँ।"

"कुछ खाया था?"

"थोड़ा-बहुत।"

"भूख लगी होगी?"

"बहुत।"

पानी पीते-पीते अभ्र ने जलि को फोन किया, फोन जल्दी ही मिल गया।

"जलि, मैं अभ्र बोल रहा हूँ।"

"क्या मामला है? कोई फोन नहीं, कोई संवाद नहीं, मैं तुम्हारे फोन के लिए इन्तजार करती हुई बैठी हूँ...अभ्र, तुम मुझे बड़ी सजा दे रहे हो। मुझसे अब बरदाश्त नहीं होता।"

"ऐसा करने से तो लड़की लौट नहीं आएगी। मैं सारा दिन काम करता रहा हूँ। काफी खबरें इकट्ठी की हैं। यह मामला बड़ा ही गन्दा और बड़ा ही रहस्यमय है।"

"तुम अभी आओ।"

"इस समय माफ करो, जलि। सारा दिन दौड़ते-भागते बीता है। अभी-अभी लौटा हूँ। थोड़ी देर बाद आऊँगा।"

"क्या आज की रात तुम यहाँ रुकोगे?"

इतने दिनों बाद जलि की ऐसी करुण और हताश आवाज सुनाई पड़ी है। जिसने कभी अभ्र को आदमी ही नहीं समझा, वही जलि आज उसे क्यों इतनी व्यग्रता से ढूँढ़ रही है?

"जलि, क्या रात में वहाँ ठहरने वाला कोई नहीं है?"

"रूपा यहाँ रात को रहती है।"

"ठीक है, मैं रुकूँगा नहीं पर आऊँगा।"

"क्या एक दिन भी तुम यहाँ नहीं रुक सकते? लड़की के लिए मैं पागल हुई जा रही हूँ।"

"वहाँ एक रात रुकने में मुझे कोई एतराज नहीं है, पर जरूरी फोन तो यहीं आएँगे।"

"फोन तो मेरे पास भी है।"

"नहीं। मैं नहीं चाहता कि कोई वहाँ फोन करे। मैं नहीं चाहता कि तुम्हारा या सेंउती का नाम बदनाम हो। तुमको बदनामी से बचाना होगा।"

"ठीक है,...तो फिर आना...शटअप।...नहीं, तुमको नहीं, कुत्ते को डाँट रही हूँ।"

"फोन रख रहा हूँ। पहले नींद की गोली लो, फिर खाना खा लो तुम्हारे लिए सोना जरूरी है। माथा ठंडा रखना होगा। हिस्टिरिक होने ही जरूरत नहीं है। जो होना था हो चुका है। अब इस समस्या का समाधान करना है हमें। तुम इस तरह टूटोगी तो काम कैसे चलेगा?"

"मैं माँ हूँ, अभ्र...माँ का मन...तुम नहीं समझोगे।"

"बाप का मन भी बहुत व्यग्र है, जलि।"

अभ्र ने फोन रख दिया। बाहर मणि दा अपनी चिर-परिचित कुर्सी पर बैठे थे।

"और किसी का फोन आया था?"

"और किसी का फोन नहीं आया था।"

"मणि दा, कुमुद अभी गया क्यों नहीं?"

"आज उसने तनख्वाह उठाई है। कल सवेरे चला जाएगा। एक दिन की तो बात है।"

"यहाँ लौटकर वह नहीं आएगा। इलाके की हालत बहुत खराब है। मैं जो सुनकर आ रहा हूँ उससे तो..."

अचानक कुमुद अभ्र के पाँव पकड़कर फूट-फूटकर रो पड़ा।

"दादा, अपराध हो गया। तुमने और बाबू ने इतने दिनों से मुझे अपने सीने से लगाकर रखा और मैंने पता नहीं किस बेवकूफी में यह अपराध कर डाला। मैं पछतावे की आग में जल रहा हूँ। मेरे पाप का कोई प्रायश्चित्त नहीं है।"

"यह बात तुम्हारी समझ में आ गई?"

"इसीलिए तो दिन-रात पछतावे की आग में जल रहा हूँ।"

"मुझसे माफी माँगने की जरूरत नहीं है। माफी ही माँगनी है तो मणि दा से माँगो, इस आदमी ने तुम लोगों के लिए जो कुछ किया है..."

"वही नेपू..."

"तुम जितने दिन रहोगे यह मकान टारगेट बना रहेगा। मणि दा का जीवन संकट में डाल दिया तुमने।"

"नहीं बाबू, मैं चला जाऊँगा।"

"तुम जाकर कुछ दिन अपने गाँव चुपचाप पड़े रहो।"

"ठीक है, वही करूँगा।"

"लौट कर आना तो बुरी संगत मत करना।"

"नहीं बाबू, आऊँगा तो भी आप लोगों को मुँह दिखाने नहीं आऊँगा। मैं समझता हूँ, मैं आप लोगों के साथ रहने योग्य नहीं हूँ। हमारे ऑफिस का

किशन मंडल है, उसी के साथ रहूँगा। किशन का बेटा विदेश में है। वह अपनी बहू के साथ रहता है। पर आप लोगों से मिले बिना..."

"धत् तेरे पागल की! बाद में आकर कभी मिल लेना।"

"अच्छा बाबू।"

कुमुद चला गया।

"अभ्र लगता है तुम्हें अभी निकलना है?"

"हाँ मणि दा, पर बिना कुछ खाए नहीं।"

"ठीक है, खाना खा लो। कुमुद का जैसे आज दूसरा जन्म हुआ है। उसने पराँठे बनाए हैं। खा लो।"

"गुड़ है?"

"हाँ, है।"

"पहले नहा लूँ।"

"लौटोगे कब?"

"यही कोई साढ़े नौ बजे तक।"

"ठीक है। एक साथ खाएँगे।"

"आज क्या खरीदा?"

"आज दिन में बहू ने मछली भेजी थी। रात में झींगे की भुजिया बनी है, मसूर की दाल और करेले की सब्जी।"

"फर्स्ट क्लास!"

अभ्र ने पहले स्नान किया, फिर दो-चार पराँठे फटाफट खा लिये, साथ में थोड़े पैसे लिये। टैक्सी से ही जाएगा। खर्चे की अब उसे चिन्ता नहीं थी। बेटी के लिए पैसे जमा कर रहा था। जब उसका ही जीवन संकट में हो तो फिर पैसे किस काम आएँगे?

"अच्छा मणि दा, चलता हूँ।"

"सावधानी से जाना। और समय से लौट आना।"

"क्या बात है?"

"आज ऐक्शन होगा।"

"कौन करेगा?"

"फटके को रॉबर उठा ले गया है। इसीलिए बच्चन ऐक्शन करते-करते बाहर निकलेगा। लगता है उसके साथ और कोई भी होगा।"

"आपको कैसे पता चला?"

"बहुत जोर की अफवाह है।"

"ठीक है। मैं वक्त से आ जाऊँगा।"

"शीतला गली से मत आना।"

"नहीं-नहीं, मैं सड़क की ओर से आऊँगा।"

अभ्र निकल पड़ा।

उसे एक बात पर बड़ा आश्चर्य हो रहा था। पिछले कुछ दिनों से उसका फोन लगातार ठीक चल रहा था। कलकत्ता टेलीफोन कितना अच्छा बच्चा हो गया है।

जल्दी ही अभ्र को टैक्सी मिल गई।

जलि उस दिन बाघिन नहीं रह गई थी। बुरी तरह रो-रोकर वह थक गई थी और आशंका से चूर-चूर हो उठी थी। मेकअपहीन मोटी-सोटी जलि उस समय अत्यन्त कुत्सित लग रही थी। अपनी उम्र से भी ज्यादा बूढ़ी और पराजित।

रूपा बहुत साफ-सुथरी, पतली-दुबली और कर्मठ थी। उसे देखकर अभ्र को भरोसा हुआ कि जरूरत पड़ने पर वह स्थिति सँभाल लेगी।

"तुम लोगों ने खाना खा लिया है?"

"हाँ।"

"दवा ली है?"

"हाँ। तुम बताओ क्या खबर लाए हो?"

"कमरे में चलो।"

"रूपा के सामने बोलो। यह तो सब कुछ जानती है।"

"ठीक है।"

"अच्छा चलो, सेंउती के कमरे में चलते हैं।"

"उस कमरे में?"

"चलो, आज मैंने उसे ठीक-ठाक कर दिया है। उसे ठीक-ठाक सजाने के बाद अचानक लगा सेंउती अब नहीं है।" और जलि रोने लगी।

"रोओ मत। सेंउती जिन्दा है। मेरा विश्वास करो।"

आज यह घर साफ-सुथरा था। सभी चीजें सहेजकर रखी हुई थीं और चमक रही थीं। खिड़कियाँ खुली हुई थीं। टेबल पर रखी हुई चीजें हटा दी गई थीं। कैसेटों को एक किनारे रख दिया गया था और कपड़ों के ढेर गायब थे। सेंउती की जो बड़ी-सी तस्वीर टँगी हुई थी उस पर धूल नहीं थी।

वे दोनों बैठे।

"बोलो।"

"पहले यह बताओ कि क्या सेंउती जवा काउल को जानती थी? तुम्हें कुछ याद आ रहा है?"

"उसके साथ पढ़ती थी।"

"उसके साथ ही पढ़ती थी?"

"हाँ, कितनी बार यहाँ आई है।"

"क्या वह भी मैड ग्रुप में थी?"

"नहीं, सिर्फ जाती थी।"

"ओफ!"

"उसके विषय में तुम्हें क्या पता चला है?"

"बताता हूँ..."

अभ्र सोचने लगा जलि सारे मामले को कैसे लेगी? इस धक्के को बरदाश्त भी कर पाएगी या नहीं? अभ्र इस बारे में बहुत कम जानता है। यह जलि पुराने दिनों की मंजुलि नहीं है।

बेचारी जलि! हमेशा काँच के घर में रहती रही। उसकी दुनिया में कुत्ते की छलाँग से चीनी मिट्टी के फूलदानी टूट जाने या कमोड का फ्लश खराब हो जाने या फोन बिगड़ जाने या रास्ते में कार रुक जाने जैसी घटनाओं से बड़ी कोई दुर्घटना नहीं हुई थी।

आम लोगों की तरह उसे नहीं मालूम कि अस्पताल में अपने बीमार के लिए बेड न पाने, घंटों लाइन में खड़े रहने के बाद राशन न पाने, पानी की

टूटी में से पानी न गिरने, बच्चे को स्कूल में भर्ती न करा पाने, लड़की के पीछे गुंडों के लग जाने, चंदे के नाम पर जुल्म बर्दाश्त करने और राजनीतिक दलबन्दी का शिकार होने का क्या अर्थ है?

यह सब बर्दाश्त करते-करते आम लोगों में संकटों को झेलने का एक कौशल और क्षमता आ जाती है।

जलि का काँच का घर जब टूटा तो ऐसे धक्के में अचानक टूटा कि वह बर्दाश्त नहीं कर पा रही है। ठीक है। रूपा को उसके पास रहने दो।

"जलि! कलकत्ता में सेंउती जैसी लड़कियों को लेकर एक सर्वनाशी खेल चल रहा है। कोई वयस्क आदमी या उनका एक दल पहले उनको ड्रग्स के नशे में फँसाता है, फिर उनके शरीर-मन पर ड्रग्स के द्वारा कब्जा करके वे उन्हें लेकर ब्ल्यू फिल्म बनाता है।"

"न...हीं!"

"हाँ जलि। मुझे लगता है ऐसे ही किसी दुश्चक्र में वह पड़ गई है।"

"वे उसे मार डालेंगे। मार डालेंगे।"

"नहीं जलि, मार डालने से उनका ही नुकसान है।"

"इन छोटी-छोटी बच्चियों को लेकर..."

"फैशनेबुल स्कूल और हाई सोसायटी की लड़कियाँ ही इनका शिकार होती हैं। जो घर में अभिभावकों की नजर से दूर रहती हैं, जिन्हें माँ-बाप समय नहीं देते, साहचर्य नहीं देते, बदले में अपनी स्वाधीनता खरीदने के लिए उन्हें घूस देते हैं—हाँ घूस। जो वे चाहती हैं करने देते हैं, क्योंकि ऐसा करने पर माँ-बाप जो चाहते हैं उसके लिए उन्हें मौका मिलता है।"

"मैंने...मैंने यह क्या किया?"

"जो लोग यह काम करते हैं वे लड़कियों की गन्दी तस्वीरें माँ-बाप के पास भेजकर उनसे पैसों की माँग भी कर सकते हैं। उन्होंने जवा के बाप से पैसे माँगे थे। इसीलिए..."

"जवा ने आत्महत्या की थी।"

"और जवा के बाप को पक्षाघात हुआ था।"

"क्या तुम सेंउती को वापस ला सकोगे?"

"हाँ, उसे तो वापस लाकर ही रहूँगा। पर तुम्हें भी एक वायदा करना होगा।"

"क्या?"

"तुम्हें कुछ भी पता चले तो मुझे बताओगी। तुम खुद या रूपा कुछ करने नहीं जाओगी। कोई पत्र मिले तो मुझे दोगी। और..." अभ्र चुप हो गया।

"और क्या?"

"सिर को ठंडा रखोगी। धैर्य रखोगी। अगर असुविधा न हो तो रूपा तुम्हारे साथ रहे। तुम्हारा अकेली रहना ठीक नहीं है।"

"मैं हमेशा मैडम के साथ रहूँगी। वादा करती हूँ।" रूपा ने कहा।

"रोज दवा लोगी और पूरी नींद सोओगी।"

"अभ्र, मैं लगातार बोनी मल्होत्रा के घर फोन कर रही हूँ। एक बार फोन मिला तो बोनी ने कहा सेंउती अपनी माँ के पास गई है। मैं कुछ समझ नहीं पाई। उसके बाद से जब भी फोन करती हूँ मेरी आवाज सुनते ही वह फोन काट देता है।"

"तुम अब से किसी को फोन नहीं करोगी।"

"ठीक है, बस तुम सेंउती को एक बार वापस ले आओ।"

"जरूर, वह मेरी भी तो बेटी है।"

"जा रहे हो?"

"हाँ, फोन आ सकता है। इसके अलावा सारे दिन पागल की तरह दौड़-धूप की है।"

"ठीक है, फिर जाओ। मगर फिर आना।"

"देखो, मैं बहुत व्यस्त रहूँगा। अगर कोई खबर मिले तभी मुझे फोन करना, वरना नहीं। अच्छा हाँ, एक बात याद आई। क्या सेंउती कहीं फोन नम्बर या पते लिखकर रखती थी?"

"हाँ, यह लो।"

"यह मुझे दे दो।"

"देखो, यही जवा है।"

बैडमिंटन का रैकेट हाथ में लिए हँसती हुई एक खूबसूरत लड़की की तस्वीर थी। पास में रैकेट हाथ में लिए सेंउती भी खड़ी थी।

"यह पुरानी तस्वीर है।"

"इस घर में बिस्तर किसलिए?"

"सोच रही थी मैं यहीं सोऊँ।"

"नहीं, तुम अपने कमरे में सोओ। रूपा कहाँ सोती है?"

"उनके पास ही। आप चिन्ता न करें।" रूपा ने कहा।

"रूपा, तुम जरा इनका खयाल रखना।"

"जरूर, मुझे नौकरी देकर..."

जलि ने कहा, "मैं एक अच्छी लड़की नौकरानी के रूप में चाहती हूँ।"

"मोती विश्वासपात्र है न?"

"हाँ, खूब।"

"जिन वगैरह ज्यादा मत लेना।"

"नहीं, शराब पीना छोड़ दिया है मैंने।"

"ठीक है। अब चलता हूँ।"

"अच्छा।"

रूपा दरवाजे तक अभ्र को छोड़ने आई और कहा, "मैडम को बहुत शॉक लगा है। पर वे बर्दाश्त कर रही हैं।"

"तुम जरा उनका ध्यान रखना। अच्छा?"

"ठीक है।"

अभ्र बाहर आ गया। लिफ्ट में लिफ्टमैन ने बड़े कौतूहल से उसकी तरफ देखा। यह कौतूहल किसलिए? क्या ये सेंउती की बात जान गए हैं?

उस समय रास्ते निर्जन हो गए थे। डोवर रोड से हाजरा के मोड़ पर पहुँचते-पहुँचते ही उसे टैक्सी मिली।

कल जवा काउल के घर जाएगा।

"कहाँ जाएँगे?" टैक्सी वाले ने पूछा।

अभ्र ने अपना पता बताया।

"मैं उधर नहीं जाऊँगा।"

"क्यों?"

"उधर झमेला हो रहा है।"

"अरे भाई, आप मोड़ पर उतार दीजिएगा।"

"नहीं-नहीं, उतर जाइए। मैं नहीं जाऊँगा। वहाँ टैक्सी पर बम फेंक रहे हैं। बहुत भारी झमेला हो रहा है।"

दस

अभ्र टैक्सी से उतरा। वह क्या कर सकता था। चाहे कोई झमेला हो रहा हो या न हो रहा हो, झमेले का अफवाह फैलना ही काफी है। लोगों को भी क्या दोष दे, कलकत्ते को अलग-अलग इलाकों में बाँटकर बहुत दिन पहले ही गुंडों के हाथों में छोड़ दिया गया है। बम, आगजनी, संत्रास, एसिड बल्ब, चाकू और पिस्तौल के साथ कलकत्ता जी रहा है। पैदल चलते हुए वह समझ रहा था कि इलाका अपने-अपने घरों में घुसा हुआ है। तभी पुलिस की गाड़ी दिखाई पड़ी।

मणि दा से उसने सुना है कि चालीस के दशक के आरम्भ में रास्ते के दोनों ओर टुलेट के बोर्ड अक्सर झूलते दिखाई पड़ते थे। दक्षिण कलकत्ता में पेड़-पौधों पर और मैदानों में हरीतिमा फैली हुई थी। दक्षिण कलकत्ता के पुराने बाशिन्दे उत्तर कलकत्ता को कलकत्ता कहते थे।

उन दिनों कलकत्ता को चंचल करने वाली घटनाएँ कम ही घटती थीं। अचानक कोई तूफान आया हो, हाल्सी बागान की घटना, अगस्त आन्दोलन, अकाल और भारत विभाजन के समय होने वाले दंगे आदि-आदि ऐसी घटनाएँ थीं, जिनका असर पड़ा था। 1940-41 में चारों तरफ चेतावनियाँ फैलने लगीं। कल्कि अवतार आ रहा है। पृथ्वी जलकर राख हो जाएगी।

मणि दा के मेस में एक अंडे वाला एक टोकरी अंडे दे गया। बोला, "बाबू, देश जा रहा हूँ, सुना है धरती जल जाएगी। मरना ही है तो अपने घर-परिवार के लोगों के साथ रहना चाहिए।"

कई दिनों बाद मणि दा और उनके साथियों ने मोटे-मोटे आमलेट खाए थे। वे दिन बड़े ही सहज और सरल थे।

तभी एक काली वैन उसके पास आकर रुकी। रात चुपचाप ब्लैक मारिया की तरह जैसे शिकार की खोज में दौड़ती आ रही हो।

"कहाँ जाएँगे?" थाने के एस.आई. ने पूछा।

"घर जा रहा हूँ।"

"आइए, छोड़ दूँ।"

अभ्र वैन में बैठ गया।

"आज क्या हुआ?" अभ्र ने पूछा।

"वही जो होता है। गुंडे तो रक्तबीज की सन्तान हैं। मर के भी नहीं मरते।"

"एक जाता है तो दूसरा उसकी जगह आ जाता है।"

"आज काम अच्छा हुआ है। लगता है कुछ दिन मामला ठंडा रहेगा।"

"रहेगा ठंडा?"

"साले सब ऐक्शन दिखा रहे थे। सभी सालों को पकड़ लिया गया। लीजिए, आ गया आपका घर।"

"बहुत-बहुत धन्यवाद।"

"नहीं-नहीं। इसमें धन्यवाद की क्या बात है।"

मणि दा बहुत उत्तेजित थे।

"पता नहीं क्या हो रहा है? पहले तल्ले पर रहने वाला नेपू बता गया है बच्चन और राबर के दो चमचे मारे गए हैं और राबर सहित पाँच लोग गिरफ्तार हुए हैं।"

"पिटाई हुई है या नहीं?"

"पिटाई क्या होगी? पकड़े जाते ही ऊपर से फोन आया—छोड़ दीजिए। वे लोग एक मिनट का भी समय नहीं देते।"

"कोई फोन आया था?"

"एक आदमी ने फोन करके कहा कि बाबूजी को कल दोपहर में खाने पर भेज दीजिएगा। कोई अच्छा सा नाम ले रहा था। स्पेशल खाना।"

"लालच लग रही है क्या?"

"नहीं भाई। तुम्हीं लोग खाओ। हम तो पोटी राम का सन्देश और द्वारिका की कचौड़ी खाकर ही खुश हैं।"

"फिर भी तो गुंडई में कोई कमी नहीं है। ऐक्शन की बात करते समय आँखों में कैसी रोशनी फैल रही थी।"

"कुमुद बुरी तरह डर गया है।"

"अच्छा है। इसकी जरूरत है।"

"अब खाना खाने आओ।"

"हाँ, हाथ-पैर धोता हूँ।"

हाथ-पाँव धोकर और लुंगी पहनकर अभ्र टेबल पर आ बैठा।

"चावल तो अच्छा दीख रहा है।"

"मैंने खरीदा था न!"

"दाल और झींगा की भुजिया...।"

"तुम राढ़ देश जाओ, वे लोग मछली की बहुत अच्छी चटनी बनाते हैं।"

"हाँ, जानता हूँ।"

"क्या?"

"यहाँ किसी फ्लैट में बाँकुड़ा बसा हुआ है, किसी फ्लैट में ढाका और किसी फ्लैट में बरिसाल...।"

"सभी तो नहीं भेजते हैं, भाई।"

"अच्छा बताइए आपका फंक्शन कैसा हुआ?"

"आज फंक्शन नहीं हो सका।"

"क्या किया आपने?"

"एक काम किया।"

"क्या?"

"गुंडई, पानी की समस्या, बाजार में बढ़ते हुए दाम इन सब चीजों से निपटने के लिए एक नागरिक कमेटी बनाने की जरूरत है। उसका ड्राफ्ट तैयार कर लिया।"

"क्या करेंगे उसका? छपाएँगे?"

"देखता हूँ।"

"आप मुझे इतने गौर से क्यों देख रहे हैं?"

"समझने की कोशिश कर रहा हूँ कि तुम्हें क्या हुआ है।"

"कुछ भी तो नहीं।"

"कुछ हुआ जरूर है।"

"झींगे की सब्जी इधर दीजिए।"

"यह लो।"

"एक हरी मिर्च भी।"

"लो।"

"खाते तो आप खूब मन लगाकर हैं।"

"पत्रकार महाशय, मणि घोषाल जो कुछ करता है मन लगाकर करता है। मन लगाकर चीजें खरीदता है, मन लगाकर खाता है, तीन बार नमक नहीं लेता।"

"क्या मैंने तीन बार नमक लिया है?"

"हाँ, लिया है।"

"ओह! तभी तो मैं कहूँ कि नमक इतना तेज क्यों लग रहा है।"

"और भात लो।"

"मैं जरा अन्यमनस्क हो गया था।"

"हाँ, होना ही चाहिए।"

"क्यों?"

"आप व्यस्त आदमी हैं।"

"रहने भी दीजिए।"

खाने के बाद वे दोनों बरामदे में बैठ गए। एक पल बाद मणि दा ने पूछा, "मुझे बताओगे?"

"हाँ, बताऊँगा। आपको ही बता सकता हूँ।" अभ्र जैसे बहुत दूर से बोल रहा हो।

"हो सकता है, मैं किसी काम आऊँ।"

"वह बात अलग है।"

"तुम्हारी लड़की की कोई बात है?"

"आपने कैसे समझा?"

"जलि का फोन लगातार आ रहा है।"

अभ्र ने गहरी साँस ली।

"हाँ, लड़की की ही बात है।"

"मैं कुछ नहीं कर सकता?"

"नहीं मणि दा, अगर ऐसा होता तो मैं आपसे कहता।"

"तुम्हें हल्का होना होगा।"

"क्या कहूँ, माँ को बेटी की परवाह न थी, यह अपने रास्ते चल रही थी वह अपने रास्ते। तीन चार दिन हुए बेटी गायब हो गई। उसका पता लगना सम्भव नहीं लगता, क्योंकि लड़की किसी दुश्चक्र में फँस गई है।"

"दुश्चक्र?"

"ड्रग्स और ब्ल्यू फिल्म्स...।"

अभ्र का गला रुँध आया।

"यह तो मेरी कल्पना के भी बाहर की बात है।"

"आप इन सब मामलों में एकदम भोले हैं।"

"यह एक प्रकार से अच्छा ही है। जानकर भी मैं कुछ कर नहीं सकता। मगर जानते हो यह मामला तो बहुत वास्तविक है। भले ही मेरे जैसा आदमी अनभिज्ञ है, किन्तु यह सब फिर भी तो हो रहा है।"

अभ्र ने कहा, "मैं उसे जैसे भी हो ढूँढ़ निकालूँगा।"

"फिर उसके बाद?"

"देखा जाएगा। उसे लौटा लाने के लिए और उसे स्वस्थ करने के लिए जो भी होगा करूँगा।"

"माँ को भी सावधान होना होगा। उसका हृदय परिवर्तन जरूरी है।"

"बेहद डर गई है। शायद उसका दिल बदल जाए।"

"अत्यन्त गरीबी की तरह अत्यन्त अमीरी भी एक अभिशाप होती है।"

"हाँ।"

"वह कौन-सा अभाव है जिसके कारण अमीर लोग भी बर्बाद हो जाते हैं।"

"स्नेह, ममता, साहचर्य, यह सब उन्हें नहीं मिलता।"

"उन्हें सिर्फ घूस मिलती है। तुम जो चाहोगे वही मिलेगा। साटन के जूते से लेकर असीम स्वतंत्रता तक। तुम अपनी तरह रहो। मैं अपनी तरह।"

"जड़ से कटे हुए मूल्य, बोधहीन समाज और देश-काल के विषय में इन सब बच्चों को कोई ज्ञान नहीं होता। राबर आदि की तरह ये भी एक तरह के समाजविरोधी तत्त्व हैं।"

"हाँ, यह तो है।"

"जानते हो, दुख की बात क्या है? ये जो कुछ करते हैं उसे विद्रोह समझते हैं, प्रतिवाद मानते हैं।"

"जानता हूँ।"

"यह व्यवस्था के विरुद्ध उनका प्रतिवाद है।"

"उनकी जो धारणा है उसके अनुसार तो यही है।"

"आश्चर्य की बात है। और देखोगे कि कितनी जल्दी ये लोग भी शादी करते हैं और अपने माँ-बाप के जीवन की पुनरावृत्ति करते हैं।"

"और कुछ तो ये जानते भी नहीं हैं।"

"अभिशप्त है यह देश।"

"हाँ, कह सकते हैं।"

"फिर भी मैं निराश नहीं हूँ। देखो..."

"दया करके यह मत कहिएगा कि गोपेश्वर नश्कर का रास्ता ही एकमात्र रास्ता है। वास्तव में वे कौन थे और उनका रास्ता क्या है यह हम नहीं जानते। आप जानते हैं, मगर उस रास्ते के बारे में आप कुछ ज्यादा ही चुप रहते हैं।"

"अरे भाई, कुछ चीजें अगर बिना जाने या बिना देखे रह जाएँ तो अच्छा ही है। सब कुछ जान लेने पर जीवन बड़ा नीरस हो जाएगा। अब देखो न! न्यू गिनी में एक चिड़िया होती है वह अपने घोंसले..."

"बहुत सुन्दर बनाती है, फूलों और शंख से बाग को सजाती है। उसका नाम है माली चिड़िया।"

"हाँ, वही वही।"

"अफ्रीका के जंगलों में कहीं-कहीं ऐसा मेढक पाया जाता है जिसके सिर पर बाल होते हैं और फिलीपिन में एक तरह का पेड़ होता है जिसके फल पन्द्रह मिनट तक उजाला करते हैं।"

"नहीं, तुम..."

“आप भूल रहे हैं कि कुमुद के कमरे से आप ‘विश्वविचित्रा व साधारण ज्ञान’ नामक पुस्तक लाकर खुद भी पढ़ते थे और मुझे भी पढ़ाते थे। और उस किताब की एक प्रति मैंने ही आपको उपहार में दी थी।”

“यह सब सुनकर कितना आश्चर्यजनक लगता है, सोचो जरा?”

“आप भी बच्चों की तरह हैं। पूरे रोमांटिक।”

“बूढ़ा होकर होगा क्या? आजकल के तरुण ऐसे बूढ़े लगते हैं कि हम लोगों को तरुण होने की जरूरत पड़ती है।”

“ठीक है, आप तरुण ही रहिए।”

“यह तुम कह रहे हो?”

“हाँ, और अगर मेरी मुसीबत कट जाए तो मैं आपको बाँदा का झींगा और गूँगा की हिल्सा खिलाऊँगा।”

“बोलो मत। मैं तो इनकी शक्ल भी भूल गया हूँ।”

“देखिए न...”

अचानक फोन बजता है।

“हलो।”

“अभ्र दा?”

“कौन?”

“मैं बूली...।”

“यमुना?”

“हाँ।”

“कब?”

“तीन बजे के बाद।”

“सुनो बूली, आज इधर बड़ी अशान्ति है। उसे लेकर सवेरे निकलो तो अच्छा रहेगा।”

“मगर वे तो निकल चुके हैं।”

“कब निकले?”

“प्राय: एक घंटा पहले।”

“ढोकर ला रहे हैं?”

"नहीं, गाड़ी से। मौसी ने व्यवस्था की थी।"

"ओह! गॉड!"

"क्या हुआ अभ्र दा?"

"फोन रख दो, बुली। मैं आ रहा हूँ।"

फोन छोड़कर अभ्र ने कुर्ता-पाजामा पहना।

"इतनी रात को कहाँ जा रहे हो?"

"श्मशान में।"

"कौन मरा?"

"एक मित्र के छोटे भाई की पत्नी। मोनोसाइटिक ब्लड कैंसर की अन्तिम अवस्था में थी। सीतांशु बेचारे का और कोई नजदीकी रिश्तेदार भी नहीं है। तीन बजे के बाद मरी है। वे लोग उसे लेकर श्मशान आ रहे हैं।"

"श्मशान में तो इस समय..."

"मना तो किया पर वे पहले ही निकल चुके थे...।"

"चलो, मैं भी चलता हूँ।"

"पागल हुए हैं क्या?"

"अरे यह सामने तो है।"

"नहीं मणि दा, आप नहीं जाएँगे।"

"मैं तो जाऊँगा। इतनी रात को मैं तुम्हें अकेला नहीं छोड़ सकता।"

"बुढ़ापे में दादागिरी सूझी है।"

"अरे भाई! वहाँ मेरा अच्छा परिचय है।"

"तो ठीक है। नहीं मानेंगे तो चलिए।"

कुमुद को बुलाकर उन्होंने दरवाजा बन्द कराया और बाहर निकल गए। मणि दा सहज भाव से चल रहे थे। उन्हें देखकर लग रहा था जैसे आधी रात को जनशून्य पथ से ब्लैक मारिया और राबर-बच्चन-दिवस में श्मशान जाने का उन्हें रोज का अभ्यास हो।

"चलो नित्यानन्द की दुकान पर तुम्हें पान खिलाता हूँ।"

"यह नित्यानन्द कौन है?"

"चलो न!"

"सीतांशु और उनके लोगों को..."

"मैं हूँ न।"

"आपको बहुत भरोसा है।"

"चलो मन-ही-मन एक हजार तक गिनो। इतने उत्तेजित क्यों हो रहे हो?"

"जितने समाज विरोधी हैं सभी यहाँ डेरा डाले रहते हैं।"

"आज वे वहाँ नहीं होंगे।"

"नहीं होंगे, श्मशान तो उनके मारे थर-थर काँपता रहता है।"

ऐसे दिनों में भी श्मशान पूरी तरह आलोकित था। पुलिस की गाड़ी खड़ी थी। आज वहाँ सट्टा, जुआ, वेश्या पार्टी, चरस-गाँजा सब अनुपस्थित थे। लकड़ी की चिताएँ धू-धू कर जल रही थीं।

बिजली का चूल्हा बुझा हुआ था। लाश ढोने वाली काँच की गाड़ी वहाँ नहीं थी।

जो भी रोशनी थी काठ की चिताओं वाले हिस्से से आ रही थी।

वहाँ सीतांशु और दूसरे तीन-चार लोग खड़े थे। एक मोटा लुंगीवाला आदमी उन्हें धमका रहा था।

"यही तुम्हारी पार्टी है।"

"हाँ।"

मणि दा आगे बढ़ गए और उन्होंने पुकारा, "मटरा!" उनकी आवाज में एक धमकी थी। मोटे आदमी ने अपनी लाल आँखें उन पर जमा दीं, फिर बोला, "गुरु, आप?"

"एक भी गन्दा शब्द मुँह से नहीं निकालोगे। समझे या नहीं?"

"समझ गया, दादा।"

"आज इजारा किसका है?"

"मेरा है। राबर ने तो मुझे आउट कर दिया था। कितना अन्याय है। महीने में एक या दो दिन तो मिलता है, आज का दिन तो आसमान से टपका हुआ पा गया हूँ, इसीलिए..."

"इसीलिए तो चीख रहा था?"

"ये तो छुटभैया पार्टी है..."

“यह मेरी पार्टी है। वरना तुम जानते हो मैं कभो आता हूँ?”

“आपकी पार्टी!”

“हाँ, देखो, कोई झमेला नहीं होना चाहिए।”

“झमेला?” मटरा ने अपने छाती पर एक घूँसा मारा और बोला, “भला, मटरा दादा की पार्टी के साथ झमेला करेगा। मटरा वैसा आदमी नहीं है। अब समझ लीजिए यह मेरी पार्टी है। देखिए मटरा क्या करता है।”

अभ्र मात्र एक दर्शक था।

मणि दा ने सीतांशु से पूछा, “मृत्यु प्रमाणपत्र जमा करा दिया है?”

“हाँ।”

“यहाँ स्नान कराओगे?”

“नहीं,...उन्होंने मना किया था...घर पर ही वो सब हो गया है।”

“मटरा, नहाना-धोना हो गया है। इसकी तबीयत भी ठीक नहीं है। फटाफट सब निपटाओ।”

“आपको कुछ कहना न होगा। आइए भइया, आप पहले बताते किसकी पार्टी है। मणि दा मटरा की निगाहों में क्या हैं यह मैं आपको समझा नहीं सकता।” सब कुछ तेजी और दक्षता के साथ हो रहा था। सीतांशु ने ही अन्तिम क्रिया की। ढाके की साड़ी में कंकालशेष यमुना को चिता पर सुला दिया गया।

“पाँव दक्षिण की ओर कीजिए। चलिए, जल्दी कीजिए...पुरोहित जो बोले, वह बोलते रहे...हाँ, ठीक है, चलिए आग लगाइए मुँह में...सब लोग किनारे हटिए। हाँ, ठीक है...” मटरा का निर्देशन चल रहा था।

सीतांशु के बहनोई ने अपना परिचय दिया। थोड़ी देर बाद चाय ले आया।

“लो, चाय लो।” मणि दा ने कहा।

“लेता हूँ।”

“अब कोई चिन्ता नहीं।”

“मैं तो डर गया था।”

“श्मशान में रात में आना ही नहीं चाहिए।”

“आप...?”

मटरा ने कहा, "वे मणि दा हैं। देवता कहिए, देवता। कितनी ही बार इन्होंने मेरी जान बचाई है। मैं उनका ऋण..."

"फिर बकता है, चुप कर तेरी दुकान है न?"

"हाँ है। दुकान है, काली पूजा है। घाट में मेरे दो-दो पंडे काम करते हैं। राबर बीच-बीच में अगर गड़बड़ न करता तो..."

"इतने से ही सन्तुष्ट रहो। लाइन छोड़ी या नहीं?"

"छोड़ दी। चुल्लू पीकर मैं तो मर ही गया था। अगर आप अस्पताल न ले जाते। मैंने आपको वचन दिया है।"

"अब क्या पीते हो?"

"अब चुल्लू नहीं पीता, दादा, शिव का प्रसाद लेता हूँ।"

"समझ गया, जरा जाओ तो, नित्यानन्द की दुकान से दो-चार जोड़ी सादा पान मेरे नाम से माँग कर ले आओ। मेरा नाम नहीं लोगे तो पान के साथ टैबलेट जरूर दे देगा।"

"अभी लाया।"

मटरा ने डोमों से पता नहीं क्या कहा, फिर चला गया। दूसरे शवयात्रियों में से एक आदमी दुखी चेहरे से बोला, "आप अगर थोड़ा पहले आ जाते तो कितना अच्छा होता। मेरी तो जेब काट ली इन्होंने।"

"क्या कीजिएगा। बैठिए।"

"ढाकुरा से आ रहा हूँ...।"

अभ्र ने कहा, "मणि दा! आप के चरण छूता हूँ।"

"श्मशान में जीवित व्यक्ति को कोई प्रणाम नहीं करता। इसके अलावा (मणि दा ने अभ्र की ओर कौतुक से देखा) तुमने कभी पहले प्रणाम नहीं किया मुझे। अचानक तुम्हें क्या हो गया?"

सीतांशु चुपचाप चिता की ओर देख रहा था।

एक समय बोला, "लकड़ी जलने में समय लेती है। क्यों अभ्र दा?"

"हाँ, सीतांशु।"

"उनकी इच्छा थी।"

"वही तो हुआ।"

सीतांशु उदास भाव से हँसा और बोला, "यह ढाका की साड़ी बहुत पुरानी है। मौसी ने दी थी। अस्पताल में ही कहा था यमुना ने—घर में स्नान कराना, ढाकाई साड़ी पहना देना और लकड़ी की चिता पर मेरा दाह करना। बबलू को मत लाना।"

"तुमने तो जैसा उसने कहा था वैसा ही किया।"

"जब से उसने प्राण छोड़े उसके बाद से अब उतना दुख नहीं हो रहा है। ऐसा क्यों अभ्रदा?"

"उसे जैसा रोग था उसे देखते हुए..."

"लगता है हम लोगों का मन भीतर-ही-भीतर इसके लिए तैयार हो गया था?"

"शायद, और समय भी तो नहीं मिला।"

"भइया का नाम कभी नहीं लेती थी। पर अचानक उस दिन..."

"हाँ, बुली ने बताया था।"

"क्या भइया के साथ मेरा कुछ मेल है?"

"है भी और नहीं भी।"

"आपने हमारे लिए इतना किया।"

"नहीं-नहीं, मैंने ऐसा क्या किया?"

"कितने अच्छे आदमी हैं!"

मटरा इस बीच चिता के पास हो आया था।

"दादा, पान लीजिए। देह में सिर्फ हड्डिया थीं...टाइम लग रहा है।"

"वह तो लगेगा ही।"

"सब लोग क्या जगा की तरह होते हैं?" मणि दा ने कहा।

"ओफ! वह भी याद रहेगा।"

"क्या लड़का था।"

"बाप रे बाप! चुल्लू इतना पी लिया था कि उसका पेट रवीन्द्र सरोवर की तरह भरा हुआ था। चिता पर रखते ही फुस्स करके जल उठा।"

"जगा की औरत के आजकल मजे हैं।"

"कैसे?"

"सपने में उसे शीतला माँ ने दर्शन दिया।"

"वह उसे ही लिये बैठी है?"

"हाँ, हाँ, उसने अपने झोंपड़े की नई छत बनवा ली, आँगन में नल लगा लिया, मैं भी जाता हूँ पूजा देने। खूब जागृत देवता हैं दादा।"

सीतांशु अपने में लीन था।

"भइया की मौत के बाद आज यहाँ आया।"

"पान खाओगे?"

"नहीं, अगर थोड़ी चाय मिल जाती..."

मटरा ने कहा, "चलिए, पिलाकर लाता हूँ। यहाँ अच्छी चाय पीनी हो तो थोड़ी दूर जाना पड़ता है।"

"मणि दा!"

"बोलो।"

"ऐसी कितनी जगहें हैं जहाँ पर आपका वर्चस्व है?"

"हैं कुछ जगहें।"

"आपको बहुत परेशान किया हमने।"

"हाँ, किया तो।"

सीतांशु के बहनोई ने कहा, "आप लोग अब जाइए।"

"अभी नहीं, मेरे पीठ फेरते ही मटरा..."

यमुना का रोग से जीर्ण देह आखिरकार राख हो गया। चिता का जल प्रवाह करके और अस्थियाँ चुनकर जब वे टैक्सी में बैठे तो आकाश में सफेदी बढ़ने लगी थी।

मटरा ने बड़ी ही सहृदयता के साथ कहा, "दादा, फिर आइएगा। वह सामने दुकान है।"

मणि दा ने कहा, "किसी दिन घूमते-फिरते आ जाऊँगा।"

मटरा ने दार्शनिक की तरह गम्भीर स्वर में कहा, "श्मशान ऐसी ही जगह है! वहाँ कितने लोग घूमने-फिरने आते हैं। वैसे यह तो पुण्य स्थान है। यहाँ तो एक-न-एक दिन सभी को आना पड़ता है।"

मणि दा ने कहा, "आऊँगा भाई, मरने के पहले ही तुझसे मिलने आऊँगा।"

घर पहुँचकर मणि दा ने कहा, "आज बाजार नहीं जाऊँगा।"

"नहीं, नहीं आज हम लोग चादर तानकर सोएँगे।"

बहुत गहरी नींद आई अभ्र को। सपने में उसने देखा उसे कोई पुकार रहा है। उसकी नींद टूट गई। उसने देखा कुमुद खड़ा है।

"क्या है रे कुमुद?"

"एक बाबू बाहर गाड़ी में बैठे आपके लिए पूछ रहे हैं।"

"अच्छा देखता हूँ।"

अभ्र बनियान पहने ही नीचे उतर गया। मारुति में चौधरी और रमोला बैठे थे।

"क्यों भाई, कितनी देर सोते हो?"

"क्यों, कितने बजे हैं?"

"छह बजकर दस मिनट।"

"भोर में श्मशान से आया हूँ।"

"क्या कहा? कौन था?"

"मेरे एक भाई की बहू?"

"क्या हुआ था?"

"ल्यूकेमिया।"

"ओह!"

"तुम इतने सवेरे-सवेरे?"

"हाँ, भूल गए न? यह लिफाफा लो। कल तुमसे बात हुई थी।"

चौधरी ने एक लम्बा लिफाफा अभ्र की ओर बढ़ाया।

"इसके लिए तुम्हें अनेक धन्यवाद। तुम लोग ऊपर आओ। थोड़ी चाय हो जाए। सवेरे-सवेरे इतनी तकलीफ करके आए हो।"

लगता है रमोला सवेरे-सवेरे मुँह नहीं खोलती। होंठों पर मैकलीन की हँसी और चेहरे पर लिरिल साबुन की ताजगी ओढ़े वह चुपचाप ताकती रही। वह छापे की मैक्सी पहने हुई थी।

"नहीं, नहीं, तकलीफ करने की कोई जरूरत नहीं है। हम लोगों ने अपने जीवन का एक नियम बना लिया है। सवेरे-सवेरे हम दोनों मैदान आते हैं, वहाँ थोड़ी देर टहलते हैं और फिर लौटकर क्या खाते हैं जानते हो?"

"दूध?"

"नहीं, नहीं, इसबगोल का शर्बत। हमारे घर चाय एकदम नहीं चलती। अच्छा बाय-बाय।"

और झटके के साथ मारुति निकल गई।

लिफाफा हाथ में लेकर अभ्र ऊपर आया। उसने लिफाफा खोला। नहीं, चौधरी ने कच्चा काम नहीं किया है। सादे कागज पर टाइप किये हुए कुछ नाम उसने दिये हैं।

बोनी मल्होत्रा—इससे जाकर मिलो।

रेजीना गोमेज—इससे भी मिलो।

बोनी की माँ—ब्ल्यू फिल्म दिखाती है।

ड्रग्स सप्लाई करने वाले—पाल गोमेज, लीना देसाई, फकरू अहमद। फोटोग्राफी और प्रिंट वितरण का काम—इन सब की माँ।

कागज पर बांग्ला टाइपराइटर से उपरोक्त सूचना टाइप की गई थी। नीचे लिखा था—एक चिड़िया क्रमशः चिड़ियों के घोंसले का रास्ता दिखाएगी, यह पार्क स्ट्रीट का खंड चित्र है।

अभ्र ने कागज सँभालकर रख लिया।

माँ। 'अपनी माँ के पास गई हैं'। माँ कौन हो सकता है? अभ्र सोचने लगा। सोचते-सोचते लेटकर आँखें बन्द कर लीं। भला अब क्या नींद आएगी? मुश्किल लगता है। पर नींद आई। जब टूटी तो दस बज रहे थे। मणि दा अपनी कुर्सी पर बैठे हुए थे।

"नींद टूट गई?"

"जी।"

"कुमुद चला गया है।"

"चम्पक से आपने कहा था?"

"रसोईघर में आवाजें हो रही हैं, सुन रहे हो न?"

"उससे होगा?"

"खूब होगा।"

"चलिए, जान बची।"

"अब निकलोगे?"

"हाँ मणि दा। असली काम तो अब करना है।"

लगता है मदद के नाम पर चौधरी उससे मजाक कर गया। या शायद नहीं।

ग्यारह

बालीगंज प्लेस ईस्ट की सड़क का जो हिस्सा बंडेल से होकर गुजरता है उसे देखकर लगता है कि उस इलाके के अधिकांश रास्ते और इमारतें लार्ड क्लाइव ने बनवाए थे। लार्ड बैंटिक ने इसकी मरम्मत करवाई थी। द्वितीय विश्व युद्ध के समय इस रास्ते से टैंकों के काफिले गुजरते थे। इसलिए सड़क थोड़ी भटाभट हो गई है। हिरोशिमा-नागासाकी के समय से ही सभी इस इलाके को भूले हुए हैं। अगर बालीगंज को देखना हो तो इसकी गली-कूचों में जाओ। आजकल बालीगंज प्लेस ईस्ट के पश्चिम की ओर खुलने वाला एक छोटा रास्ता है जहाँ ऊँची-ऊँची मल्टी स्टोरी इमारतें है। अधिकांश इमारतें बड़ी-बड़ी कम्पनियों द्वारा लीज पर ली गई हैं। सवेरे दस बजे के बाद प्राय: हर घर सूना हो जाता है। स्कूल, ऑफिस मार्केटिंग सेंटर—ये सब भी सुबह के कर्मचारियों के रेले के बाद प्राय: स्तब्ध रहते हैं।

ऊपर से सुखी पर अन्दर से असुखी अथवा अपने पति द्वारा मार दिये जाने के भय से संत्रस्त धनी घर की स्त्रियों के लिए यह समय गाड़ी में बैठकर आने और मार्केटिंग करने का है।

स्वर्गीया जवा काउल की माँ के घर में घड़ी चल रही है पर समय रुका हुआ है। घर में सेवा और अभ्र बैठे हैं। दीवार पर जवा की तस्वीर है। उसके साथ ही किसी संन्यासी की तस्वीर है। नीचे फूल और धूपबत्तियाँ। घर के किसी

कमरे से मुकेश की आवाज में तुलसीदास रचित 'सम्पूर्ण रामचरित मानस' का कैसेट बज रहा हैं।

"जवा के पापाजी ने और मैंने भी सुना है...दुनिया पाप से भर गई है।"

"वे कैसे हैं?"

"दाहिनी ओर पैरालिसिस...।"

सेवा काउल की सद्यः स्नात देह काँप उठी। वे अपनी रुलाई को भरसक रोकने की कोशिश कर रही थीं।

"आप कुछ बताएँगी नहीं?"

"नहीं, मैं किसी पत्रकार को कुछ नहीं बताऊँगी। देखिए...यह सब क्या लिखा है उन लोगों ने? वे क्या मनुष्य हैं?"

"हमारी लड़की गई...पति भी न जीने में हैं न मरने में, उल्टी-सीधी बातें लिखकर अखबार वालों ने हमें बाजार में नंगा कर दिया। पत्रकार तो परिवार के बारे में कुछ सोचते नहीं हैं। इससे रेवा के मन पर कितना बुरा असर पड़ेगा।"

"रेवा कौन है?"

"जवा की जुड़वाँ बहन।"

"यहाँ पर है?"

"नहीं, वह फरीदाबाद अपने ससुर के घर है। उसके ससुर रिटायर्ड आई. पी. एस. हैं, जवा मेरे बिना रहती नहीं थी, इसीलिए तो उसे..." महिला फिर रोने लगीं।

अभ्र ने उन्हें थोड़ी देर रोने दिया।

"अब आप जाइए।"

"बहनजी, मैं एक पत्रकार के रूप में यहाँ नहीं आया हूँ। जवा और मेरी लड़की एक साथ पढ़ती थीं।"

"आपकी लड़की का नाम क्या है?"

"सेंउती। यह तस्वीर देखिए।"

"हाँ, हाँ, यह तो जवा के साथ पढ़ती थी।"

"सेंउती कई दिनों से लापता है। जवा की तरह ही वह किसी बदमाश के हाथ में पड़ गई है। मैं उसे ढूँढ़ रहा हूँ। आप मेरी कुछ मदद कर सकती हैं?"

"मैं क्या कर सकती हूँ? मैं तो अपनी ही लड़की को नहीं बचा सकी। आपकी लड़की को..."

"जो चिट्ठी आपके पास आई थी क्या उसे आप..."

"वह चिट्ठी पुलिस ले गई। फोटो हमने जला दिया। वही तस्वीर देखकर तो जवा के पापा को हार्टअटैक हुआ।"

"क्या जवा बोनी मल्होत्रा से मिलती-जुलती थी?"

"नहीं, उसका नाम मत लीजिए। उसे मैंने फोन किया तो बोला कि जवा उसकी माँ के पास जाती थी। माँ सब कुछ जानती है। यह माँ कौन है? कौन डाइन, कौन राक्षसी? कैसी औरत है वह?"

"बोनी मल्होत्रा ने आपसे भी यही बात कही?"

"हाँ," कहकर महिला चुप हो गई। फिर एक पल बाद फुसफुसाती हुई बोली, "फोन पर मुझे जिसने धमकाया, जानते हैं, वह औरत की आवाज नहीं थी।"

"उसने क्या कहा था?"

"कहा था—जवा की मौत को लेकर ज्यादा पूछताछ और खोज करने का नतीजा अच्छा न होगा। इससे मैं घबड़ा गई। जवा के पापा की हालत देख रहे हैं...मैं अकेली औरत...यहाँ तो मेरा कोई नाते-रिश्तेदार भी नहीं।"

"जिसने आपको फोन पर धमकाया क्या वह पुरुष था?"

"हाँ, उसके कमरे में सितार बज रहा था।"

कमरे में सितार बज रहा था। रविशंकर का कैसेट लगा हुआ था। दीवार पर यामिनी राय के चित्र लगे हुए थे। दीवान पर राजस्थानी छापे की चादर बिछी थी। दूसरी दीवार पर बाघ के सिर की एक तस्वीर लटक रही थी।

कमरे के बाहर एक लम्बा गलियारा था जिसके अन्तिम छोर पर एक और कमरा था। उस कमरे में सेंउती और एक लड़का नंगे लेटे थे। सेंउती रो रही थी।

"नहीं, नहीं, मुझसे नहीं होगा।"

"तुम्हें करना ही होगा।"

"लेट मी हैव ए शॉट।"

"बोलो, 'प्लीज'।"

"प्लीज, प्लीज!"

"फाइन। शॉट दे रहा हूँ पर उसके बाद जो कहूँगा करोगी न?"

"हाँ, जो कहोगे वही करूँगी।"

"वाह, बहुत अच्छी लड़की है।"

एक प्रौढ़ हाथ नीचे उतरता है और इंजेक्शन से कोई पदार्थ सेंउती के शरीर में पहुँचा देता है।

"अब शुरू करो।"

सेंउती उस लड़के के साथ कारपेट पर नंगी। सेंउती के पूरे शरीर पर और लड़के के शरीर पर भी बड़े-बड़े अश्लील शब्द कूँची से लिखे हुए थे। लड़का नया था, उसमें ताकत और उत्साह था। सेंउती थकी हुई और बेहोश-सी पड़ी थी। धीरे-धीरे उसकी आँखों में रोशनी आई और उसका शरीर भी चंचल हो उठा। कैमरा चलने लगा।

"बोनी। दूसरे पेयर को रेडी करो।"

"याह!"

इस इमारत के बाहर कलकत्ते के राजपथ पर गाड़ियाँ दौड़ रही थीं, लोग पैदल चल रहे थे, चौराहे पर खड़ा ट्रैफिक पुलिस हाथ दिखा रहा था, स्कूल की एक बस में से बच्चों की हँसी और तेज बातचीत की आवाज हवा में तैर रही थी।

नौरोज होटल में सोहराब का अपना एक कमरा है। उस कमरे में सोहराब अभ्र और बादशाह बैठे हैं। मेज पर नौरोज स्पेशल के ध्वंसावशेप पड़े हुए हैं। एक बड़े से मुर्गे का पेट फाड़कर उसमें जाफरानी कीमा और पुलाव भरकर सिलाई करके उसे रोस्ट किया गया था। साथ में आलू, ग्रेवी और काँच के प्याले में फिरनी।

"हाँ, बोलो।"

"पहले टेबल साफ हो जाने दीजिए।"

टेबल साफ हुई, फिर चाँदी के वर्क से ढके पान आए, गुलाबजल से भीगे, साथ में पान पराग।

"अब बोलो।"

"यह तस्वीर लीजिए। सारी बातें बादशाह बताएगा।"

"बोलो बादशाह।"

"वही, बोनी मल्होत्रा..."

"वही ले गया है?"

"वह बीच-बीच में सलीम से माल खरीदता है। सलीम ने बताया है। बोनी ले गया है। फिल्म भी बनाई जा रही है। बोनी की माँ फिल्म दिखाती है, यह बात तो सभी जानते हैं, लेकिन उसे कहाँ ले गए हैं फिल्म कौन बना रहा है या बात बोनी नहीं बताता।"

"बोनी को उठा लेना होगा।"

"यह तो कोई बड़ी बात नहीं है। वह गाना-बजाना करके रात में लौटेगा तो सलीम की ओर से होता हुआ जाएगा। वह भी ड्रग्स का व्यापार करना चाहता है।"

"उसका क्या करेंगे?" सोहराब ने पूछा।

"उससे अपनी लड़की का पता निकालूँगा।"

"तब तो..."

"सोहराब पैसे मैं दूँगा, जितने भी लगें।"

"आप समझ नहीं रहे हैं। मान लिया उसे हमने उठा लिया चाहे हमारे वहाँ या कहीं और। आपकी लड़की का पता चल गया, पर वहाँ अकेले तो आप जाएँगे नहीं। आपके साथ कोई जबरदस्त आदमी चाहिए।"

"तुम आदमी की व्यवस्था करो। पैसे मैं दूँगा।"

"माना पैसे आप देंगे, पर आदमी भी तो पक्का चाहिए। और साथ में गाड़ी भी चाहिए। लड़की अगर मिल गई तो उसे घर भी ले जाएँगे।"

"सब व्यवस्था मैं कर लूँगा। तुम्हारे पास कोई आदमी हो तो दो। नहीं तो मैं किसी को लाऊँगा।"

"कहाँ से?"

"एक आदमी है जो वादा मछली का कारोबार करता है।"

सोहराब ने गहरी साँस ली। फिर बोला, "बाबूजी उससे मेरी इज्जत चली जाएगी। ऐक्शन इस इलाके में होगा और करने के लिए बाहर के इलाके का आदमी आएगा। इसमें हमारी इज्जत नहीं बचेगी।"

"तो तुम अपना आदमी दो।"

"दूँगा। बादशाह, सलीम जैसा आदमी नहीं। धनबाद का असली आदमी। पर वो पैसे लेगा।"

"कोई बात नहीं, सोहराब।"

"मोलभाव मैं कर दूँगा।"

"धनबाद का आदमी क्यों?"

"ऐक्शन करेगा और भाग जाएगा। उसके बारे में कोई सोच भी नहीं सकेगा।"

अभ्र समझ गया कि सोहराब और उसके बीच कर्जा चुकाने का अध्याय नौरोज स्पेशल और बादशाह द्वारा लाई गई सूचना के साथ-साथ समाप्त हो गया। अब जो भी होगा व्यावसायिक आधार पर होगा। ठीक है।

"मुझे अब क्या करना होगा?"

"आप गाड़ी ठीक करेंगे।"

"तुम्हीं करो।"

"तो फिर पैसा रेडी रखिए। अपने घर में बैठे रहिए। फोन पाते ही चले आइए।"

"कितने पैसे?"

"पाँच-एक हजार। और देखिए, बोनी को लाना, उसके डेन में जाना और अपनी लड़की को उठाना यह सब काम फटाफट करना होगा। यह सब काम रात में होगा।"

"ऐसा ही होगा।"

"मैं जो आदमी दूँगा उसे क्या करना होगा?"

"खून नहीं, घायल करना होगा। अच्छी तरह पिटाई।"

"यह हुई न शरीफ लोगों जैसी बात। इन सब बदमाशों को तो मार डालना ठीक है, लेकिन उसमें हजार झमेले हैं। मगर ये लोग आमतौर पर खून नहीं करना चाहते। आप उससे कुछ मत पूछिएगा। नाम भी नहीं।"

"नहीं-नहीं।"

"मैं आप पर बहुत विश्वास करता हूँ। इसीलिए इतना रिस्क ले रहा हूँ।"

"तुम चिन्ता मत करो।"

"ठीक है। अब आप जाइए। पैसे हैं न?"

"पैसे हैं।"

सब कुछ सेंउती के लिए ही कितने सालों से जमा कर रहा है अभ्र। ठीक है, सेंउती के काम में ही लगे पैसे।

अभ्र बाहर निकल आया। पहले उसे सरित के पास जाना होगा। उससे कहना होगा कि रात में किसी भी समय वह एक लड़की को लेकर आ सकता है। केस है, उसके लिए केबिन चाहिए, गोपनीयता चाहिए, और उसे स्वस्थ होने तक उसके अस्पताल में जगह चाहिए।

"जलि से क्या कहोगे?" उसके मन ने पूछा।

"कुछ भी नहीं।"

सेंउती को सरित के अस्पताल में पहुँचाने के बाद जलि को सूचना देगा। वह सरित के नर्सिंग होम तक पैदल भी जा सकेगी।

कैसे-कैसे काम करने पड़ रहे हैं अभ्र को? वह जेम्स बांड तो है नहीं, होना भी नहीं चाहता। यह कैसी व्यवस्था है जिसने उसे सोहराब के पास जाने और भाड़े का गुंडा लाने को बाध्य किया है? यह माँ कौन है? वह सेंउती को क्या देती है? प्यार? स्नेह? और ड्रग्स का नशा?

अब घर लौटना चाहिए। पैसे निकालना चाहिए। उसके पास जो कैश सर्टिफिकेट हैं उन्हें बिना तुड़ाये इतने पैसे कहाँ मिलेंगे।

सौभाग्य से चेतला का बैंक एकाउंट वह नोट करके लाया था। अभी बहुत काम करना है। सर्वनाश! दो तो बजने वाले हैं।

घर पहुँचते ही उसने जलि को फोन किया।

"बोलो, कोई खबर मिली?"

"जलि! मेरा बैंक बन्द हो गया है। मुझे पाँच हजार रुपये चाहिए।"

"कब चाहिए?"

"तुम दे सको तो बताओ।"

"पूछ तो रही हूँ। कब चाहिए?"

"तुम पैसे रेडी रखो, मैं रात में किसी भी समय ले लूँगा। पैसे हैं न?"

"हाँ, हैं। मैं तो पैसे लेकर बैठी हुई हूँ। सेंउती को पाते ही उसे लेकर निकल जाऊँगी।"

"अच्छा फोन रखता हूँ।"

"कुछ पता लगा?"

"सम्भावना बनी है। तुम्हारे पास कोई फोन या चिट्‌ठी तो नहीं आई?"

"नहीं।"

"ठीक है, रखता हूँ। मेरा फोन आ सकता है। घर में ही रहना।"

"बहुत सावधानी से काम करना, अभ्र।"

"हाँ।"

फोन रखने के बाद अभ्र ने स्नान किया, उसने 'नौरोज स्पेशल' बहुत कम ही खाया था, पर उसका पेट जैसे ठसा हुआ था।

"मणि दा!"

"बोलो।"

"आज रात में मैं खाना नहीं खाऊँगा।"

"क्यों? क्या हुआ?"

"दिन में बहुत ज्यादा खा लिया है। शायद आज रात में मुझे बाहर जाना पड़े। हो सकता है लौट न सकूँ। आप मेरे लिए चिन्ता न कीजिएगा।"

"पता नहीं क्या कर रहे हो। पर जो कुछ कर रहे हो बहुत सावधानी से करना।"

"मन कर रहा है सो जाऊँ।"

"सो जाओ। फोन आएगा तो मैं जगा दूँगा।"

"आपने कल जो तमाशा दिखाया।"

"अरे भाई, मटरा मेरा पुराना परिचित है। उसे देखकर तुम क्या कल्पना कर सकते हो कि उसका बाप मास्टर था?"

"कभी नहीं।"

"उसे पत्नी भी लक्ष्मी जैसी मिली थी, शान्त और सहिष्णु। और कोई लड़की होती तो..."

"हमारे घरों की लड़कियाँ सहने के लिए ही पैदा होती हैं।"

"सब औरतें नहीं। हमारे प्राक्तन महानगर परिषद् के सदस्य महाशय की श्रीमतीजी के बारे में भी क्या तुम यह बात कह सकते हो?"

"अरे बाप रे!"

"टैंक की तरह चार्ज करती हैं। बाजार में ऐसा चोखती हैं कि बाप रे बाप!"

"आपको भी वैसी ही एक पत्नी चाहिए थी। ठंडा करके रखती आपको।"

"गोपेश्वर नश्कर के अनुगामी विवाह नहीं करते और न ही किसी का वर्चस्व स्वीकार करते हैं।"

"निश्चय ही वे भी अविवाहित होंगे।"

"अच्छा, अब सो जाओ।"

"आप दोपहर में सोये थे?"

"हाँ।"

"बाजार गए थे?"

"हाँ।"

"मछली नहीं खरीदी?"

"खरीदी तो नहीं, पर खाई जरूर।"

"आज कौन-सी मछली खाई?"

"बांकुड़ा।"

"मजे कीजिए। मैं अब सोता हूँ।"

"सो जाओ।"

तभी टेलीफोन बजा।

"ओह! कौन?"

"वाह! पहचाना नहीं?"

"नहीं।"

"सुदक्षिणा।"

"क्या बात हैं?"

"आज रवींद्र सदन में मेरा गाना है।"

"माफ करना, मैं नहीं जा सकूँगा।"

"वाह! जाओगे कैसे नहीं। मेरा कहना नहीं मानोगे?"

"मुझे बुखार है।"

अभ्र ने फोन काट दिया।

"आज रात में अगर फोन आ जाता..."

"बोलिए।"

"तुम मुझे वचन दो कि तुम कोई खतरा मोल नहीं लोगे।"

"कैस वचन दूँ मणि दा?"

"क्या कोई बड़ा कठिन काम है?"

"मेरी लड़की का मामला...जो कुछ सुन रहा हूँ सब इतना अप्रत्याशित है कि क्या कहूँ। उसके लिए..."

"नहीं वह बात नहीं है।"

"जानता हूँ। मैं सावधान रहूँगा।"

"मुझे नींद नहीं आएगी।"

"मुझे तो जाना ही होगा।"

"वाकई! तुम्हारे जैसे लड़के..."

"चम्पक आई है?"

"आएगी।"

"थोड़ी चाय..."

"चुपचाप आँखें बन्द करके सो जाओ।"

"एक हजार तक गिनती गिनूँ?"

"गिन सकते हो तो गिनो।"

"आँखों पर तकिया दबाए वह चुपचाप पड़ा रहा। आँखें बन्द थीं और नींद कहीं नहीं थी। आज तो वह सोना भी नहीं चाहता था। सोये-सोये वह समय काट रहा था। प्रतीक्षा कर रहा था, ओह! समय का वजन कितना असहनीय होता है।"

रात दस बजे फोन आया।

"बाबूजी!"

"बोलो।"

"चले आइए।"

"कहाँ?"

"जहाँ खाया था वहीं।"

"आ रहा हूँ।"

फोन रखने के बाद उसने फटाफट कपड़े पहने और टैक्सी लेकर जलि के घर पहुँचा। वहाँ से पैसे उठाए और एक सिनेमा हॉल के सामने टैक्सी छोड़ दी। हॉल के सामने एक बड़े से पोस्टर में कोई बम्बइया सुपरमैन हाथ में चाकू लिए दाँत पीस रहा था।

नौरोज के सामने बादशाह खड़ा था।

"पीछे से आइए।"

पीछे का दरवाजा खुल गया।

"इधर से।"

वे लोग एक बड़े से कम्रे में घुसे। फर्श पर एक युवक पड़ा था, जिसके हाथ-पाँव रस्सी से बँधे थे। कम पावर का एक बल्ब जल रहा था। सोहराब कुर्सी पर बैठा था। युवक के दोनों ओर दो लम्बे-चौड़े आदमी खड़े थे, जिनमें से एक गोरा था और दूसरा काला।

"बोनी मल्होत्रा?"

बोनी के मुँह से भयंकर गालियाँ निकल रही थीं। काले आदमी ने उसके पीठ में एक जोर की ठोकर मारी तो बोनी मल्होत्रा की जुबान बन्द हो गई। सोहराब ने कहा, "अभी कोई खुराक नहीं दी है। आप जैसा कहेंगे वैसा ही होगा।"

काले आदमी ने कहा, "साला बहुत पढ़ा-लिखा है। अंग्रेजी में गाली देना आता है इसे।"

गोरे आदमी ने कहा, "इनकी थोड़ी खातिर होनी चाहिए।"

"बाबूजी कहेंगे तो खातिर भी कर दूँगा।"

बोनी मल्होत्रा की आँखों में आतंक था।

"क्या तुम लोग मुझे मार डालोगे?"

"तुम अगर हमारी मदद करो तो हम तुम्हें कुछ नहीं कहेंगे।" अभ्र ने कहा।

"तुम कौन हो?"

"सेंउती का बाप।"

"ओह! गॉड!"

"माँ कौन है?"

"इसका मतलब है 'मदर'?"

"हाँ, हाँ। वह कौन है?"

"मैं नहीं बता सकता।"

"इसे थोड़ी दवा देनी होगी।"

गोरे आदमी ने पता नहीं क्या किया कि बोनी जानवर की तरह आर्तनाद कर उठा। उसके मुँह पर गोरे आदमी का हाथ था। बोनी की आँखें आतंक से फटी पड़ रही थीं। उसके माथे की नसें फूल उठी थीं। वह एक जानवर की तरह दिख रहा था।

"सेंउती कहाँ है?"

गोरे आदमी ने बोनी के मुँह से अपना हाथ हटाया।

"कहाँ है मेरी बेटी?"

"मैं नहीं बता सकता।"

अभ्र ने भयानक क्रोध से भरकर बोनी को एक जोरदार लात मारी। वह छिटक गया। गोरे आदमी ने दूसरी ओर से एक लात मारी तो वह लुढ़कता हुआ अभ्र की तरफ आया। अभ्र ने अपना बूट बोनी के गले के ऊपर रख दिया।" नहीं, नहीं, मुझे मत मारो।"

"बता नहीं तो बूट से तेरा गला पीस दूँगा।"

बोनी की आँखों से आँसू बह रहे थे। उसका पैंट गीला हो गया था। जिस लड़के ने अपने जीवन में दाढ़ी बनाते समय ब्लेड के घाव के अतिरिक्त कोई कष्ट न जाना हो उसके लिए यह सब सहना आसान न था।

"मुझे छोड़ दीजिए। मैं मर जाऊँगा।"

"तुम्हारे गले पर दोनों पाँव रखकर अभी खड़ा हो जाता हूँ। तुम्हारी सारी समस्या हल हो जाएगी।"

"नहीं-नहीं।"

अभ्र ने फिर अपना बूट उसके गले पर रख दिया और दबाया।

"बताता हूँ, बताता हूँ।"

इसके बाद बोनी लगातार बोलता गया। बातें रुक-रुककर निकल रही थीं।

"थोड़ा पानी..."

"अभी नहीं। पहले तुम हम लोगों को वहाँ ले चलो।"

"नो-नो, मुझे मदर..."

"तुम्हें तो मरना ही है। चाहे मदर मारे या मैं मारूँ।"

सोहराब को ऐसी स्थितियों का अनुभव है। उसने कहा, "ऐ बादशाह इसे पानी पिला। फिर मुँह में रूमाल डालकर मुँह बाँध दे। नायलोन की रस्सी साथ में रख ले, काम आएगी।"

बोनी को उसी हालत में पीछे के दरवाजे से ले जाकर गाड़ी में डाल दिया गया।

बादशाह जोर-जोर से बड़बड़ा रहा था, "साला दारू पीकर आएगा और चीजें तोड़ेगा। अच्छा मजाक समझ लिया है।"

थोड़ी दूर खड़ा पुलिस वाला सब कुछ देख रहा था और सिर हिला रहा था। उसे उसका कमीशन मिल चुका था। बोनी को गाड़ी के फर्श पर डाल दिया गया था। काले और गोरे आदमी सीट पर बैठे थे और बोनी के ऊपर अपने बूट रखे हुए थे। अभ्र सामने बैठा था और बादशाह गाड़ी चला रहा था।

"पुलिस ने देख लिया।"

"देखने दीजिए।"

बादशाह ने कैसेट बजाया। चाहे कोई मुझे जंगली कहे...याहू। गाड़ी धीरे-धीरे सी. आई. टी. रोड में घुसी। अभ्र देखता जा रहा था, उसने एक समय इशारा किया, "यही मकान है।"

सामने दोतल्ला मकान था। उसके बगल में पार्क।

"किस तल्ले पर जाना है?"

बोनी के मुँह से रूमाल निकाल दिया गया।

"किस तल्ले पर?"

"सारे तल्ले।"

"दरवाजा खोलने का इशारा क्या है?"

"मैं तीन बार बेल बजाता हूँ।"

"चलो।"

"मदर..."

"चलो देखें कैसी महिला है।"

बेल बजाते ही दरवाजा खुल गया। गोरे और काले ने बोनी को भीतर धक्का दिया और बादशाह और अभ्र उनके साथ भीतर चले गए। दरवाजा उन्होंने बन्द कर लिया।

बादशाह ने चाबी घुमायी। मास्टर की।

गोरे आदमी ने टेलीफोन का तार खींच लिया। बादशाह के हाथ में नायलोन की रस्सी और उन दोनों आदमियों के हाथ में लोहे के रॉड थे।

"रास्ता दिखा रे।"

बोनी लँगड़ाते हुए आगे बढ़ा।

"चल-चल-चल मेरे हाथी।" गोरे आदमी ने उसे धक्का देते हुए कहा।

"सामने पैसेज है। पैसेज के उस पार एक कमरा उसी में..." बोनी कराह रहा था।

"लात मारकर दरवाजा तोड़ दो।" बादशाह ने कहा।

चार जोड़े मजबूत पाँव दरवाजे पर पड़ने लगे। एक मिनट बाद ही दरवाजा चरमरा कर गिर गया।

"मदर!"

बोनी के गले से विकृत आवाज निकली।

"बोनी?"

अभ्र ने देखा तो उसे विश्वास नहीं हुआ। लगा उसके मस्तिष्क में विस्फोट हो रहा है। नहीं, यह उसी की बेवकूफी है। बोनी ने हमेशा कहा वह 'मदर' के पास गई है। उसने जवा काउल की माँ सेवा से भी यही बात कही थी।

मदर!

मोहित, मोहित पाल!

चाहे कोई पौधा हो, जंगली पशु या कोई पंगु शिशु सभी का मित्र मोहित पाल। मोहित पाल जो शराबी और दुखी लोगों की बकवास भी ध्यान से सुनता है, शराब पीकर बेहोश पड़े लोगों को उनके घर छोड़ आता है।

"मोहित!"

अभ्र ने मोहित को लात मारकर गिरा दिया। उसके बाद पागल की तरह उसे पीटने लगा।

एक समय बादशाह ने कहा, "छोड़ दीजिए मर जाएगा। तुम लोग इसे अच्छी तरह बाँध दो। बोनी को भी।" उसने काले और गोरे से कहा।

तभी उस कमरे के पीछे का दरवाजा खुला।

एक परिचित चेहरा भौचक्का होकर यह सब देख रहा था।

"इसको भी।" उसकी तरफ इशारा करके बादशाह ने कहा।

अभ्र ने कैमरामैन को लात मारकर गिरा दिया और भीतर घुसा। वहाँ कुछ लड़कियाँ थीं, जिनकी नंगी देहों पर काली स्याही से अश्लील शब्द लिखे हुए और साथ में दो युवक।

"इनमें सेंउती कहाँ है? सेंउती!"

"डैडी!"

अभ्र ने अपनी कमीज उतारकर सेंउती को पहना दी। उन्होंने फिल्मों की कैसेट और निगेटिव उठा लिये।

"सबको बाँध दो।" बादशाह ने कहा।

"इस आदमी की तलाशी लो। देखो, इसकी किस जेब में गोदाम की चाबी है?" अभ्र ने बादशाह से कहा।

सेंउती हाथ-पाँव पटक रही थी। उसने अभ्र का हाथ काट खाया।

"इसे पहले बाँधो। इसके मुँह में रूमाल दो। ऐ सूअर का बच्चा, बता फिल्मों के निगेटिव कहाँ हैं?"

"जल्दी बोल?" काला ने अपना राड ऊपर उठाया।

"मदर के पास है चाबी।" कैमरामैन ने कहा।

"निगेटिव कहाँ हैं?"

"कैबिनेट में। कैबिनेट दीवार के अन्दर है।"

कैबिनेट खोला गया तो अभ्र चौंक पड़ा। इतने कैसेट! इतने निगेटिव! इतने कीमती कैमरे! उन्होंने बाहर के कमरे से एक बड़ा पर्दा खींच लिया और सारी चीजें उसमें बाँध लीं। इस बीच गोरा, काला और बादशाह कैमरामैन और दोनों युवकों की अच्छी तरह खातिर करते रहे।

बादशाह ने कहा, "अब निकलो यहाँ से। जाते समय सारे बल्ब और ट्यूब फोड़ दो। हर कमरे कर दरवाजा मास्टर की से बन्द कर दो। जल्दी करो।"

अभ्र और सेंउती गाडी में बैठ गए। उनके पाँव के पास पर्दे में बँधा सारा माल रखा हुआ था। काला और गोरा बादशाह के साथ सामने बैठे थे।

"अब कहाँ?" बादशाह ने पूछा।

"बताता हूँ।...गाड़ी को सरित के नर्सिंगहोम ले चलो।"

सेंउती को लेकर अभ्र अकेला नर्सिंग होम में पहुँचा।

दरबान से उसने कहा, "मेट्रन को बोलो, अभ्र राय रोगी को लेकर आया है।"

डॉ. सरित बाहर आया और बोला, "आ गए?"

"तुम यहीं हो?"

"तुमने कहा था न केस गोपनीय है?"

अभ्र सेंउती को भीतर ले गया। उसे डॉक्टर के हाथों में छोड़कर वह बाहर आया और बादशाह से बोला, "बादशाह, पोटली ले आओ।"

पोटली आई तो उसने उसे वहीं रखवा लिया और पॉकेट से निकालकर पैसे बादशाह को दिये। बादशाह पैसे लेकर चलने लगा तो अभ्र ने कहा, "सोहराब से कहना मैं उससे जल्दी ही मिलूँगा।"

"अच्छा बाबूजी!"

बादशाह गाड़ी लेकर चला गया। कैसेट अभी भी बज रहा था। 'चाहे मुझे कोई जंगली कहे,...याहू'।

अभ्र को लगा कि उसकी नसों में से जैसे पिघले हुए पारे की तरह कोई चीज नीचे उतरती जा रही है, उतरती जा रही है।

"तुम्हारी लड़की है?" डॉक्टर सरित ने पूछा।

"हाँ।"

"तुम यहाँ बैठो। मैं उसे ले जाता हूँ। चिन्ता की कोई बात नहीं। बात पूरी तरह गोपनीय रहेगी।"

"उसकी देह पर से वह सब..."

"सब ठीक हो जाएगा। तुम बैठो।"

अभ्र सोफे पर बैठा रहा।

बहुत देर बाद डॉक्टर सरित बाहर आया। उसका चेहरा गम्भीर था।

"बोलो सरित?"

"बहुत ज्यादा एडिक्ट हो गई है।"

"शरीर में और कुछ?"

"अभी इंजेक्शन देकर सुला दिया है। वक्त लगेगा। बहुत वक्त।"

"इसका नशा छूट जाएगा?"

"एकदम से तो छुड़ाया नहीं जा सकेगा। मामूली डोज देते हुए धीरे-धीरे छुड़ाने की कोशिश की जाएगी। यह किस रैकेट में पड़ गई थी।"

"ब्ल्यू फिल्म्स।"

"ओह गॉड।"

"क्या यह अच्छी नहीं होगी?"

"क्या कभी डॉक्टर 'ना' करता है?"

"सरित, जो जरूरी है वह सब करो।"

"हाँ, सब करूँगा।"

"पैसों के लिए तुम चिन्ता मत करना। जो भी जरूरी हो, चाहे जितना भी खर्च लगे, तुम्हारा बिल मैं चुका दूँगा।"

सरित एक पल में डॉक्टर से नर्सिंग होम का मालिक हो गया।

"दिन-रात नर्स लगेगी और कुछ विशेष दवाइयाँ।"

"ठीक है। क्या उसकी माँ को यहाँ ला सकता हूँ?"

"माँ के साथ इसका सम्बन्ध कैसा है?"

"कोई खास अच्छा नहीं।"

"और तुम्हारे साथ?"

"क्या कह सकता हूँ। मिलते थे, बातें होती थीं, पर उसके दिल की हालत का मुझे भी ज्ञान नहीं।"

"मैं समझता हूँ तुम लोग मेरे चैंबर तक आओ, हालचाल लो, पर उससे मुलाकात मत करो। मैं जब 'हाँ' करूँ तब तुम उससे मिलना।"

"हमारे मिलने से क्या नुकसान है?"

"यह केस कितना जटिल है यह तो मैं भी नहीं जानता। तुम लोगों को देखकर वह वायलेंट हो सकती है।"

"ठीक है, तुम जैसा कहते हो वैसा ही करेंगे।"

"कल तुम हजार एक रुपये डिपॉजिट कर जाना। समझे?"

"तुमने इतनी तकलीफ उठाई, खुद नर्सिंग होम में रात को जागते बैठे रहे, इसके लिए मैं बड़ा कृतज्ञ हूँ।"

"अरे भाई! डॉक्टर के लिए यह कोई विशेष बात नहीं है। अगर केस जरूरी हो तो डॉक्टर ऐसा करेगा ही। और फिर मुझे कोई तकलीफ नहीं होती। मेरे आराम करने के लिए एक कमरा यहाँ भी है।"

"कितने बजे हैं?"

"चार।"

"तुम घर जाओगे?"

"नहीं, अभी नहीं। भोर होने पर। उसकी माँ के पास जाऊँगा। वो भी तो पागल हो रही होगी।"

"मुझे तो ऐसा नहीं लगता। जलि को पागल कर सके ऐसी कोई घटना हो सकती है क्या?"

"बुरी तरह टूट गई है।"

"यह लड़की उसी के पास रहती थी न? उसमें गलती तो उसकी भी है।" दोष अकेले जलि का ही नहीं है। दरअसल एक विषैला मकड़ा जाल बुनकर शहर को ऊपर से नीचे तक जहरीला बना रहा है।

एक पल बाद अभ्र ने कहा, "मैं अभी यहीं बैठा हूँ।"

"ठीक है। मैं तुम्हारे लिए कॉफी भिजवाता हूँ।"

इंटरकाम पर कॉफी का आर्डर देकर सरित अपने कमरे में चला गया।

थोड़ी देर बाद कॉफी आ गई। कॉफी पीने के बाद अभ्र चुपचाप शून्य मस्तिष्क लिए बैठा रहा। शरीर ही नहीं उसका मन भी जैसे जड़ हो गया था। एकाएक चौंककर घड़ी देखी तो घड़ी में पाँच बज रहे थे। उसने दरबान को एक पाँच का नोट दिया और टैक्सी लाने को कहा। टैक्सी आई तो उसने पोटला टैक्सी में रखा और टैक्सी जलि के घर पहुँची।

अपार्टमेंट में रात-दिन की सर्विस चलती है। लिफ्टमैन, नाइट गार्ड हर समय तैयार मिलते हैं। इन अपार्टमेंटों में लोग किसी भी समय, कैसी भी हालत में आते-जाते पाए जाते हैं। लिफ्टमैनों और गार्डों को अभ्यास हो गया है। वे जरा भी विचलित नहीं होते।

अभ्र को वे पहचानते हैं।

जलि ने दरवाजा खोला।

"आओ, यह क्या है?"

"तुम्हारी लड़की और ऐसी ही दूसरी लड़कियों को लेकर बनाई गई ब्ल्यू फिल्में।"

एक पल दोनों स्तब्ध बैठे रहे। फिर अभ्र ने कहा, "यह पोटला सेंउती के कमरे में रहेगा। तुम दरवाजे में ताला बन्द रखना।"

"अच्छा।"

"जानती हो 'मदर' कौन हैं? मोहित पाल।"

"ओह, नो।"

"हाँ जलि, यह एक भयंकर सच है।"

"सेंउती कहाँ है?"

"नर्सिंग होम में।"

"यहाँ नहीं लाए?"

"नहीं।"

अभ्र ने सारी कहानी जलि को बताई। सिर दर्द से फटा जा रहा था। जलि मुँह बाए सुनती जा रही थी। बीच-बीच में उसके मुँह से निकलता था, "ओह! नो!"

आखिर में अभ्र ने कहा, "जलि, कल या परसों से मैं इन फिल्मों को

देखूँगा। जिनमें सेंउती है उनके पाजिटिव और निगेटिव नष्ट कर दूँगा बाकी का मैं क्या करूँगा उसके लिए अभी सोचा नहीं है।"

"पुलिस को दोगे?"

"देखता हूँ। जवा और सेंउती जैसी छोटी-छोटी लड़कियों का जीवन...।"

"क्या करोगे?"

"नहीं जानता।"

"मोहित को?"

"उसकी बात तो पुलिस को बताऊँगा ही। तुम्हारे यहाँ से ही फोन करूँगा। सोच रहा हूँ फोन करूँ या जाकर बताऊँ...तुम्हारे पैसे..."

"पैसों की बात मत करो। अभी तो पता नहीं कितने पैसे लगेंगे?"

"तुम उसके सामने मत जाना, समझीं?"

"हाँ।"

"रूपा से इस बारे में कुछ मत बताना।"

"ठीक है, नहीं बताऊँगी।"

"मैं थोड़ा नहा लूँ। फिर कुछ खाऊँगा। कॉफी के साथ एक एनासिन भी चाहिए।"

"ठीक है।"

"शायद थोड़ा सोऊँ भी।"

"आओ, तुम्हें बाथरूम दिखा देती हूँ।"

अभ्र ने स्नान किया। शावर के पानी में शरीर और मन की ढेर सारी गन्दगी धुल गई। नहाकर बाहर आया तो मेज पर कॉफी, सैंडविच, अंडे और एनासिन रखे थे।

"इतना!"

"खा लो, सिर दर्द कम हो जाएगा।"

अभ्र जब खाने लगा तव उसे मालूम हुआ कि उसे कितनी भूख लगी थी। फिर वह लेट गया। जलि से कोई बात नहीं हुई।

फिर आई नींद, गहरी और अटूट नींद। अचानक ऐसी नींद कब आई थी उसे याद नहीं।

अभ्र ने चौधरी को फोन किया।

"क्या कह रहे हो?"

"हाँ, मोहित पाल।"

"और?"

"बोनी की माँ के घर कुछ मिलेगा।"

"बोनी सब बातें बताएगा?"

"हाँ।"

"फिल्में कहाँ हैं?"

"सब तुम्हें मिल जाएँगी। अभी तुम अचानक रेड करो।"

"धन्यवाद भाई, धन्यवाद।"

"पुलिस मेडल पा जाओगे।"

"पूरा क्रेडिट तुम ले लो।"

"मेडल की बात कर रहे हो? इसमें ऐसे-ऐसे लोग फँसेंगे कि कहीं मेरी नौकरी ही न चली जाए।"

"तो फिर तुम जानो तुम्हें क्या करना है।"

अभ्र ने फोन नीचे रख दिया। मन-ही-मन उसने कहा, जाओ बेटा चौधरी मोहित से, बोनी की माँ से, हरेक से पैसे वसूल करो। ये लोग हमेशा के लिए तुम्हारे कब्जे में आ गए और तुम्हारी जेब गर्म करते रहेंगे। बेचारा कैमरामैन गया। चौधरी भला मोहित और बोनी को गिरफ्तार करेगा? बड़ी मछलियाँ तो जाल फाड़कर निकल जाती हैं। पकड़ी जाती हैं छोटी मछलियाँ।

अभ्र ने तय किया कि सारी फिल्में बिना देखे वह किसी को नहीं देगा। देखने के बाद वह सोचेगा कि क्या करना है।

उसने बेरीवाला को फोन किया।

"अभ्र बोल रहा हूँ।"

"ब्ल्यू फिल्म स्टोरी का क्या हुआ?"

"मुझे याद है।"

"काम आगे बढ़ रहा है?"

"बहुत कठिन काम है। तुम तो जानते ही हो।"

"तुम्हें तो मैंने पहले ही पूरी छूट दे रखी है।"

"हमारा समाज ऊपर से नीचे तक एक ब्ल्यू फिल्म हो गया है।"

"हाऊ?"

"इस तरह से समझाना मुश्किल है।"

"ठीक है। थोड़ा वक्त लो और काम खत्म करो।"

"नहीं बेरीवाला, इस काम में तो मेरा जीवन कट जाएगा। मैं जितनी दूर जाऊँगा फिल्म की रील बढ़ती ही जाएगी, बढ़ती ही जाएगी बेरीवाला।"

"तुम यह काम कर लो तो तुम्हें बड़ा फायदा होगा।"

"देखता हूँ। अभी तो मन बड़ा विभ्रांत है।" अभ्र ने फोन रख दिया।

"जलि।"

"हाँ।"

"रो रही हो?"

एक पल बाद जलि ने कहा, "मैंने यह क्या किया अभ्र? तुम्हें छोड़कर..."

"अभी ऐसा लग रहा है, बाद में सब ठीक हो जाएगा। सेंउती का क्या होगा?"

अभ्र ने जलि के सिर पर हाथ रखा।

"पहले वह ठीक हो जाए, फिर उसे स्थाई रूप से पारिवारिक और सामाजिक जीवन से जोड़ने का एक बहुत बड़ा काम रह जाएगा।"

"मुझसे होगा?"

"तुम्हें बहुत कुछ छोड़ना होगा।"

"ठीक है। मैं तैयार हूँ।"

"और फिर यह काम अकेला तुम्हारा तो नहीं। यह मेरी भी जिम्मेदारी है।"

"अभ्र, क्या हम फिर से..." और जलि फिर रोने लगी।

"जलि! अब दोबारा वह सब अच्छा नहीं लगता। सेंउती के लिए हम जितना कर सकें उसी की कोशिश करें तो अच्छा है।"

जलि ने कुछ नहीं कहा।

"अब मैं चलता हूँ।"

"घर जाओगे?"

"हाँ, मणि दा मेरा इन्तजार कर रहे होंगे। आज नर्सिंग होम में पैसे भी जमा करने हैं। शाम को हम डॉक्टर सरित के चैम्बर में मिलेंगे।"

"अच्छा।"

"जानती हो जलि, वह विषैला मकड़ा सिर्फ मणि दा को अपने जाल में नहीं उलझा पाया है।"

फिर जलि का अवाक चेहरा देखकर अभ्र ने हँसकर कहा, "तुम नहीं समझीं न? किसी और दिन बताऊँगा।"

अभ्र बाहर निकल आया।

पैंट की जेब में हाथ डाले वह पैदल चलता रहा। चलते-चलते वह हाजरा के मोड़ पर आ पहुँचा।

सामने से उसके घर जाने वाली बस आ रही थी। अभ्र ने उसे रोकने के लिए हाथ उठा दिया। अभ्र का मन बहुत हल्का था।

❂